文庫

流星　お市の方

上

永井路子

文藝春秋

目次

流星

お市の方　上

黒い瞳

「それがいけませぬ」

今朝も乳母《うば》の鈴野《すずの》が言う。

そして、母も言う。

「もっと、おとなになさい」

七歳のお市《いち》にとって、このくらい納得できない言葉はないのである。

──これ以上おとなしくなんて、できっこないわ。

すでに自分では小淑女のつもりである。毎月父の命日に行われる法要のときにも、二《ふた》刻《とき》近く、じっと坐っているではないか。膝の上に組んだ両手も、小指の先だけ、ちょっと浮かせるようにすると恰好がいいことに気がついてやってみたし、首はしゃんと立てて、こころもち顔をかしげたほうが、もっと上品に見えるということも思いついた。

その姿を見て、老臣の林通勝《みちかつ》（佐渡）などは、

「大きくなられた姫さまのお姿を、殿にお見せしとうございましたな」

涙まじりにそう言ったものだ。

なのに、母や乳母は、お市にもっとおなしくしろという。

「だって、これ以上、おとなしくなんて、できっこないわ」

口をとがらせると、乳母は言った。

「お行儀のことではございません」

そのお眼が……動きすぎるのだ、と小声になった。

たしかに、切れ長で黒眼がちのその瞳はよく動きよく見える。お城の中から堀ひとつ隔てた向うの森の松の梢にとまっているのが、雀《すずめ》か椋《むく》かを見分けられるのは、多分お市だけかもしれない。風の流れ、樹々《きぎ》の芽ぶき——ちらとした変化やら、お城の表門から誰と誰とが入り、誰が裏門から出ていったかも、お市は見逃さない。

何につけても好奇心が強すぎるのだ。小さなからだは、いわば好奇心の塊りだったといってもいい。敏捷《びんしょう》で生命力にあふれた童女は、せいいっぱい小淑女を気取ることはできても、心の動きまでは抑えられないのである。

もっとも、母の意見は少し乳母とは違っている。

好奇心を持つのはいい。しかし——と言う。

「いまは、それをあらわにしてはなりませぬ」

なぜ、と見上げるお市に母は答えた。

「父君のなくなられてからのこの那古野《なごや》のお城ではね」

「ふうん」

何のことやら、さっぱりわからない。

——へんなおはなし……

小淑女は理解を超える母の言葉がいささか不満である。こんなとき、唯一の仲間は侍女の小雪《こゆき》だ。まだ年も十六、生れたときからお市についていて、よい遊び相手でもある。

「へんねえ、お母さまったら」

お市は小雪とすごろくをしながら言う。

「お市、その気持を大切にしろ、っておっしゃったのは、お父さまなのだもの」

「そうでございますとも」

小雪は相槌《あいづち》をうつ。

「お市の眼は、何でもみつけてしまうのだなあ、って殿さまはおっしゃっておいでした」

庭を歩く。歩きながら、葉の裏にすがりつく青い蜘蛛《くも》、紅い花の芯《しん》にかくれたてんとう虫——。何でもお市はみつけてしまう。

「ほら、蜘蛛が、ほら、てんとう虫が」

そのつど、華やかな声をあげなければ気がすまない。さらに、その後、お市は黒い瞳をじっと相手にむけて、もっともらしく聞かずにはいられない。

「なぜに、てんとう虫には、模様がついてるの」

「さあ、なぜにでございましょうねえ」

聞かれた相手は、そら「なぜにのお市さま」がはじまったぞ、という顔つきになる。

――なぜに？

子供は一時期やたらにそれを聞きたがるが、お市は中でもそれが強すぎた。そしておおかたの子供がその時期を過ぎてしまうと、そんな好奇心の持ち方すら忘れてしまうのに、お市は後までそれが続いた。

それを、父の信秀《のぶひで》はひどく面白がった。

「うむ、なかなかいいことを言うぞ、お市は」

十二男七女の中で、とりわけお市をひいきにした。

もともと、自由で型破りなことが好きな信秀だ。だから子供たちも、ただおとなしいよりも、風変りなほうを愛した。それに、彼の生きた時代が型破りを求める時代だった。というより、そうした時代だからこそ、信秀自身人を押しのけて浮かび上って来られた、といったほうがいい。

信秀の家格はさして高くはない。そのころ尾張《おわり》に勢力があった織田という家の家来である。もともと尾張の守護として入国して来たのは斯波《しば》氏で、織田はその被官にすぎない。が、室町時代の末になると、斯波氏はすっかり衰え、織田がむしろ主人顔をしはじめた。その織田もそのころは分裂し、片や岩倉に城をかまえて本家を名乗れば、一方は清洲《きよす》に拠《よ》って守護代となり、その城下に守護館を作って斯波氏を手許《てもと》にひきつけておき、大義名分はこちらと宣伝する、といった状態だったのだ。

信秀は、この清洲織田家の三奉行《ぶぎよう》の一人であり、一方岩倉織田とも血縁関係があった。いわば臣下のようなそうでもないような、下が上を凌《しの》ぐという風潮のそのころとしては、まさしく絶好の位置で、清洲織田にぴたっと馬体をつけて走らせている穴馬、といった趣であった。

信秀はだから、子供たちにも好き勝手にしろ、という方針で押し通した。これは男の子だけに限らず、女の子に対しても、人形のようなしつけのよさよりも、むしろ鮮烈な個性をよしとした。

しかし、これとても、まるきり彼ひとりの思いつきではない。広い眼でみるならば、時代そのものがそうだった。それを彼は一足先に先取りし、拡大して受入れただけなのだ。もっとも、人間にとって、その一歩は常に大きな意味を持つのであるが……。

ともかく、のびのびした時代だった。特に女には今から想像するより、はるかに大きな自由が与えられていた。それを裏づけるのはキリシタン史料である。ルイス・フロイスという宣教師は、一五三二（天文元）年生れというから、信秀の嫡男《ちやくなん》・信長よりたった二歳しか年上でないわけだが、はるばる日本へやって来た彼は、見聞記をせっせと本国へ送り続けた。

正確にいうと、彼が日本へ着いたのは、信秀が死んで十年ほど経ってからなのだが、ともかく、上陸してみて、日本の女の思いのほかの自由さに驚いたらしく、こんなことを書いている。

「ヨーロッパでは夫が前、妻が後になって歩くが、日本では妻が前、夫が後を歩く」

「夫婦は別々の財産を持っているし、女も性の自由を持っている。婚前の娘の処女性もあまり問題にならないし、離婚をしたからといって、女の値打ちが下がるわけでもない」

この時代にこんな自由があったのか、と奇異の感にも打たれるが、これはむしろ、現代の日本人が、徳川時代になってからはめられた儒教道徳の枠の中から見るからであって、それ以前は、女はもっと自由だった。それに実家から財産の分け前も与えられていた。してみれば信秀が、お市に魂の自由さを望んだとしても、さほど不思議はないわけである。

信秀は生前、度々《たびたび》居城をかえた。尾張一国を切取りつつ、しだいに実力をつけてゆくに従って、まるで身丈のあわなくなった衣裳を次々ぬぎすてるように、城を移った。勝幡《しようはた》から那古野へ、そして古渡《ふるわたり》から末森へ——。

その末森に、琵琶《びわ》法師が来て平曲《へいきよく》を語ったことがあった。信秀は勇将だったが、半面、連歌《れんが》や幸若舞《こうわかまい》に凝《こ》る風流さも持ちあわせていた。もっとも信秀は訪れた旅の連歌師から、都の状況や、諸大名の動静を聞いたりして、彼らを情報網として活用するぬけめなさを忘れてはいなかったが、その夜の平曲は、相手が盲法師だけに、もう少し、くつろいだ気持で女子供を集めた余興の宴となった。そのころ異母兄の信長とともに、那古野の城に住んでいたお市も、母に手をひかれてこれを聞きに来たものだが、三つ上の姉のお犬と並んで、信秀のそばにちんまり坐って、むずかりもせず、聞きとりにくい平曲を聞いていた彼女は、盲法師が語りおえるや否や言ったものである。

「お父さま、平曲って、食べるものじゃないのね」

「う？　何と」

「平家ビワがあるっていうから、食べに来たの」

「あっはっはっは」

信秀は大笑した。

「そういえば、お市は枇杷《びわ》が好きであったな」

法師の方へお市を押しやって言った。

「見てごらん。あれが琵琶さ。お市の好きな枇杷と似てるだろう。食べものの枇杷はな、あの琵琶と似てるから枇杷というのだ」

「ふうん」

まじまじと父をみつめ、ややしばらくして、お市は言った。

「でも、お父さま、椿とツバキはちっとも似てないわ」

「ああ、あれは唾《つば》だ」

「でも刀の鍔《つば》とも似てない」

なぜに——とお市は言って、傍に坐っていた姉のお犬をかえり見た。

「どうしてかしらねえ、お姉さま」

と、お犬はゆったりと笑ってうなずいた。

「ほんに、なぜでしょうねえ」

一応の返事はしたが、そんなことに、もともと疑問など感じない、というふうに落着きはらった言い方をした。お犬は万事おおどかである。きりりと引緊ったきかぬ気の顔立ちの妹にくらべ、造作も大まかで、そのかわり大輪の牡丹《ぼたん》の花のような華やかさがある。信秀はこのお犬の美貌をも愛していて、その物に動じない態度を、

「姉妹の中では胆力第一」

と言ったことがある。が、万事のんびり屋で、鋭い刃物のように切りこんでくるお市を満足させる答をするたちではない。そう見て、お市はひらりと父親の方へ鉾先《ほこさき》をかえた。

「ね、お父さま、なぜに」

——そら、始まったぞ、なぜに姫が……

というふうに、信秀はお市の髪を撫でて笑った。

「まいったなあ、お市には」

子供っぽい疑問といえばそれまでだが、何でも、ふしぎに感じ、感じた以上つきつめ

て見なければすまないお市なのであった。

その夜、嫡男の信長は座に連なっていなかった。乗馬、鷹狩《たかがり》、騎射、水練しか眼中にない若者には、平曲などはつきあいきれなかったのであろう。その夜も、夜の遠乗りに出かけたのか、野放図な側近の手引きで、どこかへ夜這いにでも出かけていったのか……。ただ、後にお市の問いを聞きつけた彼は、十三も違う妹に、容赦もなく言ったものである。

「お市、お前みたいのを阿呆というんだ」

――兄さまって大きらい。

お市がそう思うようになったのは、そのときからかもしれない。

たしかにお市は異母兄の信長を好きになれない。が、父の信秀にとって、信長は自慢の息子だったたし、お市は自慢の娘だった。

――ともにいい芽を持っている。

と、ひそかに思っていたのだが、おもしろいことに、当の二人は、どうしても反《そ》りがあわないのだ。このころ、母の違う子供たちはしっくりいかないものと相場がきまっていたが、信長とお市が反撥《はんぱつ》しあうのは、そのためばかりではなかったかもしれない。

そして、信秀の死後、お市は兄とともに住む那古野の城の空気がいやでいやでたまらなくなってしまっている。城の中に信長の体臭が隅々まであふれて来たような感じがするからだ。

——ああ、いや、いや、このお城の中はすっかり無作法でだらしなくなってしまった。

これもみな、乱暴者のお兄さまのせいだ、とお市は思う。戦国乱世だから、武勇ごのみはいいとして、我儘《わがまま》で無作法なのには呆れてしまう。

信長は道を歩くとき、平気でものをかじりながら歩く。餅を頬張ったり、瓜にかぶりついて、種をあたりかまわずペッペッと吐き出したり、まるで野伏《のぶせり》かなにかのするようなことをやるのだ。

「何で、兄さまの母君はお叱りにならないのかしら」

一度そう言って、母にたずねたことがあった。すると母は微笑して答えた。

「三郎（信長）さまの母君は、勘十郎さまと末森のお城にいらっしゃるからですよ」

勘十郎は三郎信長の弟で信行《のぶゆき》という。信秀が最後に住んでいた末森城にいる。信秀は生前、末森に移るとき、那古野を信長に譲り、妻や幼い弟は連れていったのだが、彼の死後、末森はそっくり信行に引継がれた形になっているのである。

が、それにしても——とお市は思う。

「ねえ、お母さま、お市がもし、だらしないことをしたら、遠くにいらしても、いけません、っておっしゃるでしょ」

母は苦笑した。

「ええ、お市、そなたはまだ幼いのですもの。いけないことは母が叱ります。でも、三郎兄さまはもう大人ですから」

「ふうん、大人だと悪いことをしてもいいの」

「そういうわけではありませぬ。でも兄君には、もう奥方がおいでですから」

信長の妻は、隣国美濃《みの》の梟雄《きょうゆう》、斎藤道三《どうさん》の娘だ。すでに数年前に輿入《こしい》れしている。

「じゃ、奥方が言えばいいのね」

「ええ、まあ……」

「なら、奥方は、なぜに――」

しいっ、というふうに、母は唇に手をあてた。

「なりませぬ」

またもや口を封じられた。

何となく鬱屈する思いである。

お市は知っている。世間が信長のことを、ひそかに、うつけと呼んでいることを。武士の子にあるまじき無作法の上に、だらしがない。きものをだらしなく肌ぬぎにしたり、変な袋を腰にぶらさげたり、刀をしめなわでぐるぐる巻いてさしたり、茶筅髷《ちゃせんまげ》の髻《もとどり》を、紅や萌黄《もえぎ》の糸で巻きあげたり……。

「あれは物狂《ものぐる》いか、うつけか」

と誰もが言う。なのに、那古野の城の中では、皆見ぬふりをしている。まもなくお城の中は犬小屋のようになってしまうだろう。お市の小さな正義感がそれを許さないのだ。

そしてお市は間もなく、

「なりませぬ、おつつしみ遊ばせ」

乳母や母に、きつく言渡されるような事件をひきおこしてしまったのである。

ある日の夕方だった。年を越して籬《まがき》に咲き残った黄色い菊を摘んで、小雪と一緒に部屋に戻ろうとしたとき——。

ヒュッと宙を切って来たものが、お市の額にあたった。

あっ、という暇もない一瞬の出来事であった。それは、紙つぶてほどの痛さもなかった。気がつくと、茶褐色の小さな粒だった。

——柿の種だ。

と気づくよりも早く、上から声が飛んだ。

「どうだ、お市、驚いたか」

二階の欄干《らんかん》にまたがって、信長が干柿に食いついていたのである。

「うまく命中だな」

持ちまえのかん高い声でけらけら笑いかけた兄をふり仰いで、お市はこのとき叫んでいた。

「汚いじゃありませんか」

「何だって」

「人にものを吐きかけるなんて、失礼よ」

思いがけない反撃に、信長は驚いたらしい。が、すぐかん高い声をひびかせた。

「つべこべいうな。けがしたわけじゃなし」

「けがするとかしないってことじゃないの。ものを食べながら歩いたり、種を吐きだしたりしちゃいけないってこと」

「生意気いうな、何をどう食べようと俺の勝手だ」

「そんなことないわ。兄さまは那古野の殿さまでしょ」

「そうだ」

「殿さまはね、そんなことしちゃおかしい、って、みんなが言ってるの知らないの」

「知らぬなあ、そんな事は」

「へえ、のんきねえ」

胸がどきどきした。が、お市は負けてはいなかった。その興奮がお市の小さな自制心を失わせた。七歳のお市も、それを口にしてはいけないことは知っている。が、お市は、自制の堀を飛びこえてしまった。

「みんなが言っているの、知らないの。三郎兄さまは大うつけだって……」

「なにっ」

さすがに信長の声の色が変った。

「もう一度、言ってみろっ」

欄干の上の兄の姿が、大きくふくれ上ったような気がしたが、しかしお市は、ここが肝心だと、自分に言いきかせた。

――逃げてはいけない。

負けずに小雀は体をふくらませて、大鷲《わし》に対抗しようとした。

「待っとれ、お市」

信長は叫んだ。欄干からつと身をひるがえすと、屋根にとびおり、そのまま宙を跳ねるようにして、枝をさしのべていた松の木にとりついた。猿のようにすべり降りると、早くもお市に近づいて来た。

小雀は絶体絶命である。

が、大鷲は爪をむき出して襲いかかって来はしなかった。見れば、細面の癇癖《かんぺき》のはげしそうな顔には、奇妙な笑いさえ浮かべている。

「お市」

近づきながら信長は言った。

「俺も殿さまらしくないかもしれないが、お市も何てざまだ」

「……………」

「武士の子なら、うかつに歩くな。どこから何を投げられても、身をかわすぐらいな心得はなくちゃだめだぞ」

棒立ちになったお市をからかうように言った。

「見ろ、小雪を。さっと身をかわして逃げてしまったじゃないか」

――えっ、小雪が？……

はじめて、頼りにしていたその姿がないことにお市は気づいた。

――こわいっ！

恐怖がからだを突きぬけたとき、大鷲はゆっくり羽根を広げた。

そのとき、俄《にわ》かに足音が近づいた。小雪の知らせで、乳母や守役《もりやく》の侍臣が駆けつけて来たのである。

「いや、まことに、不調法《ぶちょうほう》を致しまして」

「申し訳もございませぬ」

「何卒《なにとぞ》、子供のいたずらと思召《おぼしめ》して」

地べたに頭をすりつけて、大人たちは懇願した。そしてお市も何度もお辞儀をさせられた結果、やっと放免になったのである。

「日頃あれほど申しあげておりましたのに」

言わぬことではない、とお市は後でさんざん油をしぼられた。

「気の短い方ですからね。何をなさることやら、生きた心地もございませんでした」

自分たちがいかにお市をかばったか、母の前に出た乳母の鈴野たちが、半ば手柄顔でくどくどと話すのを聞かされて部屋に戻ったが、やはりお市は納得できなかった。

「ねえ、柿の種を吐きかけたのは、兄さまが悪いのよねえ」

小雪の前で、お市は唇をとがらせた。

「そうでございますとも」

「ああいう乱暴な方、大きらい。ほら、お父さまの御葬儀のときだって」

二年前のあの日のことを、お市は決して忘れてはいない。流行病《はやりやまい》にかかって、四十二歳の働き盛りで急逝した父の葬儀のその日も、信長は、今日のような、袴《はかま》もはかない姿でやって来て、いざ焼香というときも、香をわしづかみにして、仏前に向ってぱっと投げつけた。

白無垢《しろむく》を着て末席に坐っていたお市には、忘れられない情景である。

そのとき、人々は何の反応もしめさなかった。眼にもとまらぬ早さで駆けぬけていった旋風に、わざと気がつかなかったような顔を彼らはしていた。

――なかった事にしてしまえばいいのだ。

その中で、お市は夢中で立ち上ろうとして、乳母に裾《すそ》を抑えられた。

――兄さまっ！　何てことをなさるの。

大声で叫びたかった。自分をいとしんでくれた父の霊前で行われた兄の暴挙を、絶対に許せない気がした。

――それでお父さまがお喜びになると思っているのっ！

その晩、城に戻るとお市は高熱を出した。

「お小さいのですもの、御無理ございませんとも」

乳母たちは、小さなからだにあまる気づかれととったようだが、そうでない事はお市自身一番よく知っていた。

そして今度も——。

結果においては同じことではないか。何事もなかった事にしてけりをつけてしまったのだから。

——くやしい。やりばがないくらいくやしい。

「こんなお城出ていってしまいたい」

ふっと口からそんな言葉が出たとき、小雪がお市の顔をのぞきこんで真剣な表情になった。

「ほんとうにそう思いになりますの、姫さま」

「ええ」

しばらく考えてから、小雪は、

「じつは……」

と言った。そう思うのはお市ばかりではない。誰もがそう思っている、という。

「お気づきにはなりませぬか、お市さま」

言われれば、何やら那古野城は人少なになったように見える。

「じゃあ、みんな、どこへいってしまったの」

それには答えず、小雪はじっとお市をみつめた。

「私におまかせ下さいますか」

小雪はどこへ連れてゆこうというのか。

寒　雲

——こんなお城、逃げだしてしまいたい。

七歳のお市がそう思ったのは、子供っぽい反抗心から、乱暴な兄を一途《いちず》に嫌ったからだったが、実をいうと、そのころ、那古野の城には、そうした感覚的な反撥とは別の、重苦しい、城主信長への不満が充満していた。

そのころの信長像くらい、後世に誤り伝えられたものはないであろう。人は信長を語るとき、桶狭間《おけはざま》で今川義元を倒して、颯爽《さっそう》として歴史に登場する姿をいつも念頭においている。だから、それ以前の乱暴かつ奇矯な行動も、みな天才の若き日の逸話としてかたづけてしまう。つまり信長は人生の出発点から、輝かしい栄光のレールを走り続けて来たように思いこんでいる。これは、彼について、『信長公記《しんちょうこうき》』のような通俗的な伝記しか伝わらなかったためでもあって、彼の青春の現実は決してそんな、なまやさしいものではなかった。

当時の信長は泥沼の中であえいでいた。彼の住む那古野城は、もちろん、現在の壮大な名古屋城ではない。場所は今の二の丸のあたりだったらしいが、やや城砦《じょうさい》の形をなすといった、ちっぽけなものにすぎなかった。一時ここを居城とした父の信秀は、晩年その東方に末森城を築いて移り、そこを本拠とし、那古野を、元服した三郎に譲ったのだから、織田家にとっては、末森が本城であり、那古野はいわば脇の城にすぎなかった。

ところが、信秀の死後、信長は父の本城には入ることができなかった。末森には母と弟の信行がそのまま居坐って、織田の中心勢力を温存している。いくら跡継ぎだといっても、いわば彼は本社の社長ではなく、依然として支店長のままであり、本社の方は前社長夫人である母と弟が一致して社長代行をつとめている、という感じであった。

おまけに、その織田の末森の本社そのものさえ、尾張一国のごく一部を占めるだけの、きわめて不安定な存在だった。尾張では、守護代織田氏が、分裂抗争の最中であり、信秀の家は、その一方の織田の家来筋にすぎなかったのだから。

言ってみれば、戦国時代に全国各地で行われていた分裂抗争が、御多分にもれず、ここでも起っていたということであり、その相剋《そうこく》の中で没落していった群小土豪と同じ運命が、信長の前途に待ちうけていなかったとは、言えなかったのである。

誰が生きのこれるか！

このすさまじい生きぬき競争の中で、最も警戒すべき相手は、肉親である。信長の父信秀にとっても、生涯の敵は兄弟だった。そして父を失った信長は、その父の遺産とともに、新しい敵である兄弟の何人かと血みどろな戦いを覚悟しなければならなかった。

さしあたって、一番強力な敵は同腹の弟で、父の残していった末森に頑張っている信行である。父の代から仕える家臣たちは、どうしても、末森が本城だという頭があるから、そっちを大切にする。勇猛な柴田権六《ごんろく》も、佐久間次右衛門《じえもん》のような家老格の武将も、末森に行ったまま帰って来ない。

侍たちはそうした微妙な動きに敏感である。

——佐久間さまも柴田どのも向うへいってしまわれるようじゃあ、那古野のこのちっぽけな城など、敵襲をうけたら、ひとたまりもあるまい。

——そりゃあ、末森城とは造りも違うわな。

少しでも安全なところにころがりこんで無事を願おうというのは、戦国武士の知恵である。彼らは、先行き不安定な企業を離れ、安定会社へ流れこむように、どんどん末森城へ移ってしまった。

信長は今や孤立無援の状態だった。主だった家臣は、この城にとどまっているのは、守役として幼いころから従っていた平手政秀《ひらてまさひで》とその一族くらいなものだ。

「みんな来い、なぜ集まらぬ」

大声で呼びたてても、その声は空しく虚空《こくう》に消えてゆくばかりである。気性のはげしい信長が、父の死以来、いらだちの日々を重ね、いよいよ狂暴になってゆくように見えたのは、そのせいだった。

――とにかく親父は早く死にすぎた。

そう言いたいのを辛うじてこらえていたのかもしれない。父の生前、信長が家督相続人の扱いをうけていたのは事実だが、実質的な跡目相続は行われていない。ふつうなら父が本拠を家臣ぐるみ明渡して自分が隠居してこそ、名実ともに後継者の位置がはっきりする。が、父の死が、流行病によるあっけないものだったために、信長はへんに中ぶらりんな形で戦国の世に投げだされなければならなかったのだ。

しかし、七歳のお市は、そんな信長の心の中を知る由もない。ただ乱暴な兄がいやで、一日も早く、この城からぬけだしたい、とその事ばかり考えていた。彼女が、いま頼みとしているのは、

「私におまかせ下さい」

といった侍女の小雪の言葉である。

――誰にもわからぬように……

と小雪は言った。

「そっと姫さまをいい所へお連れします」

「いい所って？」

聞くと、

「それは申しあげられませぬ」

謎のような微笑をうかべてから急に真顔になって、

「ほんとうに、このお城にいてはお命がお危《あぶの》うございますもの」

声をひそめて、さらに言う。

「もうこのお城は長いことはございませんよ」

——なのに。

あれから十日ほど経っているのに、小雪は、いっこうに、お市を城外に連れだすけはいはない。

「——小雪。あのことは？」

そっとつついて見ても、

——しいっ！

というような眼顔で合図するだけなのだ。

お市はだんだん待ちきれなくなって来た。小雪はあの約束を忘れてしまったのだろうか。

それについて、小さいお市にも思いあたるふしがないでもない。じつは、それらしい証拠を、お市のよく見える眼は、ひそかに捉えてしまったのだ。

——そのことを言おうか、言うまいか。

子供心にも、そのことにふれることにはためらいがあった。が、あまり小雪が知らんふりをしているので、ある夜、ついに、お市は小雪に向って、言ってしまったのである。

「小雪」

「はい」

「もう、お城を出るのはやめるの？」

小雪はいぶかしそうな顔をした。

「どうして、そんなことをお聞きになります」

「だって……。小雪はこのお城にいたいんでしょ」

「まあ、なぜに」

「私、聞いちゃったんですもの」

「何を、でございますか」

お市は黒い瞳をぱちぱちさせた。

「いつまでも、こうしていたいって——そう言ってたわね」

瞬間、小雪の顔色が変った。

「あのとき、いたのはゴロウ……」

お市は言いも終らぬうちに、小雪の手で口をふさがれてしまった。

「姫さま、おとなになさいませ」

今まで見たこともないような、こわい表情になって、小雪はお市をみつめた。

たしかに、お市の眼は、何でも見えすぎ、お市の耳は何でもよく聞えすぎた。

数日前の夜、お市が那古野城の片隅の小部屋で聞きつけてしまった睦言《むつごと》は、まさに小雪と相手の男の声に違いなかった。そしてその相手は、お市が聞きとったとおり、ゴロウ——すなわち、平手政秀の息子五郎右衛門にほかならなかったのである。

五郎右衛門は、政秀の長男で、荒馬を乗りこなすのが巧みな男だった。彼が小雪といつそういう仲になったかは誰も知らない。いや、お市にしても、何の気なしにその部屋の前を通りかかって、その声を聞きつけたまでの事であって、その中で二人が何をしていたかまで見たわけではない。いくら「なぜにのお市さま」という渾名《あだな》をとる彼女であっても、たかが七歳の童女である。好奇心はせいぜいそこどまりなのだ。

しかし、もし、このとき、その小部屋の襖《ふすま》をそっとひきあける知恵があったなら、お市は眼《ま》のあたりに見たはずである。小雪と五郎右衛門が着ているもののすべてをかなぐりすてて、放恣《ほうし》な姿で足をからませあっているのを……

どれだけ長い間、二人はそうしていたろうか。五郎右衛門の指と舌は、乳房から下へと、小雪のからだを這いずり続けた。が、たえずそれを求め、さまざまの姿態を要求したのは、むしろ小雪の方だった。はてはそのつど、からだをうねらせて、男の命をむさぼりつくす。しかも、汗みずくになって気を失ったようにしているのは、ちょっとの間で、またはげしくいどみかかって来る。

「もっともっとよ」

あえぐように口走った。

「からだが揺れるの、ほら、こんなに」

いや、女のみのもつひそやかな部分が、ふたたびふるえはじめるのを、自分自身、押えきれないのだ、と小雪は言う。

「お前みたいな女は、はじめてだ。飽きないんだな、ちっとも」

からだをからませながら、五郎右衛門が言うと、小雪は、ふ、ふ、と笑って耳たぶを嚙んだ。

「そうよ、一晩じゅうだって、明日の晩までだって、疲れやしないの。いつまでもこうしていたい」

「驚いた奴だ」

「自分だって同じくせに」

小雪の指はそのかすように、五郎右衛門にふれる。ふれながら、そっとささやく。

「もう、一生離れられないわ、あんたと」

「俺もだ」

「どこまでも、ついて来てくれる？」

「ああ」

「ほんと？」

それから先の声は急に低くなって闇に溶けた。

深い考えもなく、五郎右衛門との事を口にして、お市が小雪に睨みつけられていたちょうどそのころ、那古野城の奥の信長の居間では、五郎右衛門の父、政秀が、若い城主の鋭い視線に対していた。

　あらかじめ人払いをしてあったとみえて、あたりには人影もない。それでいながら、若き城主信長は、いつに似あわず、声を殺している。

「どうあっても」

　つとめて癇癖《かんぺき》を押えつけているとみえて、こめかみが、ぴくぴく動く。

「どうあっても、それは、ならぬと申すのだな」

　政秀はかすかにうなずき、低く答えた。

「いかにも、左様でございます」

「なぜにだ。なぜならぬ？」

「お家を危くいたします」

　何について争っているのかわからなかったが、ただならぬ切迫した気配が漂っている。

「しかし」

　日頃と違った粘り強い口調で、信長は政秀をおしかえす。

「今となっては、それよりほか、この城を救う道はないはずだ」

「…………」

「そうは思わぬか、じい」

　思わず、幼いころからのよび名が、信長の口から洩れた。

「今、俺はひとりぼっちだ。権六も次右衛門も末森にいってしまった。しかも、周囲には、この那古野の城を狙って爪をといでいる奴がうようよいる」

「………」

「このままにしていたら、この城は一年とは保《も》つまい、な、そうであろう」

「……左様」

政秀が重い口調で答える。

「とすれば、このまま死を待つか、助力を乞うか、二つに一つの道しかない」

「………」

「じい」

信長は、じっと政秀をみつめた。

「俺も考えた。考えての末の決心だ。大きな賭けかもしれぬが、運を開くためには、これより道はないと思う」

が、政秀は答えなかった。皺《しわ》のきざまれた頰をひきしめて、同じように信長をみつめていたが、しばらくして、やっと口を開いた。

「しかし、殿、相手はさるものでございまするぞ」

「………」

「なまじ助力を乞えば、足許《あしもと》を見すかされ、かえって、つけこまれましょう」

残念ながら——、と政秀は重たげに言った。

「残念ながら、先方とこの織田家では力のほどが違いまする。ずばぬけて強い相手に助勢を頼むことは、かえってわが身を危くするものと思われます、それに彼《か》の御仁は、天下に聞えた——」

言いかけるのを信長はさえぎった。

「では、じい、じいはどうせよと言うのか」

政秀はまた沈黙した。が、しばらくして意を決した面持で口を切った。

「若君……、いや殿」

彼もまた、思わず幼い日の呼び名を口にしてしまったのである。

「御無念ではございましょうが、ここは御辛抱が、かんじんでございます。お家を危くするより、まず足許を踏みかためられて——」

「と、ということは？」

「御兄弟と仲よくなさる事でございます」

言いも終らぬうちに、信長の頬に皮肉な笑みが浮かんだ。

「じい」

「は」

「じいまでが、そのようなことを申すのか」

「…………」

「権六も次右衛門もそう申した。そしてそれはできぬと申すと、俺を見捨てて末森に行ってしまった」

「…………」

「そりゃ俺だって、仲よくできるものならそうしたい。が、末森では、俺が父君の後を継いだことを認めない。末森にいるものこそ、織田備後守《びんごのかみ》信秀の後継者だ、と言いふらしている。そして母君さえ……」

ふと、信長は声を落した。

「俺を産んだ母君さえ、今は俺を見はなして、信行を立てようとしておられる」

「…………」

「もし、今膝を屈すれば、俺の命は、そのまま無事ではすむまい。それでも、政秀、そちは末森と和睦しろというのか」

「いや、左様なことは……。一時の御辛抱でございます。ここで御兄弟が仲違《なかたが》いなさって、合戦に及ぶことでもございましたら、周囲の敵どもは黙っておりますまい。助力を口実に兵を繰出しますことは必定《ひつじょう》。すれば、このお家はどうなりますか。殿、そこをお考え下さい」

ふとこのとき信長は語調を変えた。

「じい」

薄い笑いさえうかべてからかうように言った。

「それでも俺がいやだといったらどうする」

「……………」

「いいか、よく聞けよ。権六も次右衛門もそなたと同じような事を言った。そして俺がいやだというと、そんなわからず屋の所へはおられぬ、と城を出て行ったのよ」

「殿」

政秀はきっと顔をあげた。

「この政秀に限って、そのような事は」

「せぬ、と申すのだな」

「命にかえても」

「しかとな」

「はっ。政秀一族、誓ってお傍を離れはいたしませぬ」

うなずいた信長の傍に、政秀がにじりよった。

「その代り……殿」

「何だ」

「この事は、思い止まられますよう」

袴の裾を捉えるようにして、じっと彼は信長をみつめた。

「みすみすお家を危くするようなことは、とうてい、承服いたしかねます。あの御仁に助力を乞うことだけは思い止まられますよう」

信長は黙った。ややしばらくして、政秀に眼を据えたまま、静かに言った。

「もし、それでもやると言ったら」

「命にかえても、お止め申す」

政秀はきっぱりと、一語一語を区切るように言った。

「政秀は、織田のお家が大切でござります。みすみすこの地を他国者の足に踏ませることはなりませぬ。そのような事をなされては亡き父君に政秀は死んでおわびをせねばなりませぬ」

「それよりも信行に降《くだ》った方がまし、と申すのか」

信長の視線が静かに政秀を離れていった。

閏《うるう》一月、梅にはわずか間のある空には、雪を含んだ寒雲が重く垂れている。鳥も啼《な》かず、木の葉のそよぎも聞えない、奇妙な静寂のみのある昼下りであった。

その翌日の同じような時刻、ひとせめ馬をせめてきた信長は、居間に入りかけて、後に従う平手五郎右衛門を振り返ると、気軽に言った。

「飛竜はどうしている」

五郎右衛門が秘蔵している馬のことをたずねたのだ。

「気性の荒い奴ですが、やっとどうにか」

「馴れたか」

「は、気がむけば、軽々と走ります」

「脚力は強いのだな」

「ちょっとあれだけの馬はないでしょう」

「ふうむ」

馬好きの信長は、五郎右衛門の馬に大いに興味をそそられたらしい。なおもあれこれたずねてから、ふと思いついたように言った。

「どうだ、五郎右衛門、その馬、俺にくれぬか」

瞬間、五郎右衛門はきょとんとした顔をした。

「は？　飛竜をでございますか」

「そうだ。面白そうな奴じゃないか。俺がこの先仕込んでみよう」

五郎右衛門はしばらく黙っていたが、やがて、

「それだけはお許し願います」

ぶすりと言った。

「いやだと申すのか」

「いやと申すのではございませぬが、しかし」

言葉を探すふうに言い澱《よど》んでから、つかえつかえ、彼は言った。

「あの飛竜だけは……。いや、惜しむのではありませぬ。決してそうではありませぬが……あの飛竜は……つまり、あの飛竜が無くては、私の武者ばたらきができませぬ」

やっと言いたい言葉を見つけ出したというふうに、彼は能弁になって、

「左様でございます。あれが居りませぬと、私は殿のおんために、力の限り走り廻ることもなりませぬ。ま、そういうわけでございますので、この儀ばかりはお許しを」

「ふうむ、いやか、やはり」

信長は、さりげなく言い、それから、ひょいと口の端に笑みをうかべて言った。

「で、その飛竜を、どこまで飛ばそうと言うのか」

「どこまでということはございませぬが……」

「そうか」

それから、もっとさりげない口調で言った。

「政秀はいないか」

やがて政秀が来ると、まるでおかしくてたまらぬ、というように、信長は馬のてんまつを話した。

「五郎に所望したら、みごと断られてしまったよ」

「いや殿……」

額の汗をふきふき、五郎右衛門は信長の言葉をさえぎろうとした。

「お断りしたと申しても……」

「そうそう、あれがなくては、俺のために働けぬから、ということだったな」

政秀をふりかえって、信長はまた笑った。

「そうよ、政秀、五郎は俺のために働いてくれるそうな。で、俺は聞いた、その馬をどこまで飛ばすのかと。すると、それは知らぬと申す」

「…………」

「政秀、そちは知っているか、この男がどこまで飛ばすつもりか」

「いや、とんと」

「そうか知らぬか。では教えてやろう」

傍に従っていた小姓に何やら耳打ちした。政秀は、いよいよいぶかしげな表情になった。

「これはいったい、どのような事で？」

「今にわかる、まあ、待て」

信長ひとり楽しげにうなずいている、と、やがて、縁の向うから小姓に導かれて人影が現われた。

小雪だった。

見るなり、五郎右衛門の顔色が変った。

血しぶき

——おそいなあ、小雪ったら……

所在なげに、お市はさいころをもてあそんでいる。

すごろく遊びが、おもしろいところに来かかっているのに、席をはずした小雪は、なかなか戻って来ないのだ。

呼びつけたのは、兄の信長である。

「すぐ戻ってまいりますからね」

言いおいて、気軽に立ちあがった小雪であったが、それなり、もう四半刻《しはんとき》近く、お市はひとり放っておかれている。

——おそいな、おーそいな……

歌うように口ずさみながら体をゆすると、肩にかかった黒い髪が、さらさらゆれる。

ふっくらした小さな手が、手にした二つのさいころを投げてみると、おどけたような

「一」の目が二つ。そして今度は「二」の目が二つ……

——わあ、すてき。

これが小雪に見せてやれないなんて、残念なこと。それにしても、小雪の帰りはおそすぎる。陽気でおしゃべり好きな彼女は、すごろく遊びの事はすっかり忘れて、兄さまのところで、笑いころげているのではないだろうか。


たしかに、小雪は、笑いころげていた。が、彼女は、このとき、お市が想像したのとはまったく違う、異様な状況の中で、不似合な響きをたてていたのであった。

そもそも、信長、そして守役の政秀、その子五郎右衛門のいるところに、小雪が足を踏みいれたときから、一座の空気には、異様なものがあった。

もじもじし、できればその場から飛び出したいところをやっとこらえ、驚愕をおしかくそうとしているのは、若い五郎右衛門だ。信長は、わざとそれに気づかないように、さりげなく言った。

「五郎、この女に見覚えがあろう」

「は、いや……」

「ないとはよもや言えまいが……」

やんわりと、しかし、底に凄味を秘めてそう言い、いぶかしげな顔付の政秀をふりかえった。

「政秀」

「は」

「そちは、息子が、秘蔵の馬に乗って、どこまで行くつもりかは知らぬと申したな」

「は」

「この女に聞いてみるがいい」

「この……小雪に、でございますか？」

ますます不審げに政秀は言った。お市さまの遊び相手にすぎない年若のこの女が、なにを知っているというのか——と言いたげな様子がありあり見えた。

信長はおもしろそうに政秀と五郎右衛門を眺めてから、ゆっくり小雪の方をむいた。

「教えてやれ、小雪。五郎が飛竜に鞭《むち》をくれて行こうとしている行先を」

「私は、なにも……」

小雪もかぶりをふった。

「ほう、そちも知らぬと申すか。なら、俺が代りに教えてやってもいい」

信長の口調にはしだいに無気味さが加わった。

「いいか、政秀、よく聞け、五郎とこの女が行こうというのは末森よ」

うっ！　といううめきに似たものを洩らしたのは政秀だった。

「俺の母君と弟と……それから俺を裏切った奴らのいる末森に、こいつらは行く」

「………」

「政秀、昨日、そちは俺を裏切らぬと申したな。が、げんに、そちの倅《せがれ》は、俺を裏切って、この女と城を逃げだそうとしている」

むしろ口調は冷静になっている。それだけに、ぬきさしならぬ事実が、鋭く白刃のように政秀に迫ってゆく。

「殿っ」

それなり政秀は絶句した。かまわず、信長は言った。

「よく眼をすえて、倅の顔を見るがいい。政秀、これが那古野の城の真実だ。誰一人、俺と行をともにしようとはせぬ。強いものにつこうと浮足立っている」

その時である。

一閃、異様な迅さが空間をよぎった。重苦しい空気を切り割いたのは、政秀のぬきはなった刀の切先であった。

うおっ、という動物めいたうめきと同時に、政秀は五郎右衛門の衿《えり》がみをひっつかみ、抜き身をふりかざしていた。

「五郎めっ、覚悟っ」

ひと思いに打下ろそうとした腕を、

「待て、待てっ」

一瞬の差で信長が支えた。

「待てっ、早まるな、政秀」

ううっ。

政秀は又しても動物的なうめきを洩らし、

「許せませぬっ」

あえぐように叫んだ。

「この政秀の子ともあろうものが、殿のお傍を離れようと企てたとあっては、とうてい生かしてはおけませぬっ」

きき腕を捉えられたまま、政秀はもがいた。

「お離しを、お離しをっ」

「慌てるな、政秀」

信長は言った。

「何も、そちに倅を殺させようとて招《よ》んだのではない。ただ、いまの那古野の城のありようはこうだ、ということがわかればいいのだ」

「…………」

「政秀は命にかけてもこの俺を裏切りはせぬと申した。が、そちがいかに誓おうとも……」

「殿、では……」

政秀は、じっと信長をみつめた。

「政秀の申し上げました事も、口の先だけとお思いか。これは慮外《りよがい》な」

「いや、そうは思わぬ」

「お疑いをかけられては、政秀の武士が立ち申さぬ」

「疑ってはおらぬ。ただ、いくらそちが申そうとも、五郎は、げんに……」

もう一度、政秀は動物的にうめいた。

「ならば斬りまする。斬らずにはおきませぬ」

一徹な老人は、自分の忠誠心が疑われたと思うと、いてもたってもいられないのであろう。

「そうではない。俺の言うことがわからぬのか、そちは。このままでは、誰もが五郎めのようにこの城を見捨てるであろう。とすれば、残る道は一つ――。そうは思わぬか、じい」

信長は、政秀に、追いつめられている那古野城の現実を訴えたかったのだが、老人の心は、すでに言葉をうけつけなくなっていた。

政秀は目の前に突きつけられた現実に衝撃をうけている。政秀一族は絶対信長と生死を共にすると誓ったばかりなのに、その言葉は五郎右衛門によって、あっけなく崩されてしまった。これには何と申し開きをしたらいいのか。

「殿っ」

彼はあえいだ。

「よもや五郎めが、かような企みをいたしたとは、政秀は、思いもよりませなんだ」

「そうだろうとも、わかっている」

が、信長がいかにそう思ってくれたにしても、

——それですむ事ではない。

すでに十全の忠誠に罅《ひび》が入ってしまったことは、政秀自身がよく知っている。

——今は御自重を。末森の弟君と御仲よく。

と、説いた。誠意をこめた進言も、今となっては信長にそのまま受入れられることはないだろう。最も彼の助言を必要とするいま、彼の言葉は全く説得力を失ってしまったのだ。とすれば、守役としての彼の生涯はすべて無意味だったことになる……

「うぬっ、おろかものめが」

またしても振りあげようとした手を信長は逆手にねじ伏せて言った。

「もう、よい、止めぬか」

が、彼は、このとき、政秀が、何か思い決するごとく唇をひきしめたのに気がつかなかった。ふりむきざま、手をつかえている小雪をじろりと睨《ね》めつけていたからである。

「斬るには及ばぬぞ。五郎はただ、女狐に誑《た》らされたのよ。末森から化けて来た女狐にな」

その瞬間である。切迫した空気が、およそ不似合な、女の高笑いによって破られたのは……

「ほ、ほ、ほ……」

まるで牡丹の花びらを、ひとひら、ひとひらふりこぼすような、あでやかな笑い声をひびかせたのは、いうまでもなく小雪であった。

「ま、何をおっしゃいます。殿さま……」

まるであたりの雰囲気に気づいていないかのように、小雪は笑いこけた。

「御冗談はおやめ下さいまし、え？　何でございますって？　この私が、女狐？　まあ、おほ、ほ、ほ」

それから急に真顔になって、

「殿さま、この小雪は、お市さまにお仕えする小女房《こにょうぼう》でございます。それが何で、末森の女狐などであるはずが……」

「言うな」

信長は不愉快げに、小雪をさえぎった。

「女狐、まだ化かすつもりか。いや、化かせると思っているのか」

「…………」

「五郎めは色仕かけで誑らかしもできたろうが、この信長の眼まではごまかせぬ」

語気鋭く言い、五郎右衛門をふりむいた。

「さ、五郎、この女をとるか、那古野の城をとるか。二つに一つだ。好きな方を選ぶがいい」

五郎右衛門は深くうなだれている。

「去る者はとめはせぬ。女が好《よ》ければ出てゆくのだな。その代り、二度と――」

言いかけたそのとき、

「キャーッ」

小雪が鋭い叫び声をあげた。

遠くに離れていたお市が聞きつけたのは、その叫び声だった。

――小雪がっ……

とたんに、悪い予感が頭をかすめた。

――きっと、小雪の身に何かが起ったに違いない。あの乱暴なお兄さまのことだもの……

お市は鞠《まり》がころがるような早さで走り出していた。

――一刻も早く、小雪を助けねば……

たたたっ、と信長の居間に走りこむなり、

あっ！

お市は棒立ちになった。

あたり一面は血の海だった。

しかし、斬られたのは、小雪ではなかった。血の中に年老いた武士が突伏し、その傍で、小雪は立ちすくんでいる。

「あっ、姫さま……」

よろめくように近づく小雪に、お市は抱きついた。

「こ、これは……」

たしかにそう言ったつもりだが、声にはならなかった。戦国の世とはいえ、むごたらしく血の流れるのを見、その匂いを嗅ぐのは、はじめての経験だった。小雪の胸に顔をおしあて、お市は、悽惨な光景を見まいとした。小さなからだは、小雪の胸に抱きしめられながらも、ふるえがとまらなかった。

——いったい、何が起ったのか。

七歳の童女が眼をあけて見すえるには、あまりにもおそろしい光景だった。

しかし、このとき、小雪はお市を抱きしめながらも、押しつけてくるお市の顔を、無理にもひき離そうとした。

「姫さま、しっかりなさいませ」

血の気は失っているが、小雪は、いささか落ちつきを取りもどした様子である。

「こわがってはなりませぬ。姫さまも、織田信秀さまの御息女ではございませぬか」

小さな声でそう言い、無理にも、血まみれの光景の方へお市の首をねじむけるようにした。

「あのお方、お見覚えがございましょう」

「………」

「平手政秀さまでございます」

しっかり、その場の光景を眼の底へ叩きこんでおけ、とでもいうように、小雪はお市の耳にささやいた。

「平手の……じいなの」

「左様でございます。お腹を召されたのです」

その人物を政秀と見分けるだけの冷静さはお市にはなかった。ただ、血海の中にうずくまったその男を支えようとしているのが、五郎右衛門であることだけを、わずかに認め得た程度である。そして、このとき、傷ついたその男が、五郎右衛門の介抱の手を払いのけようとしながら、信長を見あげ、きれぎれに言うのをお市は聞いた。

「殿……、五郎めの……」

凝然《ぎょうぜん》と立ちつくしている信長の顔を、このとき、お市ははじめて見た。

能面のような顔だった。

白い細面。きゃしゃな目鼻立ち。凍りついたようなその顔を、信長はわずかに動かした。

「わかった、五郎右衛門は許す」

と、全身の力をふりしぼるようにして、政秀は、首を振った。

「いや……左様ではございませぬ」

「………」

「何の、五郎めを……お許し下されなどとは……政秀、お願いはいたしませぬ」

「………」

「たしかに、……仰せのごとく、今のままでは、程なくこの城は立ちゆかなくなりましょう。それゆえに……ここのところは御堪忍あって、御兄弟仲よく……じいの命をかけて申上げたいのは、このことでございます」

能面に似た信長の顔に、瞬間、動揺が走った。

「じいっ！」

血海の中に、ずぶと膝をつき、信長は、政秀を支えようとした。

「じいっ、じいっ！」

ほとんど幼児《おさなご》のように、叫ぶ信長に政秀は切れぎれに言った。

「殿、……よそものを……この地に入れてはなりませぬぞ。政秀……最期のお願いでございまする」

政秀の土色に変った頰に、ふと、ほのかな微笑のようなものが浮かんだ。

——おわかりいただけますか。

とでもいうように、うなずきかけて、そのまま、がくっと肩が崩れた。

それが最期であった。

が、まだ、信長は政秀を支えている。刻々冷えてゆく体温をたしかめるように、彼は空に顔を向け、塑像《そぞう》のように動かない。長年馴れ親しんで来た守役の政秀が、この世の生とは無縁の物体になり果てるのを我と我が身で納得するには、これ以外の方法はないのだ、というふうに、彼はじっとしている。

お市は放心したように、兄をみつめていた。

重苦しい沈黙の時間が、どれだけ経ったろうか。

思いがけぬ事件に圧しつぶされていた童女の心に、少しずつ血が通いはじめた。

「じいは……どうしたの」

おそるおそる、お市は、小雪にだけ聞きとれるくらいの小声でたずねた。

「お腹を召されたのです」

小雪は、かすかに口を動かしてふたたび言った。

「なぜに？」

いつものように、そう聞かずにはいられないお市だった。童女はうける衝撃も大きいかわり、衝撃からの回復力も早いのだ。それはなまじ大人のような複雑な心の翳《かげ》りを持たないせいかもしれない。小雪の方には、むしろためらいがあった。が、意を決したように、彼女は息を殺してささやいた。

「五郎右衛門どのの潔白のあかしをたてられようとして……」

「けっぱく？」

お市は、信長の足許にうずくまっている五郎右衛門を見た。

「五郎が何かしたの」

「いえ、何も……ただ、殿さまからお疑いをかけられたので――」

言いかけて、ふっと、小雪は口を閉じた。

信長の鋭い視線に気づいたのだ。彼はゆっくりと政秀から手を放した。自然に倒れてゆく屍体の傍から身を起すと、袴《はかま》から血をしたたらせたまま、無言でお市の方へ近づいて来た。

――こわいっ！

お市はふるえ上った。生れてこのかた、こんなおそろしい瞬間は経験したことはなかった。兄の細い眼はきらきら光っている。女にしてもいいくらいな、形のととのった唇が、ぴくぴくふるえているのは、これからどんな言葉を吐こうというのか！

――殺される。

瞬間にそう思った。細い眼には、さらに狂暴な光が燃えはじめている！　その光が青い炎となって、信長のまわりに渦巻き、まさに爆発しようとした、そのとき――。

ふいに信長は、歩みをとめた。

それなり、くるりとお市たちに背をむけた。

「行け」

思いがけない冷静な口調で、そう言ったのは、ややあってからである。

「小雪も、お市もゆけ」

その言葉を、お市は夢のように聞いた。彼女たちに背をむけ、信長は、じっと佇《たたず》んでいる。

「みんな行ってくれ」

もう一度言ったとき、やっと小雪も人心がついたらしい。それまで棒きれか縄でしめつけるようにきつくお市を抱きしめていた指先に、ふうっと柔かさがにじんだ。信長はさらに言った。

「五郎も退れ」

「はっ」

なおも立ち淀んでいると、

「政秀は、このままに……」

静かに信長は彼らの方をふりむいた。

「しばらく、俺と政秀だけにしておいてくれぬか」

狂暴な光はすでに消えていた。瞋《いか》りであろうか、悲しみであろうか。名状しがたい暗さを湛《たた》えて、信長の瞳は見開かれている。それはすべてのものを吸いこんで、さらに音もなく渦まく淵であった。

お市の背筋に戦慄が走った。

こんな兄を見たことがない、と思ったそのとき、信長の瞳が彼女にむけられた。

「お市、小雪に連れていってもらえ。小雪といっしょに末森にいっていいのだぞ」

やさしく言った。それがこのとき、お市だけに向って語られた信長のたった一度の言葉であった。小雪はそっとお市をおろすと、

——お辞儀をなさいませ。

というふうに、軽く背に指をふれた。賢い女狐は、こんな時にも、機会を逃そうとはしなかったのである。お市に折り重なるようにして、深く頭を下げると、五郎右衛門とともに足音をたてぬように部屋を出た。廊に出るなり、お市をひっぱる足どりが早くなった。

——気まぐれ殿さまのご機嫌が変らぬうちに……

一刻も早く、この城を抜け出そうというのであろう。

が、数歩も行かない所で、お市の足はぴたりととまった。

「さ、姫さま」

小雪は、お市を促した。

「早く参りましょう。おや、どうなさいました」

お市の大きな瞳は、まばたきもせず、小雪をみつめている。

「さ、姫さま」

お市は大きくかぶりを振った。

「いやなの」

「何がでございます」

「お城を出るのは、いや」

「何をおっしゃいます。今でなければ、もうこのお城からは出られませぬのに」

「出ないの、私は……」

「まあ、なぜに」

「なぜでも」

なぜか。それはお市にもわからない。が、暗い兄の瞳を見たとき、そして背筋にあの戦慄が走ったときから、お市は、そうきめてしまったのである。

「行くなら、小雪と五郎右衛門だけお行き」

「では、姫さまは？」

「兄さまの所へゆくの」

言うだけ言った、というふうに、くるりと後をむくと、信長の居間の方に戻っていった。

「姫さま……。姫さま」

小雪の声が追って来ても、お市は二度とふりかえらなかった。

いったん明るい所へ出たせいか、信長の居間は、ひどく暗かった。足音をしのばせて、中に入ると、政秀の屍体の前に、つくねんと信長は坐っていた。おそろしいほど淋しげな後姿だった。

ひた、ひた、と近づく小さな足音にふりむいた信長は、意外そうな顔をした。

「お市か、どうした」

「………」

「小雪といっしょに行かなかったのか」

お市は黙ってうなずいた。

「ふうむ、なぜに」

その問いに、童女がどうして答えられるだろう。お市は、まじまじと兄の顔をみつめ、少し悲しげな微笑をうかべた。

「そうか、よし、よし」

信長は手をさしのべた。

「ここへ来て、俺といっしょに坐れ」

兄の腰にぴったり寄りそうようにして、ちょこんと坐った後姿に、薄い陽ざしが射しはじめた。

そのまま、二人は黙りこくっていた。

ややしばらくして、吐息のように信長の口から言葉がもれた。

「わかっておらんのよなぁ、誰も彼も……」

重たげな口調であった。

「じいさえも、とうとうわかってはくれなかった」

それなりふたたび沈黙した。

陽にさそわれてか、急に鳥の声が近くになった。

「できれば、じいの遺言を守ってやりたい」

言葉をとぎらせてから、より重たげに彼は言った。

「じいの言いたかったことは、よくわかる。が、しかし……。俺にはそうはできぬのよ……」

何ができないのか、何がつらいのか。

遠くから人々の近づいて来るざわめきが聞えて来た。小雪の口から、早くも変事は伝えられたのであろう。

が、その足音は、他国の事のように遠い。

お市は、兄と二人、底知れぬ静寂の底に沈みこんでゆくような気がしていた。

蝮《まむし》の娘

七歳の幼女にとって、それは強すぎる衝撃であった。

平手のじい——信長の守役・政秀の死。そして、小雪の逐電《ちくてん》——三ヵ月経った今も、あの日の光景は、あざやかにお市の眼裏《まうら》に焼きついている。あの日、信長は、

——女狐！

と小雪を罵《ののし》った。その激しさが、彼女に人間不信というものを、はじめて教えてくれた。

——この小雪が、末森のまわしもの？

天地がお市を載せたまま、ぐるぐる廻り出すような感じだった。この衝撃は今でも忘れられない。小雪が、

「早く、お城を逃げだすのは今よりほかはありませぬ」

とささやいても、その気になれなかったのは、多分そのせいだったかもしれない。

が、それと同時に、お市は、あのとき、信長の姿にひどく心をゆすぶられていた。兄は明らかに、政秀の死に手痛い衝撃をうけていた。お市の衝撃とは全く異質の、彼女などには全く手の届かない深みから衝《つ》きあげてくる何かに捉えられている兄の姿を、そこに見たのである。今までこわい、いやだ、と思っていた信長とは全く違う人物がそこにはいた。

わけもわからず、しかし、お市は信長の苦悩を肌で感じとったのだ。

——おそばにいてあげよう。

自分の小さなからだのぬくもりが、何ほどかの助けになることを、信じて疑わなかった。そして、それに応えるように、兄は、ふと呟きを洩らしたではないか。

「じいの遺言は守ってやりたい。しかし、俺にはそうはできぬのよ」

じいの遺言とは何なのか。それがなぜ守れないのか。お市はあの日から、少女の手にはあまる重い荷物を持たされてしまった感じなのである。

しかも信長は、あれ以来、決してそのことに触れようとはしない。この那古野の城では、政秀の死をめぐって、今もさまざまの臆測が乱れ飛んでいる。小雪と五郎右衛門が城を出たことは、その直後から知れ渡っていて、

「小雪と五郎の密通を殿が見つけて怒られたので、親父が申しわけに腹を切ったのだ」

とか、

「いや、小雪は末森の間者《かんじゃ》で、五郎の裏切りがばれたためだ」

とか、

「政秀もぐるか、と殿になじられて、憤激のあまり腹を切った」

とか……。それらの噂はお市の耳にも入って来ないでもない。そのたびに、

——違う、違うんだったら。

飛びあがってそう叫びたくなる。たしかに形の上ではそうだが、底には何か別のものがある。その事をお市は知っている。が、お市がその場に居あわせたのはほとんど知られていないし、たとえ知っていたとして、誰が本気で、小娘の言うことに耳を傾けるだろう。

お市はそれがくやしいのだ。

が、しかし……。もし、本気で誰かが、真相を話してくれと頼みに来たら？　そこまで考えると、お市も途方にくれてしまう。

——とにかく違うの。そうではないの。

ああ、それ以上何が答えられるというのか。お市にはそれがもどかしい。月を経るに従って、政秀の自決が容易ならざる意味をもつらしいということは、確信に近くなっているのだが、かんじんのところが、はっきりしないのだ。

ときおり、お市はそっと兄の顔を盗み見る。が、兄はあのときの事は、すっかり忘れたように、お市のことなどふりむきはしない。しかし、

——うそ！　兄さまは、何かをかくしていらっしゃる。

幼いお市には確信がある。

お市の確信の根拠は、信長の日常が、あの日以来、より粗暴になったことにある。水練・馬術、なんでも荒稽古が好きなのは以前からだが、このところそれが度はずれて来た。力ずくで駻馬《かんば》を押えこむとか、やみくもに激流を突切るとか、無鉄砲すぎる行動が多くなった。勇気があるというより、危険を承知でむりやり体当りしてゆく感じなのだ。

特にすさまじいのは槍の稽古だ。

「槍は長いのが身上《しんじょう》だ。二間柄《にけんえ》、二間半柄では妙味がない」

そう言って、みな、三間柄、三間半柄に変えさせた上で、信長は、

「これを二間柄のように扱え」

と命じるのである。たしかに槍の柄が長ければ、太刀を持つ相手につけ入らせないという利点があるが、そのかわり、扱いが自由でなくなることは事実で、信長はそれを克服せよというのだ。もちろん理屈はわかる。が、そう理論通りにものごとは行くものではない。なのに、槍組の足軽の動作がちょっとでも鈍いと、

「何をぐずぐずしておるッ」

猛烈な罵声が飛ぶ。二、三度これが続くと、信長の瞳は、たちまち狂暴な光を帯びて、

「うぬっ、馬鹿ものっ、貸せっ」

槍をひったくるなり、まるで積年の恨みのつもる相手でもあるかのように、形相《ぎょうそう》を変

えて襲いかかってくるのである。

「いやぁ、あのときはぞうっとしたな」

危うく槍先を逃れた足軽はそう言ったものだ。

「ひょっとすると殺されるんじゃないかと思った」

大将が部下にきびしくするのは、いざというとき、思いのままに進退を操るためである。が、信長のはきびしさの度がすぎて、狂気に近いさいなみ方なのだ。

「眼が違うよなあ、眼が……」

「平手政秀どののような、歯止め役がおらんと、とめどがなくなるのだな」

結局、話はそこへ行ってしまう。

なかには、こんな殿さまの下ではつとまらん、という者も出て来る。足軽や下級武士たちは、政秀亡きあとの那古野にどうやら見切りをつけはじめたらしい。

——政秀どのまで亡くなられては、いったい、誰が殿をお助けするのか……

異常な光を瞳にたたえたこの青年武将が、十年も経たぬうちに、東海の雄今川義元を降して、覇王の道を歩みはじめることを予想したものは、このときひとりもいなかった。

くりかえして言うが、若き日の信長を、のちの天下人としての彼のイメージに重ねあわせて語ることは間違いである。天文二十二（一五五三）年、二十歳の彼が背負いこんでいた状況は、じつに惨澹《さんたん》たるものだったのだ。

当時の織田家は、清洲にいる織田の家来筋にすぎない。占めるところの地は尾張のごく一部分。これに比べて、今川家は駿河を制覇し、すでに「国」の経営を軌道にのせている。ちょうど、政秀が切腹した直後、今川家は、家に伝わった家法をさらに追加しているのも対照的で、いってみれば、今川は、すでに法度《はっと》のととのった先進国、織田信長の家は、叔父や弟を相手に、食うか食われるかの争いを続けている弱小の分立政権のような存在だった。

難破を予感した鼠が船を見棄てるように、足軽たちは、日ごとに城から姿を消してゆく。那古野城の雰囲気はいよいよ暗い。そして信長は、眼にますます狂暴な光を湛《たた》えて残った部下を叱咤し続けている。

槍の稽古が一通りすむと、今度は行軍だ。まるで戦場に臨むときそっくりに、騎馬隊を全力疾走させる。城下から領地一帯へ弓、槍を持たせて、臨戦態勢さながらに駆けぬける。

異常と思われるこの信長の行動を、以前のお市だったら、

——こわい。

と一途に思ったかもしれない。が、政秀の死の折の兄を見てしまった今は、お市は別のことを感じるようになった。何となく、兄の苛立ちがわかるのだ。何かに耐え、それをのり超えようとしながら、のり超えられずにいるような……、その兄をどうしたらいいのか。原因がつかめないだけに、お市も何となく苛立つのだ。

そのせいか、好きなすごろくも気乗りがしなくなった。小雪が姿を消してしまってか

ら後、相手になってくれるのは、三つ上の姉のお犬だが、どうも姉とでは、賽《さい》を振る手に力が入らない。

一つには、お犬があまりおっとりしすぎているからかもしれない。目鼻立ちがぱらりとした、それだけに造作の小ぶりなお市よりもある意味では見ばえのする美少女のお犬は、万事鷹揚《おうよう》で、時には手ごたえがない感じさえする。

その日も――。お市はもうすごろくには飽きていた。桜も散り、山吹も過ぎた四月の半ばすぎ、そろそろ庭の片隅の卯《う》の花が白い花房を垂らしはじめた昼下り、

「姫さまがた……」

軽い足音が近づいた。

「御内室さまからのお言伝《ことづ》てでございます」

障子越しに声をかけたのは、信長の妻、濃姫《のうひめ》の侍女の一人だった。

信長の妻の里は美濃の斎藤家。そして父は道三《どうさん》。彼女が美濃姫君――濃姫――と呼ばれているのもそのためなのだが、尾張よりさらに都に近いだけあって、時折り、実家から、京の匂いのするしゃれたものが送られて来る。その日も侍女の口上は、

「美濃より荷物が届きましたので、姫さま方にお目にかけたく、お揃いでお越しを」

ということだった。

義姉《あね》の実家は、織田の家とは比べものにならないほど大きな大名家だ――とお市は聞

いている。そのせいか、義姉は着るものもぜいたくで、いつもいい匂いをさせている。何でも、都の公家《くげ》の姫君でもふだんには使わない香をたきしめているからだという話だが、ぜいたくやの義姉を、お市は決して嫌いではない。大どかで陽気で、第一、気前がいい。お市が遊びにゆくと、珍しい京下りの菓子やらおもちゃやらを手にあまるくらい持たせてくれる。

まだ年若い義姉は、藤の花房に黄蝶をあしらった大柄な小袖を着て、

「まあ、いらっしゃい、さあさあこちらへ」

華やかな笑みを湛えて、お犬とお市をさしまねいた。

「実家《さと》から荷物が届いたのよ。これ、都で織らせたんですって」

無造作に膝許に投げだされた絹織物は、しどけないばかりに赤や青の色を氾濫させている。

その中の何反《なんたん》かをとりあげると、

「さ、どれが好き。いいのをお持ちなさい」

例の気前のよさで、お市たちの膝許に押しやった。

「あら」

お市は意外そうな声を出した。

「これを下さるの」

「ええ」

「お菓子じゃなかったの？」

「まあ」

義姉は、おかしそうにころころ笑った。

「お市どのもだんだんおとなにおなりだから、お菓子よりこの方がいいと思って。でも、お菓子もあげましょうね」

甘い葛《くず》菓子でも、と侍女に命じておいて、豪奢《ごうしゃ》な反物に埋もれて、どれとも選びかねている姉妹に、

「この青海波《せいがいは》、お犬どのにどうかしら。色がお白いからよく似合うと思うけれど」

「あ、そのなでしこを取ってみて、ほら、お市どのにはこれがいいわ」

てきぱきと、何反か選んでから、

「もう一つ、お市どのには、この手筥《てばこ》も」

あやめを金の高蒔絵《たかまきえ》にした手筥を、お市の手に持たせた。

「まあ、私だけ、こんなに頂いていいの」

お市は眼をぱちぱちさせたが、

「いいの、いいの、とっておきなさい」

義姉はあっさりしたものだ。気前がいいにしても度がすぎている、と思ったとき、義姉は、笑いながら、ひょいとお市の顔をのぞきこむようにした。

「だって、お市どのはたいへんな目にあわれたのですもの」

「え？」

「小雪がいなくなって、淋しくはない？」

お市はやっと、義姉の贈物の意味を理解した。

「ええ、少しは」

「まあ、強いのね、お市どのは」

子供をあやすような調子に、少しお市はむっとして言った。

「でも、お義姉さま、私どうしてもわからないことがあるのです」

「何が？」

「平手のじいは、なぜに腹を切ったのか」

「ほ、ほ、ほ」

義姉は華やかに笑ってから、さらりと言った。

「それはね、お市どの。私が、このお城にいるからなのよ」

「えっ？」

気がつくと、部屋には、濃姫とお犬とお市のほかは誰もいなかった。葛菓子を折敷《おしき》にのせて来た侍女をはじめ、みんなが、さっと姿を消してしまっている。

お市は屈託なげな義姉の笑い声に、息を呑んでいた。

「なぜに……」

やっとそれだけ口に出したのは、しばらくしてからである。

「ほほほ」

義姉はまた華やかに笑った。

「お犬どののやお市どのは、私の実父《ちち》のことを御存じ？」

「はい」

お犬が静かに答える。

「美濃の斎藤山城守《やましろのかみ》利政さま。入道して道三と仰せられますそうな」

「それで？」

「はじめ美濃の土岐《とき》家に仕え、今は美濃稲葉山城のおんあるじ」

「そのおっしゃり方は、少し正確ではありませんわね」

義姉は微笑しながら言った。

「はじめは流れ者、永井新九郎、やがて土岐に仕え、遂にはとって代って城主になりおおせたというのが本当のところ」

他人事《ひとごと》のように言い、さらに、

「その父の渾名《あだな》はご存じでしょ」

「いいえ」

幼い姉妹は揃って首を振った。

「あら、そうなの。じゃ、お教えしましょうか、蝮《まむし》の道三というの」

「まむし？」

「ええ、毒蛇のことよ。だから私は蝮の娘」

「どう、私、蝮に似ていて？　ほんとのことというと、私、蝮を見たことがないんだけれど」

「…………」

からりと言ってのけた。二人はすぐには返事もできない。と、義姉はさらに続けた。

「政秀は、だから、私のことを警戒していたの。蝮のように、この織田家にくらいつくんじゃないか、って」

実は信長の父、信秀は、度々斎藤道三と合戦をしている。兵力からすれば、とうてい太刀打ちできるはずはなかったのだが、用兵の才のある彼は、しばしば奇略を用いて道三を苦しめた。道三はいわば彼の奇才に惚れこみ、娘を信長とめあわせ、和平を結んだのだ。

が、子飼いの政秀にすれば、道三は、油断のならない相手だった。その縁組さえも、蝮が織田を呑みこむ布石、と見て警戒を怠らなかった。

ところへ、信秀が急死した事によって、事態はまた変化した。織田家内部にも分裂が起って、末森の本城にいる弟の信行や実母と、那古野の信長との間が険悪になって来た。孤立した信長は、相手に対抗するために舅《しゅうと》の道三の助力を仰ぐよりほかはない、と思いはじめたのである。

が、その決意を洩らしたとき、政秀は真向から反対した。

「そんなことをすれば、蝮にかまれますぞ」

それがかねてからの道三の狙いだったのだとまで政秀は言った。

「俺には俺の考えがある。蝮にかまれる俺ではない」

と言っても、政秀はきかなかった。道三は強すぎる。手をさしのべるふりをして織田を乗取るに違いない。そんな事になっては、守役としての地下の信秀さまに申開きが立たぬ。政秀の眼の黒いうちは、絶対蝮に尾張の地は踏ませぬ、と主張しつづけた……

話を聞いているうち、お市はあの日の政秀の最期の言葉を思い出した。よそものをこの地に入れるな、と苦しい息の下で言ったのはこのことだったのだ。道三からの助力に反対する政秀は、命を賭して、信長を諫《いさ》めようとしたのである。

「だから、私がこの家に来なかったら、政秀も死ななくてよかった、ということになるでしょうね」

義姉は顔色もかえずにそう言った。

「殿は、政秀の気持はよくわかっておられたの。でも、政秀は信秀さまの時代の人。斎藤から私をめとられた殿は、おのずから考えも違って来ます。だから……」

言いかけたとき、

「お義姉さま」

ふいにお市が顔をあげた。

「なあに」

「あのう」

ひどく真剣に、切りだした。

「お義姉さまは、兄君がお好き？　それともお実家《さと》の父君がお好き？」

言いながら、お市は焦《じ》れていた。

——なんて子供っぽい言い方しかできないんだろう。私って……

が、その単純な言い方、子供らしい遠慮会釈なさに、義姉はむしろ、不意をつかれたらしい。しばらく黙っていたが、やがて、彼女は、大どかな笑みをうかべて明るく言った。

「お市どの、私はあなたの兄君の妻なの。そして蝮の娘なの。どちらが好きか、って言われても、そうねえ、それは答えられない。きっとお市どのが大人になれば自然にわかると思うの。今言えることはね、私は、どちらにもよかれと思ってるっていうことだけ」

言いさして、ふと思いだしたように別の話を始めた。

「この間の亡父《ちち》の御葬儀のこと、憶えていて？」

何で忘れることがあろう。あの日、弟の信行はじめ皆が威儀を正して葬儀に参列しているとき、信長は袴もはかず、太刀をしめなわでぐるぐる巻きにした異様な風態でやって来て、父の位牌に向って、わしづかみにした香をぱっと投げつけたではないか。

「あのときはね……」

義姉は続けた。

「母君や重臣だけでどんどん御葬儀をきめてしまわれて、殿さまには御相談ひとつありませんでした。今にして思えば、信行さまを押し出して、殿さまをのけものにしようというお企みは、あのときから始まっていたのですわ」

「…………」

「殿さまはそれがやりきれなかった。のけ者にされて怒るというより、亡父君《ちち》の死後早くもそんな企みをなさることに憤慨なさったのでしょう。今はそんな時機ではないはずだ、って」

――そうだったのか……

あのとき、信長をひたしていた憤りと哀しみが、そんなに深かったのか。それを狂気じみた振舞いでしか現わせなかった苦しさを、自分は何ひとつわかってはいなかったのだ。ひたすら兄の粗暴な振舞いを憎んでさえいた。

――お義姉さま、私って馬鹿でした。

そう叫んで、義姉の膝許に身を投げてゆこうとしたとき、切れの長い瞳をはっきり見開いて、義姉は、一語一語物にきざむように言った。

「そして、そのお気持がわかっているのは、自分だけだ、とそのとき、私は思ったの」

お市の胸に義姉の言葉はじんじん響いてゆく。やはり義姉さまは、お兄さまの味方なのだ、と思った。が、そのとき、義姉はひょいといたずらっぽく肩をすくめた。

「何しろ、私も蝮の娘ですものね」

織田家をめぐる権謀術数などは見通しだ、というのだろうか。さすがに道三の娘だけあって、ひょいと飛びすさって、お市をからかうことは忘れていないようである。

——油断のならない方らしい。

そう思いながら、お市はいま、この義姉に強く魅《ひ》かれてゆくのを感じている。小雪とは違った信と不信のかねあいのおもしろさを、年若い義姉は存分お市に味わわせてくれた。

「ね、仲良しになりましょうね」

反物を抱えて辞そうとすると、義姉はお犬とお市に指をからませた。ふっくりとした、あたたかい指だった。

「殿さまもずいぶん苦しまれたけれど、やっとお元気になられました。今ごろはどこを駆けていらっしゃるやら」

ふと意味ありげな遠い瞳になるのに、お市は気づかなかった。部屋に帰ると、お市はお犬に言った。

「おもしろいお義姉さまね」

お犬はにこにこして黙っている。そういえば、あのとき、一言もしゃべらないお犬だった、と今になって気がついた。が、お市はしゃべらずにはいられない。

「私も大きくなったら、お義姉さまのような人になりたい」

そう思うことが、後にどういう意味をもつようになるか、お市はまだ気づいてはいない。

砂塵巻く

お市が、信長の妻、濃姫から、京下りの反物やら手筥を与えられて、いそいそ部屋に戻ったころ、信長は、那古野の城下にはいなかった。

いつものように槍隊約五百に例の長槍を持たせて、朝早く城を出た。最近は、三間半の柄を朱塗りにしたので、いよいよ目立つようになったこの部隊を先頭に、二、三百の弓衆、鉄砲衆がこれに続く。これが一丸となって、だだっと地を蹴立ててゆく。まるで戦場へ臨むようなすさまじさだが、城下の人々はすでに馴れっこになっている。

「またか、あのうつけ殿が……」

たしかに——

信長の風態《ふうてい》は、うつけ者と言われても仕方のないいでたちだった。髪は例の茶筅髷で、髷を緑の打紐《うちひも》でぎりぎりと巻きあげ、片身替《かたみがわ》りに染めたはでなゆかたびらを着て、つんつるてんの半袴をはいている。刀はこれもお得意の長身をしめなわでぐるぐる巻き、腰には何やらいろいろぶらさげている。

「何てえざまだ。あれが殿さまか」

見なれていても、城下の人々は思わず目をそばだててしまう。

「腰につけてるのは何だい」

「火打袋らしいのも見えるが、そのほか今日はひょうたんが七ツ、八ツぶらぶらしてたぜ」

「うふっ、何のまじないだろうな」

いって見れば、父親に死なれて社長の座についた若い息子が、依然として頭髪を長くし、ヒッピースタイルで、じゃらじゃらいろんなものをぶらさげて歩いているようなものだ。あれで城主がつとまるのかな、と年寄りどもが首をかしげるのも無理はない。

「ま、それでも、調練に熱心なのだけは、めっけものだが」

人々はそんな事を呟きながら、砂煙を立てて去ってゆく一隊を見送った。父信秀が死んでから、那古野の城が非常に危険な状態にあることは、侍ならずとも知っている。主筋にあたる清洲の織田家も、肉親の弟、信行一派も、そして境を接する駿河の今川勢も、信長の隙を狙っている。とすれば、常に臨戦態勢をととのえ、軍事教練を重ねるにこしたことはない。

いつもの信長は、戦闘隊形をととのえて一刻半くらい行軍すると城に戻って来る。それから馬を責めたり、改めて槍隊に戦闘訓練をさせるのが順序だったが、この日、なぜか信長は道を北西に取って、馬を走らせた。

「進め！」

短くそれだけ言い、あとはひたすら戞《かつ》、戞《かつ》、と馬を走らせた。

——はて？

部下たちは、気むずかしげな白皙《はくせき》の顔をそっと窃《ぬす》み見た。

——いったいどこへ行くのか。

このまま合戦に臨んでも決してふしぎはない。かなりの速さで、彼の部隊は前進してゆく。信長の口からは、まだ「戻れ」の命令は出ない。

やがて木曾川のほとりに出た。すでにここは尾張と美濃の境で、近くに富田という町がある。ここは信長の領地ではない。正徳寺《しょうとくじ》という石山本願寺系統の寺があり、昔富田庄といわれていたこのあたりを所有していた。いわゆる一種の門前町である。

そのころの石山本願寺は、性格的には全く戦国大名と同じで、広大な所領と武力を持っていた。しかも各地に末寺があり、その末寺が、それぞれにまたちょっとした領主ほどの土地と、経済力を蓄えている。いわば本願寺分国ともいうべきところは東海地方にはいくつかあったが、富田は中でも七百軒の町屋が並ぶ殷賑《いんしん》ぶりである。ここには、本山の本願寺から僧侶が派遣されて正徳寺の住職と領主をかねている。こうした寺社領は昔から守護不入であったが、富田はその伝統そのままに、一種の治外法権の地となっていた。

その富田へ、信長はゆくというのか？

こっそり主人の顔色を窺《うかが》ったとき、

「正徳寺へ参詣だ」

若い主人は、また短く言った。

——とほッ！　こりゃどういう風向きか？

信長の無信心は部下にまで知れ渡っている。その主人が、わざわざ正徳寺へ参詣とは！　しかも、気の短い主人は、

「ゆくぞっ」

一気に馬を走らせてゆく。

大分経ってから信長は、はじめて、左右をふりかえってにやりとした。

「おい、みんな、いやに、けげんそうな顔をしてるじゃないか」

「は」

「俄か信心に驚いたか。あっはっは」

いたずらっ子のように口をひんまげて笑った。

「何のこの俺が、信心気を起すものか、じつはな、舅《しゅうと》に会いに行くのよ」

「舅？」

「おおさ、蝮の道三にな、もうかれこれ向うも正徳寺についたころであろう」

あっ！

侍たちは、はじめて主人の意図を知らされて、膝を打った。なるほど富田は信長と道三の双方の拠点からほぼ等距離にある。しかも治外法権の地であって見れば、お互いにここでは干戈《かんか》を交えることはできない。つまり、万が一にもだまし討ちはできない安全地帯だった。

そして、もし、このとき、お市がその場に居あわせたら、気前よく反物や手筥を与えたときに、義姉がふと洩らした一言の意味に気づいたはずであった。

「殿さまは、今ごろ、どこを駆けていらっしゃることやら……」

義姉の実家からの使は、単に京下りの女衣裳を届けに来たのではなかったのである。

いや、実をいえば、そんな表立った使でなくとも、商人や庭師、大工などに化けた道三側の間者《かんじゃ》は、何回となく、濃姫と父親の間を往復している。信長の側近で、道三と結ぶことを反対しつづけた平手政秀が、自らの命を断つことによって無言の抗議をしめして以来三ヵ月、最大の障害は取除かれたといっても、直ちに二人が顔をあわせるというわけにはいかなかった。

「場所は？」

「いつ、いかなる形で？」

極秘裡《ごくひり》に交渉は続けられた。しかもこのやりとりは誰にも気づかれてはならなかった。政秀は死んだとはいえ、このほかにも道三と手を握ることを快しとしない者はなくなったわけではないし、万一、末森城にいて、信長を排除して弟の信行をたてようとしてい

る一派にでも知れたら、これとばかり、

「蝮に国を売る気か」

「織田の地は、織田の手で」

と大義名分をふりかざして迫ってくるであろう。また、清洲にいる主人筋の織田家も、黙ってはいまい。

「尾張を美濃ものに汚させるものか」

と信長を討ちにかかるだろうし、駿河の今川だって黙ってはいまい。何しろ相手が天下の道三だけに、影響は大きすぎるほど大きいのである。いってみれば現代の変転する国際情勢の中で行われる政治路線変更のようなものだ。首脳会談に漕ぎつけるには根廻しが必要だし、かつ、絶対他国に気づかせてはならないのである。

極秘の交渉が続けられ、日時や場所、双方に随行すべき人数など大筋がきまったところで、道三方は、堀田道空《どうくう》という家来に京下りの衣裳を届けさせたのであった。

「万事承知」

を伝えるその使は、信長にも目通りを許されはしたものの、わざとその事には触れず、形式的な季節の挨拶などを長々と繰返して帰っていった。その堀田道空は、いま、正徳寺の本堂で、道三とともに、信長の到着を待っている。

蝮といわれるだけあって、斎藤道三には、彼らしい二重の腹づもりがあった。

信長はたしかに娘婿である。信秀の没後、

「いつでも力になってやろう」

と申入れはしている。が、一方、信長がいま、危機に立たされていることを嗅ぎあてない彼ではない。それに加えて信長の弟の信行側は、このところ、しきりに兄の行動を大げさに近辺に吹聴して廻っている。

「あいつは大うつけだ」

それが知れ渡れば、自然、弟が跡を継ぐのは当然ということになる、という計算であった。じじつ、その噂はかなり美濃まで入りこんでいて、道三の側近の誰彼も、

「申し上げにくいことではございますが」

婿どの信長には見切りをつけてはいかが、と言いはじめているのである。が、道三は、

「まあ、待て」

そのつど、そう言っている。うつけかそうでないかを、自分の眼で確かめたかったのだ。何度となく間者を放ったり、使者をやったりしたのもそのためだが、使者たちが報告した那古野の情勢も必ずしも芳《かんば》しいものではなかった。重臣たちも、ほとんどが末森の信行側についているというし、那古野はまさに先細りの状態にあるという。

――もし、本当に先の見込みがないなら、娘を取返さねばなるまい。

そんな気もしている。だから道三が、

「会いたい」

と言ってやったのは、一種の面接試験のようなものであった。いや、会って人物を確かめるというよりも、その前に、信長がいかに国内の危機を克服して自分の前に姿を現わせるか、である。いわば命がけの面接試験だ。

——もし、それができず、いずれそのうちなどと言って日を延ばすようだったら、援助すると見せかけて那古野を乗取ってしまってもいい。

蝮はそんなことを考えていた。ところが、信長は、ごくあっさりと、

「会う」

と言ってきた。日時や場所も道三の提案に難色を示すこともなかった。

——ほう、では、どんなふうに領地をぬけだして来るつもりか。

まずはお手並拝見と行くか、と道三は腹の底でにやりと笑っている。もちろん自分は美濃一国をおさえてしまっているから、富田の正徳寺に行くには何の差支えもない。堂々と正徳寺参詣と触れて、例の堀田道空以下に肩衣《かたぎぬ》、袴の折目正しい服装をさせて、その日は早めに寺についた。

待つほどもなく、木曾川べりに出した物見が走って来た。

「織田方は、木曾川べりに到着いたしました」

「来たか、ほう」

道三は腰を浮かした。

「して人数は」

「約七、八百、と思われます」

約束通り同数の人数である。道三にとって七、八百はものの数ではないが、小名の域を出ない信長が、それだけの数を動かせば那古野では当然目につくはずだ、奴め、どうやってここまでやって来おったか、と詳細を尋ねようとしたとき、物見の者は、

「殿――」

何やら重大めかして声を低めた。

「御用心なさりませ」

「何ゆえに」

「織田の総勢は、すべて出陣の装いでござりまするぞ」

道三の瞳をふっとよぎるものがあることにその男は気づかず、なおも続けた。

「第一、信長さまの御風態が異様でございます。ゆかたびらを片肌ぬぎに、茶筅髷を緑の紐できりきり巻きあげられ、いやもう、殿の前に出られるいでたちではございませぬ」

道三の片頬にかすかな笑みが浮かんだのはこのときである。

「よし」

大きくうなずいて物見の者を退がらせると、

「聞いたか」

傍らの道空を顧みた。

「は」

堀田道空の顔には、いささかの不安がある。治外法権のこの富田、よもやとは思うが、信長の一行の行装には警戒した方がいいのではないか。何しろ非常識という噂をたてられている信長だ。もし万一何かが起ったらとりかえしはつかない。責任は全部自分にある。

「では、当方も一応の備えを」

声を低めるのを、道三は手をふって止めた。

「それには及ばぬ」

「と申しましても」

「わからぬのか、そなた」

「は?」

「信長め、若いに似合わず、よく考えたものよ」

すでにその頰には満足げな微笑が拡がりつつあった。

「どう脱けて来るかと思ったら、やりおったわ」

彼は信長が、毎日城下で実戦さながらの行軍の演習をさせていることを知っている。それを飽きずに続ければ、誰も、またか、と思ってその行動を怪しまなくなる。信長はその馴れを狙ったのだ。これが大仰に衣紋《えもん》をつくろって出れば、何しに行くかと目をそばだてるが、日頃の実戦態勢なら、よもやこれで富田まで行って道三に会うとは気づくまい。しかも往復の安全は保てるし、二十の若者にしては小憎らしいほどの才覚だ。

「どれ」

道三は立ちあがった。

「一同本堂の縁に並んで出迎えよ。俺は後からゆく」

正徳寺には、多くの塔頭《たっちゅう》、子院がある。彼はその一つにもぐりこみ、よそながら、大うつけ殿の素顔をとくと見定めることにした。正式の対面ともなれば、よそ行きの顔になってしまう。その前の素顔を、じかに自分の眼でたしかめて見たかったのだ。

やがてざわめきが聞えて、槍隊が早足で通って行った。

――ほう、長い槍だな。

道三は眼を見張る思いだった。噂には聞いていたが、三間半の槍が五百も並ぶのは、息を呑むほど壮観だ。

その後から馬上の信長が姿を現わした。なるほど、噂にたがわぬ異様な風態だ。しかし、髻を巻きあげた打紐の緑が、新緑の芽ぶきの中でひどく鮮かで、風流でさえあった。何か口の中でくしゃくしゃ嚙みながら、片肌脱いだゆかたびらの袖をぶらぶらさせて、馬にゆられてゆく。他領に出たという緊張感は全くなかった。

――よかろう、これなら。

道三はうなずいた。その後から弓隊、鉄砲隊が続く。壮観ではあるが、四里ばかりの道を駆けて来たから、みんな埃まみれである。

――趣向はいい。が、俺の所との実力の差は歴然だな。

冷静な蝮の道三に戻って、彼は、ひそかにその距離を計っていた。何しろ道三側はすべて隙のない礼装で涼しげに居並んでいる。ここまで出て来るのに何の苦労もいらないのだ。いわば、一方がフォーマル・スーツに身をかためて並ぶ所へ、汚まみれの労働着で息をきらして、駆けつけたようなものだ。

——ま、ここで、それを思い知らせておくのも悪くはない。

時刻を見計って、道三は本堂へ帰った。

道三は、その後で、また驚かされることになる。本堂に着いた信長は、瞬時に手早く衣替えしてしまったのだ。髪も茶筅をほぐして、みずみずしく尋常な髷にゆい直し、褐色の肩衣に長袴というすがやかな礼装でその座に臨み、人々をあっと言わせるのである。しかもこのときの両者の対面がおもしろい。『信長公記』によれば、こうである。

御堂へするすると御出ありて、縁を御上り候のところに、春日丹後、堀田道空さし向け、はやく御出でなされ候へと、申し候へども、知らぬ顔にて、諸侍居ながれたる前を、するすると御通り候て、縁の柱にもたれて御座候。暫《しばら》く候て、屏風を推しのけて道三出でられ候。又是《こ》れにも知らぬかほにて御座候と、堀田道空さしより、是れぞ山城殿にて御座候と申す時、であるかと仰せられ候て……

この情景はフランス革命当時のナポレオンとタレイランの対面によく似ている。成上り者と貴族出身の老獪《ろうかい》な政治家は、それぞれ体面にこだわり、どちらが先に手をさしのべて挨拶するかについて、どうしても双方譲らず、とうとう第一回めの会見はお流れになってしまった。ナポレオンとしては最もタレイランの助力を必要とし、タレイランも政界復帰の好機であったのにこの始末だったのだが、しかし、それを愚劣だと笑うわけにはゆかない。ごく最近の国際外交の会議でもメンバーが四角いテーブルにつくか円いのにつくかをきめるのに何日もかかっているのだから。

外交の場にあっては、どちらが先にお辞儀をするかは、その後の力関係に大きな意味を持つ。信長と道三が同じ座敷に入りながらそっぽを向いていた、というのも、いわば駆引のひとつである。婿であり、むしろ助力を頼まねばならない信長の肩肘張った姿がうかびあがっていておもしろい。この『信長公記』は、やたらに信長を祭りあげ、天才的な英雄に仕立てあげているので、大分割引して読む必要があるが、このところは、案外当日の真相を描いているのではないだろうか。

この後は、堀田道空が仲に入って引合わせたので、至極円滑に事は進んだ。何といっても信長は年下だから彼の方がまず道三に挨拶し、道空が二人に湯漬けをすすめ、酒を献じた。晴れの対面に湯漬け、すなわちお茶漬け一杯とはお粗末だが、戦国の食生活は、概《おおむ》ねそのようなものであったらしい。

さて再会を約して信長は引揚げていった。道三は二十丁ほど信長を見送ったが、華麗な信長方の長槍に比して、道三方の槍は柄も短く、みすぼらしく見えたらしい。が、思うに道三の眼をひいたのは、この派手派手しい槍よりも、むしろ、さりげなく配した鉄砲隊の方ではなかったか。

いわば、これは新兵器である。種子島《たねがしま》にポルトガル人が火縄銃を伝えたのが天文十二（一五四三）年、それから十年後、信長はすでにこの新兵器をかなり手に入れていたと見える。

――ふ、ふむ、小僧め。やりおるわ。

興奮がさめたあと、道三の胸には、いささかほろ苦いものが残った。もっとも『信長公記』が、道三の言葉として、

「俺の子供は、残念ながら、あのたわけめの門外に馬を繋《つな》ぐ（家来になる）ことになろう」

と言ったと伝えているのは、いささかできすぎている。多分道三の滅亡後に、したり顔につけ加えられたものではないか。

帰途、信長はかなり上機嫌だった、が、さすがの彼も、そのころ、那古野の城のお市たちの許に、恐るべき知らせがもたらされていたことを知る由もなかった。

刻限にすれば、それは信長が道三と対面しているころであったろうか。お市が義姉の濃姫からもらった反物と手筥を大事そうにかかえて部屋に戻ってから、間もなく――

「お犬さま、お市さまの御乳母さま方、おられますか」

さっき、お市たちを呼びに来た濃姫の侍女がうって変って慌しく乳母たちを呼びに来た。

「はい、只今……」

小走りに走っていったお犬の乳母の綾瀬と、お市の乳母の鈴野は、とって返して来たとき、表情ががらりと変っていた。

「姫さま、そのお反物はお戸棚におしまい遊ばして」

せきたてる口調に、お市はいぶかしそうな顔をした。

「どうしたの、いったい」

「お静かに。お城を出なければならぬかもしれませぬ」

「ま、どうして」

「敵が攻めてまいります」

答える間も惜しいというように、乳母たちは城ぬけの準備をしはじめた。戦国の世にお城づとめをする者は、いつ敵襲をうけるともわからないので、かねて城ぬけの準備は怠らない。身一つで持てるだけの、さしあたっての必需品を、手際よくまとめるのだ。すばやい手付を、お市はあっけにとられて眺めている。

「敵って、誰なの。どこから来るの」

「姫さまの御存じのない男です。鳴海《なるみ》のお城を預かっている山口左馬助と、息子の九郎二郎というものが謀叛《むほん》したのです」

「どうして謀叛を？」

「さあ、それはわかりませぬ」

お市はじれた。乳母などにかかわっていては駄目なのだ。そう思って、一気に濃姫の部屋にかけつけた。

「お義姉《ねえ》さまっ」

「あ、お市どの」

相かわらず濃姫はゆったりしていて、手まねきしてお市をひきよせたが、眼の光はずっと強くなっている。

「慌てるには及びませんよ」

「はい」

「でも覚悟はして下さいね。あまり急なことなので」

「あの……山口って強い男なのですか」

「いいえ、それほどでもないのですけれど、今度は少し手強《てごわ》いのです。一万五千ほどついて来ます」

「まあ、一万五千もですって」

兄の信長さえ、動かすのはせいぜい千、二千であるのに、どうして山口がそんな大軍を……

「お兄さまにすぐお知らせしなくては」

「ええ、もちろん知らせにはゆきましたが、殿さまはいま遠い所にいらっしゃいます」

「遠い所って？」

お市はそのとき、はじめて兄が義姉の父道三に会いに行った事を知らされた。いま兄のいる富田と、山口の謀叛を企てた鳴海の地はちょうど対角線上にある。城から急を知らせるにしても、信長が馳せ走って出陣するより早く、敵はこの城に攻めよせて来るのではないか……

敵また敵

——戦いがやって来る！

お市にとっては、生れてはじめての経験だった。いや、戦いは、父の時代にもあったのだが、そのときはお市は余りにも幼なすぎて、何もわからなかった。

今は、しかし違う。おぼろげながら、父なきあとの織田の家の危機を肌に感じている。そして、信長が城下を離れた折も折、敵は攻めて来るというのである。

「あ、そのお荷物はこちらへ」

「当座の食べ物の用意は？」

万一に備えて城ぬけの支度をする侍女たちは慌しく手を動かしながら、時折り不安そうな眼をあげる。

「殿さまへ、お知らせはついたかしら」

舅の斎藤道三に会うべく富田へ出かけた信長の許に、すでに知らせは届いたのか、それとも……

謀叛を起した山口左馬助、九郎二郎父子をお市は知らないが、彼らはこれまでにない軍備をととのえて、出発するところだというのである。

——大軍とは嵐のようなものだろうか。

そっと耳に手をあててみるが、何の響きも聞えては来ない。それどころか陰暦四月の半ばすぎ、城をめぐる緑はいよいよ濃く、雲ひとつない紺碧《こんぺき》の空は、あっけらかんとした静かさなのだ。

山口左馬助は鳴海の城を預かっている信長の家臣の一人である。それが、突然一万五千の兵を率いて押しかけて来る——この静かな晩春の昼下り、そんなことがあるのだろうか。

城主の家に生れた娘だけあって、お市も那古野の城から毎日調練を眺めているから、百、二百の動きには理解が届く。千、二千ならその十倍だ。しかし一万五千となると見当もつかない。女たちが浮足立つのも無理はない。

——こんな小さなお城はひと揉《も》みではないか……

が、それから間もなく、一万五千は誤報だと知れた。結局彼らが動かしているのは千五百程度らしい、と知ったとき、濃姫は、ゆったり笑った。

「そうでしょう。私の父上だって、一万五千もの兵は、めったに動かせるものではありませぬ」

その言葉は、いくらか女たちの心をほっとさせたようだ。あるいは、これは案外、道三の娘らしい心理作戦だったかもしれない。それにしても、山口左馬助の動かせる兵力は、たかだか数百のはずである。それが、何で急に千五百にもふくれあがったのか。

「駿河《するが》ですね、後押しは今川ですね」

遠くをみつめる眼になって濃姫がそう言うのを、幼いお市はまじまじと見守った。

「お義姉さまって、ふしぎな眼をお持ちなのね」

「なぜ？」

「駿河のことがどうして見えるの」

義姉は、ほ、ほ、とゆったり笑った。

「見えはしないけれど、わかるのよ」

「どうして？」

幼女らしい真剣な問いに義姉は、さあ、と首をかしげて言った。

「きっと、お市どのが大きくなったときは、もっといい眼をもつようになってよ。いいえ、もたなければいけないの」

「ふうん」

敵襲を控えて、やたらののどかなやりとりが続く。が、その台風の目のような静かさが、唸《うな》りをたてて戦闘準備に追われている狭い城内に一種の安定作用をもたらしていることはたしかである。

「いま、殿さまは、私の父上に会いに富田へ行っておられる、ってお話ししたでしょ」

「はい」

「それを、駿河の今川家が嗅ぎつけたのね。そこで、山口左馬をたらしこんで動きはじめたの。千五百の兵の大半は、きっと今川勢でしょうよ」

「まあ……」

信長はまさにこのとき、王手をかけられたような、一息もぬけない状態にあったのだ。秘かに斎藤道三に会いにゆけば、その留守を狙って、今川方が、

——蝮と手を握るならこうだぞ。

と威しをかけてくる。いや、今川としては、信長の頭ごしに、斎藤道三に、

——うかつに尾張に手出しは許さぬ。

と示威運動を行った、ということかもしれない。

「じゃあ、山口は、今川についてしまったの」

お市が眼を丸くすると、

「そういうことになるわね」

落着き払って義姉はうなずいた。

「まあ、にくらしい」

「でもね、お市どの。腹を立てるよりも先に考えてみなくてはならない事があるのよ」

「それは何？」

「誰が、山口に殿さまのお出かけを知らせたか……。告げる人がいなくてはわからないはずでしょう。殿さまも私も、あれほどそっと事を運んだのに……。お城の中にも敵がいるのです。油断はなりませぬ」

「…………」

十にもならないお市にとって、理解を超えた事であるかもしれない。が、義姉は、あくまでも静かに、事実をむきだしにしてゆく。戦国の城主の一族として生れたものには、どんなに早くから血なまぐさい駆引を叩きこんでも早すぎることはない、というふうに……。そしてそれは、彼女自身が蝮と呼ばれた父親の側にいて、自然と身につけた生きざまであったのかもしれない。

たしかに――

子供にとって、早すぎる教育というのはないのである。子供はお手玉や雛遊《ひなあそ》び、ままごとだけしていればよい、というのは大人たちの錯覚だ。よちよち歩きのそのころから、彼らはつま立ちしてでも大人の世界に入りたがる。

まして、ときは戦国――。あと数年もすれば、幼いお市も一人前の女として、血なまぐさい社会にわけ入って行かねばならない。とすれば、いまお市は義姉から、おのが人生をつむぐための、豊かな色糸を与えられたというべきだろうか。

そしてそのころ――

兄の信長は、道三との会見の場からとって返して、全速力で馳せ戻り、山口父子に襲いかかろうとしていた。そして駆けながら、

「城には寄らぬ。このまま行くぞっ」

伝令を那古野の城に飛ばせて来た。

彼らしい迅速さだ。城へ戻って装備を整えたりしていては、徒らに敵の進出を許してしまうだろう。舅の道三に会いにゆくとき、平常の臨戦態勢そのまま富田へ馬を飛ばせていった用意がみごとに生きたのだ。長袖、長袴で気取ってのらりくらりと出かけたりしたら——もっともそれが出来ないくらい危機にさらされていた彼ではあったが——うまうま山口父子に虚をつかれるところであった。

「城中よりの加勢無用」

伝令はそう伝えて来ている。

「そのまま城の固めを十分にせよ」

この疾風のような反攻作戦は、少なからず山口父子の計画を狂わせた。隊伍をととのえ、しずしずと鳴海の城を出て、北のほう約十五、六町、赤塚まで来た彼らは、
あっ！

と言ったまま、その場に釘づけになった。目と鼻の先の三ノ山に、旗印がなびいている。

「おっ！　あれは？」

思わず目をこすった。

いるべきはずのない信長が、そこにいた。

――うつけ殿は、今ごろ、富田で蝮と酒をくみかわしているはずではなかったか。

が、目前の人馬は、夢や幻ではない。錯覚しようにもできないほどの近さに立ちはだかる一団の中に、采《さい》を手にした信長そのひとの姿まで、はっきりと見えるではないか……。

――これはいったい何としたこと。

裏をかくつもりがかかれただけに衝撃は大きかった。

このとき――。

颯《さっ》！

と信長の采が振られた。

「落せ！」

石塊《いしくれ》が斜面をころがり落ちるように、大胆に、無謀に、人馬はひとかたまりになって三ノ山を馳せ下ってくる。あっ、と思ったとき、山口隊は、わずか四、五間しか離れていないところに迫って来る織田の先鋒《せんぽう》を見出したのである。

はじめからすさまじい白兵戦になった。鉄砲、矢戦さ、槍あわせ、やがて刀を握っての一騎打ち、取組みあい――とたいてい順序がきまっているのに、最初からそんなものは無視した体当りで、

「ぐわおっ」

動物的な雄叫《おたけ》びをあげてぶつかって来る。

矢と槍が同時に飛んで来たかと思うと、人と馬がぶつかる。叩きあい、押しあい、血煙が渦を巻く。

山口左馬助の息子の九郎二郎は、信長と年はほとんど同じだ。かつては信長の後に従って、茶筅髷に結いたて、派手な帷子《かたびら》を着て、那古野の城下を押し歩いた仲間である。槍には自信があった。一人対一人の試合なら誰にも負けない実力を持っている。だから今度の合戦では、ひそかに、

——信長を刺せるのは俺だ。

と野望を抱いていた。

が、彼はいま、合戦というものは、試合とは別の、全く次元の違うしろものであることを、血煙の中で痛いほど骨に沁みて感じさせられている。

あれだけ自信のあった槍だ。たしかに縦横に振廻しているのだが、合戦じたいの巻起したこの熱気と渦を、その彼の切先は突き破ることができないのである。

「ええい」

「おおう」

手当りしだいに撥《は》ねのけてゆくのだが、その穂先は、いっこうに信長に近づけない。

このときに及んで彼は、一見無計画なやみくもな体当りに見える信長の用兵が、まことに巧妙な網の目のような組織になっていることに気づかされる。

――む、む、さすが……

このときだ。

「九郎二郎っ」

聞きなれた信長のかん高い声が横合いから響いた。

――あっ、そこに……

この機会逃すまいぞ、と思った。それでいて、無意識に彼は、身を翻してしまっていた。なぜか、自分でもわからない。しかし、これをきっかけに、山口勢は崩れたつ。

「九郎二郎っ」

もう一度、聞きなれた信長の声が追いすがって来るのを感じながら、九郎二郎は一目散に逃げた。

白兵戦は一刻《とき》もの間続いた事になる。気がつくと、信長の手勢からも、三十人の戦死者が出ていた。

さすが蝮の娘である。

「お城の中にも敵がいる」

お市にそう言った義姉の言葉は、信長のおかれていた状況を、みごとに言いあてていた。お市の言い方にしたがえば、義姉は、「よく見える眼」を持っていたのだ。

このとき、信長に対して反逆を企てたのは、鳴海の山口父子だけではなかった。彼らと同様、信長の支配下にあって深田城を預かる織田右衛門尉《うえもんのじょう》、松葉城を預かる織田伊賀守らも、このころこっそり寝返りを打とうとしていた。

もっとも、彼らを操っていたのは、今川ではなく、清洲城にいる尾張の守護代、織田信友《のぶとも》だった。彼は信長の主人筋にあたる。清洲城の本来の主《あるじ》は斯波《しば》氏だが、その被官だった織田氏がいまは清洲の城の主となり、主人の斯波氏を城外の守護館に住まわせていたことはすでに述べた。

この織田信友はなかなかの野心家である。

――うつけめがあまりのさばりかえらぬうちに。

松葉、深田両城を守る二人に内応をすすめて来たのである。

――この際、奴めの周辺をはぎとり、素っ裸にしてしまえ。

ということだったのだろう。父信秀死後の那古野の織田は、ひと揉みすれば踏みつぶせそうに不安定に見えたのだ。さらに織田信友の触手は、守山にいる信長の叔父、信光《のぶみつ》にものびて来た。

「どうだ、清洲の守護代にするから、味方に来ないか」

これも、信長一族を分断しようという作戦である。

が、信光もなかなか山っ気の多い男だ。こっそり信長に信友の誘いをばらしてしまった。

「清洲からは、こんな誘いが来たぞ。知らぬ顔をして味方するふりをしておくからな」

一方がだまそうとすれば、他方はだまされた顔をして、逆に寝返りの機を窺う——これが戦国武将の素顔なのである。

「よろしい」

信長も、この山っ気の多い叔父に一応同調する。信光は喜んで、

「そのかわり、うまく清洲をやっつけたら、領地は山分けだぞ」

と申し入れて来る。

「よろしい、御随意に」

しめしあわせた彼らは、やがて呼応して兵をあげ、先に信長に背いた深田、松葉の城を攻略した。もっともこのときは清洲城下に迫ったままで城を攻め落すところまでは行かなかったが。

一方、山口左馬助を抱えこんだ今川も、じっとしているわけではない。山口父子が鳴海城へ逃げ帰った後も、じわじわと尾張進出を計っている。

今川方の拠点は岡崎である。ここから、謀略で信長方の家臣を抱きこんでその城を手に入れたり、言うことを聞かない者には実力でおどしをかけて城を押取ったりして、一歩一歩尾張進出を謀《はか》っていた。東海第一の実力を誇るだけあって、その進出ぶりは、大海の水が徐々に水量《みずかさ》を増し、ひたひたと大地を呑みこんで来るような無気味さがあった。

このままでいたら、ちっぽけな信長の領土は、手もなく併呑《へいどん》されてしまうだろう。

——やるか！

信長は今川方がさらに西進して、村木《むらき》に前進基地を設けた、と聞いたとき、遂に決心する。それも実情は必ずしも華々しい挑戦ではない。このまま坐視していたら、いつかは今川に呑みこまれてしまう、という危機感からの、必死の反攻なのである。が、いま、彼が東へ兵を動かせば、清洲は、待っていたとばかり、那古野へ向って押し出してくるだろう。今川と清洲にはさみうちになっているような現在、うかつに動けば、元も子もなくしてしまうにきまっている。

このとき、信長に、

「やれ！」

後からポンと肩を叩いてくれたのが、斎藤道三だった。

ためしに、

「千騎ほど、加勢願いたい」

と言ってやると、

「何騎でも喜んで」

という返事を追いかけるようにして、安東伊賀守以下、千人がやって来た。天文二十三年（一五五四）正月のことである。

「お前のおやじも、かなりせっかちだな」

信長は、美濃侍の訓練の行届いた、きびきびした隊伍の組み方を眺めながら、濃姫に言った。

「尾張の富田での御対面以来、父はひとり息子がふえたと思っているらしゅうございます」

妻の言葉に、

「それは迷惑な」

信長はにやりとした。

「俺は蝮の息子にはなりたくない。向うは、すり寄って来て、唇を吸うつもりでも、吸われた方は、災難だ」

「まあ、ひどい方」

笑いながら、しかし、どこか濃姫は、真剣な口調である。

「ほんとの事申しますとね、父は息子の誰より、あなたさまに望みをかけておりますのよ」

道三は実は跡を継がせた息子の義竜《よしたつ》と仲が悪い。これは、義竜が実の子でないからだ、という説が専《もっぱ》らだ。道三は美濃国を主人の土岐頼芸《よりあき》から奪ったとき、同時に頼芸の愛妾も手に入れた。その彼女の産んだ義竜は、どうやら頼芸の子で、彼の胤《たね》ではないらしい、というのである。それかあらぬか、彼は晩年になって生れた幼い息子を溺愛し、これに国を譲り直そうと思っている——という噂は尾張へも伝わって来ている。濃姫の言葉は、そうした事情を暗示するものであったかもしれない。

ともあれ、千人の加勢は、現在の信長にとっては、まさにこの上ない後楯《うしろだて》だった。

「御苦労だった」

広間で安東伊賀守以下を引見した信長は、簡潔に労をねぎらった。

「明日にでも出陣する」

「これはお気の早いことで」

「お前たちの顔を見たら、舅殿のせっかちが感染《うつ》ったらしい」

「御冗談を」

「ま、ともかく後はよろしく頼む」

「と、申しますと」

安東伊賀は、手をつかえながら、ふといぶかしそうな顔をした。

「私どもはお供できませぬので？」

「そりゃそうだ。そこまでそなたたちの手を借りるつもりはない」

「と、申しましても、私どもは、馬前で一働《ひと》きお目にかけるつもりで出てまいりましたのでございますが」

「そりゃ大儀だ。しかし、美濃の侍に頼みたいことは、美濃から輿入れして来た、この御台《みだい》――」

と、妻の方へあごをしゃくった。

「このお方の身辺を守ってもらいたいということだ」

「はあ……」

何やら納得できない面持ちである。

「ま、あとはよろしく頼む。万一清洲から攻撃をかけて来たら、力のかぎり戦ってくれ」

「しかし、清洲勢が現われませんと、折角参上いたしました我々、全くお役に立たぬことになります」

「いや、それでいいのだ」

濃姫も、傍から微笑んで言葉をそえる。

「殿さまのお言いつけ通りになさい。美濃侍の武者働きは、また後でいつでもお目にかけられます」

「左様で……」

「慌てるには及びませぬ」

出陣を前にしたとは思われない、なごやかなひとときが続いた。

が、そんなやりとりを、むっつり押し黙って見ている男がいた。平手政秀なきあと、この那古野の城の一の家老《おとな》の林通勝《みちかつ》である。

どうやら通勝にとって、これははなはだに面白くない風景だったらしい。政秀と同じく、彼は信長の父、信秀と生死を共にして来た人間だ。度々斎藤道三とも戦っている。しんの髄に沁みこんだ美濃嫌い、道三嫌いは、まだぬけきれていない。だから、今度信長の要請でやって来た安東伊賀にも心の底からは許せないものがある。

いや、斎藤の助っ人が来た事じたい気にいらないのだ。

——何だ、大きい顔しくさって。

ずらりと並んだ美濃侍を見廻し、そして濃姫を見ると、まるで那古野の城が、斎藤道三に占領されてしまったような気さえする。

——ごめんだな。あいつらと手を握って戦うなどとは……

盃もそこそこに、ぬっと席を立った。

彼の頭には、このとき、ふとかすめる思いがあった。人に知られてはならぬその思いに、しぜん眼差を嶮《けわ》しくしたそのとき、出会い頭にぶつかったのはお市だった。

「おお、姫さま——」

武骨で無器用だが子供ずきな彼は、お市を見ると相好《そうごう》を崩した。

「どこへおいでで」

「お義姉さまのところに」

この所、義姉にまつわりついてばかりいるお市なのだ。と、通勝は眉をよせた。

「姫さま……」

かがみこんで声を低くした。

「あまり御台様のお近くにばかりいらしてはなりませぬよ」

「まあ、なぜに？」

それには通勝は答えなかった。

清洲の織田、そしてそれに連なる諸将。一方には今川とその同調者——。いま信長の敵は山野を埋めつくしている。その群がる敵を追払うにあたって、信長の支えとなろうといってくれるのは舅の斎藤道三ただひとり——。

が、この同盟者の存在は、戦いを前にして、信長の身辺に、また新しい敵を生み出そうとしている気配である。

ものかは

お市には、そのときのことが忘れられない。

「あまり御台さまのお近くにばかりいらしてはなりませぬ」

林のじい——佐渡通勝は、そういったとき、むしろ淋しそうな顔をしていた。

「なぜに？」

と聞いても答えなかった。お市の子供っぽい問いに、いつも機嫌よく答えてくれる彼にしては、これは珍しい事だった。兄、信長の守役は、たいていお市にやさしかったが、どちらかというと、自殺した平手政秀は頑固で堅苦しく、通勝の方がお市には甘ったれやすかった。大人の目から見れば、その分だけ彼の方が、人間が鈍く、お人よしだということになるのかもしれないが……

その林のじいが、その日に限って、まともに相手にならず、別の事を考える眼をしていた——とお市は思った。子供というものは、案外そういうことには敏感なのである。

うのだ。大人の感覚で人間を見透すのではなく、無心に、鏡のように大人を眼の中に映してしま

「ねえ、じいったら」

袖をひいたとき、林のじいはふとわれにかえり、また淋しそうに笑った。

そしてその翌日である。彼が弟の美作《みまさか》とともに、突然、那古野の城から姿を消したのは……。

眼をさましてすぐ、お市は常ならぬ城中の気配を感じとった。そして、それが通勝逐電から起ったということを知るまで、あまり時間はかからなかった。

——そうだったのね、じい……

昏の色まで失いそうな衝撃に、じっとお市は耐えた。

——じいは何か言いたかったのだわ。

あの淋しげな笑顔は、お市にひそかに別れをつげるためのものだったのだ。が、そのことは、誰にも言えない。まして通勝逐電と聞いて、癇癪《かんしゃく》を今にも爆発させそうな兄の前では、絶対に口をすべらすことはできないのだ。もし、うかつにじいの噂でもすれば、

「黙れっ。お市などは黙っとれっ！」

空気を引裂くような兄のかん高い一喝を食うにきまっている。

しかし、じいのあの顔を思いだすということだけで、お市は兄に秘密を持ってしまったようで気が重い。が、いかにそれが持ち重りのする荷物であろうとも、絶対に放

り出してはならない場合があるということを、お市ははじめて知った。たった八歳の彼女のこの経験は、今からみればあまりにも早熟な感があるが、戦国の城主の一族に生れたものとしては、決して不当に早すぎるのではなかった。

戦国の少女たち——城主の娘たちは、誰から教えられるともなく、直面する事態の中から生きざまを身につけてゆく。お市の口を閉じさせたのは、林のじいへの愛着もさることながら、この事件がいかに深く兄を傷つけたかがわかったからである。

つとめて平静を保っているものの、信長は、いま憤激で、からだがはり裂けそうなのだ。

「村木攻めに出陣という折も折、佐渡め、何ということを！」

——阿呆ッ。

髻《もとどり》をひっ摑んで、ぐいぐい引張り廻してやりたい。援軍にかけつけた斎藤道三の部下たちに、まるで城内の不統一をさらけだして見せてやったようなものではないか。若い彼の自尊心は完全に傷つけられた。

通勝の道三嫌いはわかっている。さんざんいためつけられた相手と手を握る気にはなれないだろうが、いまは、道三の援助がなければ切りぬけられる事態ではないのである。東海随一の雄、今川に決戦を挑むためには、それよりほかはない。

——いや、それこそ蝮のつけめ。

通勝はそう思いこんでいるのだが、父の信秀の時代とは状況が違う。濃姫という妻が

斎藤と織田を繋《つな》ぐ、強力な架け橋になっているのに、それがわからないのだ。そして、

——織田の家を思えばこそ。

と言って、政秀は自殺し、通勝は出ていってしまった。

——ふん、どいつもこいつも、阿呆ばかりだ。

怨恨、復讐といった私的感情にばかりこだわって、時の動きのわからない彼らの愚直さが、いらだたしい。

さらに、信長の眼には、もう一つの事が見えている。通勝のこの愚直を利用しようとしている人間がいるのだ。

操っているのは弟の林美作だ。兄より小才がきき、打算的なこの男は、信長に見切りをつけ、末森にいる弟の信行をかつごうとしているのだ。いま織田領で本拠としての重みがあるのは末森だし、信長・信行兄弟の実母をはじめ、主だった家来はみな末森にいってしまっている。

——いまが潮どきだ、兄上。

美作はそうそのかしたに違いないのである。おそらく、美濃から援軍としてやって来た安東伊賀守が、こうした情勢に気づかないわけはない。それを肌に感じながら、兄がいま、どんな気持でいるか——。細かい事はわからないが、お市の血は、たしかにそれを受けとめている。だからこそ、お市は、

——おとなしくしていなければ。じっと黙っていなければ……

と思うのである。

林通勝が立退いたのは尾張荒子《あらこ》（現在の名古屋市中川区）の前田与十郎の館《やかた》である。つまり後の前田利家はこの家から出るわけだが、この時点ではまだ完全に織田の傘下《さんか》に入ってはいなかった。が、この事件がかえってばねになったのだろうか。天文二十三（一五五四）年正月に行われた信長の今川の出城、村木攻撃戦は、すさまじかった。その意気込みは、出陣のときから違っていた。勝栗や昆布を載せた簡素な祝膳が運ばれ、濃姫が、瓶子《へいし》をとりあげ、

「御武運を」

と酒をつぐ。ほとんどその顔も見ずに軽く飲みほすと、すっと立上り、縁に出た信長は、

「ものかはを曳けっ」

と今日の合戦に乗る馬を名指した。

「モノカハ？」

濃姫の傍にちょこなんと坐っていたお市は、そっとたずねた。

「ええ、一番強いお馬よ」

お市の手をそっと握って濃姫は答える。

「嵐もものかは、矢弾《やだま》丸もものかは――って駆けるの」

その馬の気の荒さも「ものかは」と乗りこなそうという信長らしい、洒落《しやれ》っけのある命名であった。鼻嵐を吹いて、だっだっだっ、と早くも勇みたっているその黒鹿毛《くろかげ》にまたがった信長は、もうお市の方を振りむきもしなかった。

「ものかは」は、まさしくその名のとおり、嵐も矢弾ものかはと駆け続けた。村木での戦闘開始は二十四日の辰《たつ》の刻《こく》（午前八時）。それから十時間近く、息つく暇もなく血みどろの戦いが続けられた。規模は大きくないが、全力を出しきったこの執拗な戦いは、信長の戦歴の中でも記憶されるべきものの一つである。

出城といっても、村木の城砦の堀は深い。その前に立ちはだかった信長は、一番攻めにくそうな南側を睨んで、

「俺がひきうける」

直接攻撃を担当した。

「鉄砲隊前へ！」

それから取っかえ引っかえ、間断なく鉄砲がぶちこまれた。この掩護射撃の下に、部下たちが堀を渡り、砦《とりで》の裾にしがみつく。かぶと虫のようにじわじわ登ってゆくと、向うは大石や、槍で突落す。突落されれば、また登り、落されてはまた登る。死者、手負いは続出するが、それでも信長はやめろと言わない。じっと眼を据え、自分も鉄砲を打ち続ける。戦術にのっとった攻城戦というよりも、むきだしになった執念が、ぎらぎらと村木の城にとりついてゆく感じだった。

守る側は、むしろその執念のすさまじさに恐怖したらしい。薄暮の迫るころ遂に降伏を申し出、一日で村木は落城した。斎藤道三がこの婿を、

「すさまじき男、隣には、はや成人にて候よ」

と嘆賞したのは、安東伊賀守からこの合戦の報告をうけたときのことである。戦国名うての戦さ上手の道三から、

「もう一人前だ」

と言われた事は、いわば免状を貰ったようなものだ。たしかにこのころから、信長の戦いぶりは凄味を増して来ている。目の上の瘤《こぶ》ともいうべき清洲を遂に攻略したのはその翌年だ。これには、運のよさも手伝っている。那古野の小城のうつけ――と馬鹿にしていた清洲の織田（この時は広信が城主になっている）は、信長が次第に力をつけて来たことに脅威を感じ、信長一族の分断を策して、彼の叔父に当る織田信光を清洲に招じいれた。

この信光はもともと山っ気のある男で、前にも信長と内応して清洲攻略をもくろんだ人物だから、それを城内に入れるというのが、広信の誤算なのだが、清洲の守護代にしてやる、と利をもって誘えば、信長とは手を切る、と思ったのだろう。が、一筋縄ではゆかない信光はそれに釣られたような顔をして清洲の南櫓《やぐら》にのりこみ、そこで信長と連絡をとりながら、広信の重臣の坂井大膳《だいぜん》を謀殺しようとした。

このときは坂井大膳が気づいて城を逃げだしてしまったが、これをきっかけに、信長

と信光は内外から攻めたて、広信に腹を切らせ清洲の城を乗っとってしまったのである。

この過程の中で守護の斯波氏は没落し、清洲は信長のものとなる。不安定な一土豪から、多少なりとも戦国大名らしい片鱗を見せはじめるのはこれからだ。といっても、依然その勢力範囲は尾張の一角にとどまり、しかも似たりよったりの力を持つ織田の同族は尾張の各地に蟠踞《ばんきよ》しているから、決して気をぬくことはできない。

が、一応清洲城は尾張のシンボル的存在だ。ここを手に入れた事によって、信長は競争相手より頭一つ先行する形になった。もっともこのとき、彼は清洲にいた叔父の信光にとって代って入ってしまったのだから、かなり強引である。その代りに信光には、今までいた那古野を譲っているが、信光としては、当然おもしろくない。彼の腹づもりとしては、そのまま清洲に居すわり、清洲織田家の所領を折半し、尾張の覇者になるつもりだったのだろうが、半ば脅されるような形で、那古野に追い出されてしまった。

——話が違うぞ。

地団駄踏んでみても、背後に斎藤道三の眼が光っているので、どうすることもできない。

『信長公記』には、この年の十一月のこととして、

「不慮の仕合せ出来《しゆつたい》して、孫三郎（信光）殿御還化。忽《たちま》ち誓紙の御罰、天道恐ろしきかなと申しならし候へき」

と、いかにも信光が信長との誓を破って謀叛《むほん》を企んで失敗し、自滅したように書いて

いるが、どうやら信長の手で謀殺されたもののようである。そう思って読めば、同書が続いて、

「上総介《かずさのすけ》政道御果報の故なり」

と書いているのは、まことに意味深長である。ちなみに、信長が文書に上総介と書きはじめたのはこのころだ。実はこれと前後して上総守《かみ》と書いた文書があるが、これは滑稽なまちがいである。上総は上代から親王の任国ときまっているから、臣下の守はいない。親王はもちろん任国へは赴かないから、代って長官の役目を果たすのは介なのだ。それを知って、彼も早速上総介に改めたわけだが、当時の彼ら土豪は、その程度の貴族社会のいろはも知らなかったのである。

ともあれ、今川方の村木の砦を攻略し、上総介と名乗り、やがて清洲を手に入れた彼は、小さいながらも尾張の少壮実力派の一人として、戦国大名への道を歩みはじめる。

覇者は二つの顔を持つ。ライバルたり得る肉親には非情に冷酷に、そして、人心収攬《じんしんしゅうらん》のためには、部下に寛容に——。信長がその両面をはっきりさせて来るのはこのころだ。すでに彼は主人筋にある広信を殺し、叔父の信光を殺し、その血をしたたらせて立っている。それでいながら、いったん信長の許を去った林通勝を許しているのもこのころだ。あまつさえ彼は叔父の信光を殺した後の那古野城を、この通勝に預けている。

信長のこの両面は従来とかく見過されがちだ。彼が肉親にいかに冷酷だったかは、ほとんど問われもせず、そのかわり部下に対しては短気で冷酷だと思いこんでいる人が多

いが、それは大変な誤解だ。たしかに彼は口が悪いし、部下をぽんぽん叱りつけはするが、最終的な処分はなかなかしない。その点ではむしろ、呆れるほど辛抱強く許しつづけるのだ。通勝の場合がそうだし、その後も生涯を通して、多くの例を見出すことができる。じつは、それこそ彼の魅力の秘密であって、だからこそ部下はどこまでもついて来たのであり、彼が天下をとれた理由もそこにある。肉親への不信と部下への寛容という、およそ両立しにくい資質が、ほとんど何の矛盾もなく同居しているところに、戦国時代を生きた彼の人間像があるといっていい。

両立しがたい二つの資質を信長という人間の中で統一させているのは、覇道への熱情だ。当時の武将たちがひとしくとり憑かれたそれは、いま、沸々《ふつふつ》と二十二歳の青年の中に燃えたぎりはじめている。

もちろん、幼いお市は、兄の中に芽生えて来た二つの素質を見ぬく力はない。それをはっきり理解するのは先のことだし、兄の覇者的性格が、形を変えて自分の中にも流れていることに気づくのは、もっと先のことだ。が、おぼろげに、兄の中にあるものを感じとる機会は、その前後に、早くもやって来た。

信長には、喜六郎秀孝という同腹の弟がいた。年は十六、女のように色白な少年である。いまは実母の土田《どた》氏とともに末森城にいるが、母の盲愛をうけて、いささか人間が甘いという評判がある。信長の生母は人の好き嫌いが激しいたちの女性である。彼女に

とって折目正しい秀才型の信行は、渇仰《かつごう》の対象であり、秀孝はただただ可愛い愛玩物だった。そして信行と対照的な信長のことを、

「あれは鬼っ子」

と呼んで憚《はばか》らなかった。

そんな母といっしょにいる秀孝は、我儘《わがまま》でからきし子供だ。十六といえば、信長が父の信秀からすでに一部の仕事を任され、熱田の八ヵ町村に制札を下している年頃である(この文書は、信長文書第一号として有名だ)。が、秀孝には、そんな器量はない。ただ、この兄に似て馬だけはめっぽう好きで、

「いまに兄上を凌ぐ馬の上手になる」

と朝から晩まで馬を乗り廻している。そんな噂を聞くと、

「困った奴だ」

信長は苦笑いするばかりだ。ただ、几帳面にとりすました信行よりは少しは親愛の情は感じているらしい。

お市はこの異母兄にはさほどなじみはない。年が近いから、子供のころ、やたらいじめられた記憶があり、

「やんちゃすぎる、こわい兄さま」

という印象が強い。

この秀孝が、夏の日ざかりに、末森から程近い、竜泉寺城《りゅうせんじ》のほとりを流れる松川の堤

を、全速力で馬を走らせていた。ただ一騎、供もつれずに末森を飛び出したのは、子供っぽい冒険心からである。

ところがその松川で、守山城を預かる織田孫十郎信次が、家来をひきつれて水浴びをしていた。守山城は、以前信光のいたところで、彼が那古野に移った後、信長の息のかかった信次が入っているのである。

彼らは、川の中から蹄《ひづめ》の音を聞いた。

「誰だ、いったい」

葦《あし》にかくれて姿は見えない。

「降りろっ、守山殿が御座あるぞ」

が、秀孝は走るのをやめなかった。現代の若者が、車のスピードに酔いしれるように、馬上で恍惚感にひたっていた彼には、葦のそよぎに混って聞える叫び声などは耳に入らなかったのだ。

「おっ、まだ降りぬとみえるな」

「守山殿の御前を、乗り打ちする気かあ」

「降りろっ、降りぬかっ」

「どこの阿呆だっ」

わめいているうちに、侍たちの眼がつり上って来た。素裸のまま、数人がわらわらっと川原へ駆けあがった。

「かまわぬ、かまわぬ、やっちまえ」

弓をひっつかんだのが、手早く矢をつがえびゅっと放つ。

ぎらぎら太陽の輝く青い空に、

「ぎえっ」

一瞬に叫び声が消え、どさっと人の落ちる気配がした。

「やったぞ」

「当り前だ。無礼者にはそれが当然」

口々にわめきちらして駆けよって、侍たちは、はじめて乗り打ちしていたのが秀孝と知ったのである。

あっ！

喉を抑えたが遅かった。

よもや、秀孝ともあろう者が、供一人連れずに馬を飛ばせて来ようとは思ってもみなかったのだ。が、今となっては、そんな言い訳は通用しない。色を失った信次は守山城へも戻らず、その場から逐電し、居あわせた家来たちも、屍体を置きざりにしたまま、慌てふためいて行方をくらませてしまった。

が、たまたま通りあわせて、葦の間から息をひそめてなりゆきを見守っていた百姓たちによって、事は直ちに末森と清洲に報告された。

「なにっ、喜六郎が孫十郎めに？」

近習《きんじゅう》の報告を聞くなり、小姓の捧げる太刀をひっ摑んで、信長は立ち上った。

「は、それが、よもや喜六郎さまのお通りとは思わず……」

「喜六郎方で遮《さえぎ》る者はいなかったのか」

「あいにくお供もなくお一人で――」

みなまで言わせず、もう信長は縁に歩み出していた。

「馬曳けっ」

曳き出されたのは、例の、ものかはであった。ひらりとまたがり、鞭をくれると砂塵《さじん》をのこして信長の姿は消えた。

「殿っ、ああっ、殿っ」

「お待ち下されいっ」

側近は慌てて厩《うまや》に走った。

「出陣だぞうっ」

俄かに突風が巻き起ったような騒ぎになった。力をこめて吹きならされる法螺《ほら》の音は、お市の所へも響いて来る。

「まあ、また戦さなの？」

「いいえ、実は、喜六郎さまが……」

侍女の口から、はじめて兄の突然の死を知らされた。

「まあ、お兄さまが……」

そのころ、信長は守山まで三里の道を、ひた駆けに駆けていた。清洲の城内からは、その後を追って、引きもきらず騎馬武者が全速力で飛びだしてゆく。隊伍を整える暇もなく、馬を飛ばせていった彼らは、思いがけず守山の近くの矢田川のほとりで馬の足を洗わせている信長を発見した。

「おお、殿、ここにおいでで」

「うん」

打って変って憮然たる表情で信長は言った。

「ものかはの足を冷やしてやっているところよ」

それはいったい、どういうことで――といいかける部下の方を見ずに信長は顎をしゃくった。

「あれを見ろ、あれを」

言われて気がついた。守山の町一帯に煙がたなびいている。

「あっ、あれは」

それに答えず、

「帰る」

不機嫌にそれだけ言って信長はゆっくりと、ものかはにまたがった。

守山の城下に火を放《つ》けたのは末森の信行である。清洲よりずっと距離的にも近い彼らは、一瞬早く信長の鼻先をかすめるようにして、残虐な報復手段に出たのだ。かんじんの信次たちはすでに逐電した後だというのに、罪もない町屋を焼払うというのも無思慮な行動だが、それよりも、目下信長の勢力下にある守山に対して、兄に何のことわりもなく、小癪《こしやく》にも焼打ちの挙に出たのは、挑戦にひとしい。

清洲の城に戻っても、しばらく信長の不機嫌はなおらなかった。そのころ、お市は、家臣の前で冷たく言い放った兄の言葉を聞きつけている。

「そもそも心がけが間違っとるのよ。供もつれず、下僕同然の一騎駆けをすれば、殺されても文句は言えぬ。いや殺されなかったとしても、その不心得な奴は、俺がそのままではおかぬ」

――喜六郎兄さまのことだ。

とすぐわかった。が何と冷たく非情な言葉であることか。日頃秀孝に親しみを感じてなかったお市でさえ、その死に心を震わせているというのに、信長の言葉には、ひとかけらの同情もない。あの日以来、何か鬱屈した思いに捉われていることは知っていたが、そんな兄を、お市はふと、

――こわい方だ。

と思う。

――前からこんな方だったかしら？

そっと兄をぬすみ見る。兄のまわりに立ちこめるもやもやしたものが濃くなってゆけば、とうていこのままでは済みそうもないような気がする。

骨　肉

法螺《ほら》が鳴っている。

高く低くうねりながら出陣を告げるその音色の中に、微妙な表情をお市が感じるようになったのは、いつごろからだろう。

あるときは、それは誇らかに胸を張る進撃の合図であり、あるときは、不意の敵襲にいらだつ兄信長の癇癖の噴出そのものだった。まだ少女でしかない彼女は、その間の事情に通じていたわけでもないし、特に霊感めいた感覚を持ちあわせていたわけでもないのだが、このところ尾張に分立する一族との血みどろな潰しあいに明けくれている兄の傍にいて、続けざまに法螺の音を聞いていると、お市は、それを感じずにはいられなくなってしまったのだ。

「今日の兄さまはきっと勝ってお帰りよ」

「何だか、御機嫌悪いみたいねえ」

兄の妻である濃姫と連れ立って、物見の欄干に身をもたせかけて出陣を見送りながら、よくそう言っては義姉を感心させた。

「お市どのは、よくわかるのね」

「法螺の音が、そう言っているんです」

「まあ……」

しかし、いま、鳴り響く法螺の音は、これまで一度も聞いたことのないほど、重く暗い。ただならぬ事態を告げるその音色に、お市は、ひどく胸さわぎがした。

——いったい、何が起ったのか。

奥の間に駆けつけてみると、すでに信長は具足をつけ終って、采を片手に突っ立ち、濃姫が、勝栗と酒の祝膳を夫の前からさげるところだった。

斎藤道三の娘だけあって、彼女はこんなとき、いつも落着き払って微笑を絶やさない。尖りきった夫の心に、ふうわり薄絹をかけて、あるゆとりを与える、ふしぎな才能を持っていた。

が、今日の彼女の頬には微笑はなかった。思いなしか血の気の失せてみえる顔を深くうつむけ、それでも口調だけはしっかりと、

「御武運を」

いつものように言って一礼した。

「うむ」

信長も、妻の顔を見なかった。

やがてお市は、例によって、義姉の後について物見へ登って、兄の出陣を見送った。粛々として進む人馬の流れの間にたゆたいながら、法螺の音は、なおも重たげに続いている。

千人ほどの隊伍はやがて視界から消えたが、今日に限って義姉は、まだ立とうとはしない。塑像《そぞう》のようにその場に立ちつくし、見えなくなった人馬の影を、なおも追いもとめているかのようであった。

「お義姉《ねえ》さま」

心配になって来たお市はそっと声をかけた。

「もう降りましょうか」

それでも、義姉は黙っている。

ややあって、視線を空に据えたまま、彼女は言った。

「お市どの……」

「はい」

「私の父は死のうとしております」

「えっ」

義姉の父、斎藤道三が息子の義竜と不和であることは、薄々聞き知っていた。その義竜は義姉と別腹であり、もしかすると、道三の子ですらない、ということも、城内の女房たちが噂をしていたように思う。

「では……あの、お知らせがあったのですか」

おずおずとたずねると、

「いいえ」

意外にも彼女は首をふった。

「父からは何も知らせてはまいりません。たまたま私の送った使が急を聞いて飛んで帰った来たのです」

それだけ言って、やっと、義姉はお市の方をふりむいた。

「だから、父は、死ぬつもりなのです」

「…………」

「殿さまは、それでもお出かけになりました。援軍を求められなくても、行かないわけにはゆかぬと仰せられて……。でも――」

言いかけて言葉を切った。その先は口にしてはならぬことであり、聞いてはならぬことであることを、幼いながら戦国の子であるお市は知っていた。

斎藤道三は美濃の太守である。美濃一国が分裂してせめぎあう争いに、まだ尾張の一部に基礎を築いたにすぎない信長の援軍が駆けつけたところで、どうにもなるものではない。いや、それよりも、信長の軍が美濃へ足を踏みいれるより前に、道三の命の灯は消えているのではないか……。してみれば腹の底にしみわたるように低くうねりながら鳴りつづけた法螺の音は、一代の梟雄《きょうゆう》のための葬送の譜であったのだろうか……

斎藤道三が義竜の手勢によって討取られたのは、弘治二(一五五六)年四月、勝に乗じた義竜は、出陣して来た信長にもかなりの痛撃を与えた。自領内に退くにあたっては信長みずから鉄砲を打って応戦しつつ、やっと木曾川、飛驒《ひだ》川を越えるというありさまであった。義竜はさすがにそれ以上深追いしては来なかったが、帰城した人々の口は一様に重くなっていた。

——父君を失ったお義姉さまを、何といってお慰めしたらよいのか……

お市もとほうに暮れている。十日ほど経った夕暮れ、そっと居間をのぞくと、義姉はひとり脇息《きょうそく》にもたれて庭の隅に咲き乱れる山吹に眼をむけていた。

「お義姉さま……」

一人前に悔みを言わなくては、と思ったが、いざとなると、声が出なかった。華やかな顔立ちに漂う疲れが痛々しい。おそらくあの日以来、義姉に安らかな眠りはなかったのではないか。義姉は血の気の少なくなった頰をお市の方へむけた。

「こちらへいらっしゃい」

「お父君がおなくなりになって、どんなにお淋しいことでしょう」

言うと、義姉はかすかに首を振った。

「いいえ、私より小さいお市どのだって父君を失っておられるのですもの。がまんしなくてはいけませんわ。でも——」

ちょっと言い淀んでから、

「私がもうひとつ悲しいのは、これでもう私が殿さまにしてさしあげることは何もなくなってしまったということです」

お市から視線をはずして、義姉はまた山吹の黄に眼をむけた。かすかな風に黄色い花は揺れている。どこかに雨の匂いのする曇り日の昼下り、晴れた空の下で見るより、その黄はますます鮮かである。

道三という強力な後楯を失って、信長が築きかけた尾張での覇権は、ひどく不安なものになるだろう。それが目に見えながら、いま、自分には何をする力も残されていないことに、義姉は身を嚙まれているのだ。

「私は殿さまと二人で、尾張に新しい国を作るつもりでした。父が美濃でやったことを、尾張でやることが夢でした。でも、もう私のつとめは終ってしまったようです」

「あら、そんなこと……」

「いえ、私には子供もおりませんしね」

義姉の言葉には一種の決然たる響きさえあった。そして、その頰に、はじめてかすかな微笑が浮かぶのをお市は見た。

「でもね、お市どの……」

「はい」

「しかし、それでよいのかもしれません」

「なぜに？」

「もし殿さまが尾張一円を切りなびけられたとき、父が生きておりましたら、どうなりましょう」

「…………」

「とうてい二人が並びたって、生きてゆけるとは思われません。すさまじい戦さになりましょう。その時私はどうしたらよろしいのか……」

お市は愕然とした。

「……お義姉さま」

「え？」

「そうなったらお義姉さまはどうなさいますの？」

ふしぎな微笑は義姉の頬からまだ消えてはいない。

「わかりませぬ。これまでは殿さまのために何度か父を利用いたしましたけれども、いざとなったら、さあ、どうなりましょう。私も蝮の娘ですもの……。そんな目にあわないですんだことを、せめても今は感謝しなければなりません」

女として戦国を生きることのおそろしさを淡々と語った義姉の言葉を、お市は一生忘れないだろう。庭の山吹は、まだ揺れ続けている。

道三の死は、ただちに信長に影響を及ぼさずにはおかなかった。庶兄の三郎五郎信広が、義竜と組んで清洲乗取りを企てたり、岩倉にいる織田家も同様のやり方で、攻撃をかけて来たり。この岩倉の織田は、信長に降った清洲織田家と並んで、尾張の織田一族の嫡流として力のあった家である。彼らにしてみれば、末輩の信長が、舅の威を恃《たの》んで清洲を奪ってしまったのが癪にさわってしかたがなかったのだろう。

信長は、まさに寸刻も油断のならない状態におかれていた。間断なく頭上にふりかざされる切先を間一髪で刎《は》ねかえすような日が続いたが、道三が死んで一月ほど後、わずかに一息ついたところへ、那古野城をあずかる林通勝から、一度お越しを、という使が来た。

平手政秀と並んで、子供のときからの守役であった彼は、信長が道三と手を組むことに反対して、いったんは信長の麾下《きか》を離れたのだが、今は許されて、那古野の城に入っている。融通のきかないこの男は、その後も信長の顔をまともに見られないほどのこだわりを持ちつづけていたようだったが、道三の死を機に、改めて詫びも入れたいということだったらしい。

「それがあいつの、薄のろなところだ。何も口に出さなくたって、お互いわかっているのにな」

信長は例の口の悪さでこきおろしながら、それでも、気軽に那古野へ出かけていった。会ってしまえば、昔ながらの林のじいなのである。それに那古野は彼のかつての本拠だ。

久々に城内を見廻り、四面の敵にそなえて通勝と作戦を練る必要もあった。

ほとんど供もつれずに馬を飛ばせて来た信長の気軽さに対して、しかし、通勝の方は、どことなく、ぎこちなかった。早速膳部が運ばれたが、酌をする手つきもなめらかには動かない。

「大分暑くなったな」

「左様で……」

通勝はしきりに顔の汗を拭く。

「ほう、梅の実がことしはやけに多いな」

「は、そのようで……」

話のはずまないことおびただしい。

——仕様のない奴だ。まだこだわっているのか。

守役の愚直さを笑いながら、信長は機嫌よく膳のものをつつき始めた。が、通勝はその前に坐って汗を拭くばかりである。肩に力が入り、思いなしか膝においた手が震えている。信長の視線を避けているのは、

——何から話をはじめたらいいのか。

糸口を探しあぐねているのだろうか。そんな状態がしばらく続き、信長の膳のものが、あらかたなくなりかけたとき、突然、

「殿っ」

がば、と通勝がひれ伏した。

「お許し下されいっ」

異様なまでに思いつめた気配に、信長は、

「よせ、じい」

半ば呆れたように言った。

「いまさら何だ。とっくに事はすんでいる」

と、通勝は、はじめて顔をあげて、まともに信長をみつめた。

「いや、そのことではございませぬ」

「何と」

「今日、この城中において、お命頂戴つかまつる所存でござった……」

「な、なんと――」

さすがに信長の顔色も変っていた。さっと刀を引きよせ、ぐっと通勝を睨みすえた。

「何もかも申し上げます」

告白してしまって、気が軽くなったのだろう。通勝は、やっと日頃の、愚直な口調を取戻して、つかえつかえ言った。

「殿の御膳をさげまいらせますとき……その……その頃合を見計って――」

皆まで言わせず、きびしい視線を据えたまま、信長は、早口に、

「美作《みまさか》だな」

通勝の弟の名を言った。

「御意」

力なく通勝はうなだれた。

「そして、そちも、美作に同意したというわけだな」

「…………」

しばらく無言でいた通勝は、やっと重い口を開いた。

「いかにも、その通りでございます。が、いよいよのときになりまして、気づきました。やはり、私には、殿のお命を頂戴はできませせぬ」

この通り、もう言い訳はいたしませせぬ、と覚悟をきめてからの通勝はむしろさわやかであった。

「どうなと、お気のすむようにして下されい。ただし、お暇のかからぬうちに、美作めは、おっつけやってまいります」

聞きも終らず、信長は立ち上っていた。なおも炯々《けいけい》たる眼差を通勝から離さず、

「許す」

鋭くそれだけ言うと、ぱっと身を翻した。

手をつかえたまま面もあげない通勝の肩が、大きく息づいている。

瞬時の後、信長の姿は、すでに馬上にあった。那古野から清洲まで、矢のように彼は駆けぬけた。彼の生涯の中で最大の危機ともいうべきこのドラマは、不発に終ったおか

げで、ほとんどの人に知られなかったが、こんな騙《だま》し討ちは、当時、日常茶飯事である。信長自身、これと同じようなやり方で、叔父の信光をはじめ、何人かを殺している。そうしなければ彼自身もやられてしまうほど危い綱渡りを続けていたことの、これは一つの象徴的な事件でもあった。

夢中で清洲へ向って馬を飛ばせる信長の脳裏には林美作の背後からのぞく一人の顔が浮かんでいた。

末森城にいる弟、勘十郎信行である。

斎藤道三という強力な後援者を失ったいま、

——時こそ来れ。

と彼は思っているに違いない。その意をうけた美作は、兄をそそのかし、一番手っとり早い方策を選んだのだ。

誰もが、「いまだ」と思っている。弘治二年という年は、信長にとって、一番危機にさらされた時期であった。

許す、と言われたにもかかわらず、林通勝は、その後とうとう信行側に走った。弟の美作に変節を責められ、

「兄者、あの癇癖の激しいお方が、許すはずがあるものか」

とそそのかされたものらしい。このあたりが彼の踏んぎりの悪いところである。

「阿呆な奴よ」

信長はそのときは、それしか言わなかった。

この事件を契機に、末森にいる信行との間は、いよいよ険悪になった。林通勝まで抱きこんだことによって、信行側は、清洲を裸城同然にしてしまったと思っている。

たしかにそうかもしれない。宿老格では林通勝、実戦派の大将格としては弟の林美作と柴田権六。その他父信秀が信頼していた部下の悉《ことごと》くが末森に移ってしまい、信長の方にはめぼしい侍はいなくなってしまった。尾張国内には、織田家に完全に臣従していない土豪級の侍がたくさんいて、それらの連中も、林兄弟の動きを見て、いっせいに末森になびきはじめた。今では、さほど離れていない清洲と那古野の間さえ、末森に与力する土豪たちによって分断されそうな気配である。

末森側は、これで包囲作戦を完了した、と見たのだろう。その年の秋、さらに一歩突込んで攻勢に出た。信長の領分ときめられている篠木三郷の米を差押え、公然と横領してしまった。

これをきっかけとして、遂に信長と信行の間に戦端が開かれた。ときに弘治二年八月二十四日。宿怨のはての骨肉の争いであった。戦いは清洲と末森の間、小田井《おだい》川を越したあたりで行われた。信行側から繰出して来たのは、柴田権六を将とする千と、美作のひきいる七百。これと対する信長側は、総勢かき集めてもせいぜい七百足らずである。

信長は、進んで柴田権六の手勢一千の前に、みずからの姿をさらした。はじめから壮絶な叩きあいの合戦になり、権六の手勢が信長の旗下へなだれこんで来ることも何度かあった。一度は柴田権六自身が、信長方の有力者山田治郎左衛門を討取ったところへ、信長の旗本が逆襲に出て、権六も手傷を負って、やっと退く、といった一幕もあった。

信長は白面の阿修羅《あしゅら》であった。接戦になればなるほど、顔面は紅潮するどころか、蒼味を帯びて来る。倍以上の敵に押されて崩れたって来る味方を叱咤するかと思うと、それを追いかけて来る敵を睨《ね》めすえて、

「かーっ」

奇妙な叫び声をあげる。大音声と言いたいところだが、持って生れたかん高い声だからそうは響かない。そのかわり、一種呪文《じゅもん》めいた響きがあるので、相手はぎくりとする。何といっても、もとの主人だから、虚をつかれると、一瞬手向いしにくくなって後退せざるを得なくなる。

この混戦になっては、もう鉄砲は役に立たない。頼みとするのは信長自慢の長柄の槍である。彼自身も馬上でそれを構え、右に左に敵をなぎ倒しながら戦場を馳せ廻った。

いま、彼が探し求めている敵は、たった一人。

林美作である。

この戦いに勝つかどうか、成算はない。が、勝敗を度外視しても、彼奴《かやつ》めの首だけは取らねばならぬ！　あちこち馬を飛ばせているうち、彼は遥か彼方で揉みあっている人影を発見した。

——彼奴だ。

斬り結んでいる相手は黒田半平という侍だった。かなり腕はたつ方だが、しかし美作には押され気味である。

——ようし、逃がさぬぞ。

馬に一鞭《ひとむち》入れたとき、美作の太刀が、一閃空にきらめき、血がしぶいた。半平の腕を斬り落したのである。思わずよろめく半平を見て、ふっと気を許した刹那《せつな》、信長の槍が馬上から力まかせに美作の脇腹を刺した。

「あっ」

ひるむ隙に、ひらりと馬を返して今度は背を。のけぞる所へ、信長の馬について走って来た杉若という小者が飛びこんで押し倒し、めった打ちにした。彼ら小者には兵法はない。まるで野犬が獲物にとびかかっては食いちぎるようにところかまわず突き、そして刺す。あたりに血が飛びちり、みるみる美作は、凄惨な姿となった。もう身動きができないところまで痛めつけておいて、杉若が、

「殿っ」

返り血をあびた顔をあげたとき、死闘を冷然と眺めていた信長は、

「うむ」

うなずいて馬を降りると、手にした槍で、美作の喉笛を刺し貫いた。

美作をはじめ、このとき信長方の得た首級は四百五十。敵の三分の一近くを討ちとっ

たわけである。小勢の信長は信行方を圧倒したのだ。もっとも作戦の勝利ではない。信長自身勝負を忘れて林美作を追い求めていたのだから。気がついてみたら勝っていたという、いわば執念の勝利である。両軍はそれぞれ本拠に兵をひいたが、信行方はすでに戦意を失っていた。再戦の気構えをみせる信長側に、信行と共にいる母から使が来た。

「母に免じて、勘十郎（信行）の命だけは助けてほしい」

最後は泣き落しの手であった。

事件の責任者として、宿老、林通勝を切腹させよう。軍の指揮をとった柴田権六の首をやってもいい――。なりふりかまわぬ嘆願の前に信長はほとんど表情も動かさずに言った。

「通勝は死ぬには及ばぬ」

那古野で命を助けてくれた事への返礼のつもりらしい。

「が、勘十郎と権六はとにかく清洲へ来い」

敵の城に降伏しにゆくということが何を意味するかはすでに明白である。彼らは頭を丸め墨染の衣に姿をかえて末森を出発した。

清洲の城の奥座敷で、お市はその話を聞いた。

「勘十郎さまと権六が？……」

権六という名を彼女が意識して耳にとめたのは、そのときがはじめてであった。

権　六

敗軍の将勘十郎信行は刻一刻、清洲に近づいて来る。末森を出て以来の彼らの動きは、途中に放った物見によって、信長の所へ逸早《いちはや》く伝えられた。

その情報を聞くごとに、信長の顔がけわしくなることにお市は気づいている。

——勘十郎お兄さまを、今度という今度はお許しにならないおつもりなのだ。

白皙の顔に刻まれた皺《しわ》がしだいに嶮《けわ》しくなって来るのでもそれがわかる。はじめ、

「墨染のお衣にて、柴田権六《ごんろく》をお供に——」

という報告が来たときも、信長は、

「頭を剃ったのか。いらぬことを」

吐いてすてるように言った。度々自分を出しぬき、あらゆる手段で命を狙っておきながら、まだ最後に芝居をうつつもりなのか——信長はそう言いたかったのだろう。

——信行、そなたの甘えと思い上がりは、この期《ご》に及んでもちっとも直ってはおらん

のよ。

母の愛を一身にあつめて育った信行は、女性的といってもいいほどの優雅な物腰に似ず倨傲《きょごう》な自信家であった。子供のころから、

「あれが欲しい」

といえば、必ず母親が望みを叶えてくれた。御内室お気に入りの息子だというので臣下もちやほやする。だから彼は傷ついた経験がない。何でも自分の思ったとおりにならないはずはない、と固く信じているところがある。同じく父の死に遭った兄弟だが、信長がさまざまの屈折を経験したのとは違って、父の本拠である末森に居坐って、そのまま嫡流を気取って過して来た。

その倨傲さに何度も苛立って来た信長には、信行の心情が手にとるようによくわかるのだ。

——あいつは懲《こ》りていない。

墨染の衣を着て、殊勝らしくやってくれれば兄が許さぬはずはない、と思っている。またその信行に従って同じく頭を丸めて黒衣をつけてやってくる柴田権六にも腹がたった。

——阿呆めが。

剛勇で知られた権六は、一面、きわめて単純な頭の持主なのだ。

——奴は本気で死のうと思っている。

権六は、多分今度の敗戦の責任を感じているに違いない。それで信行に従ってやって

来て助命を乞い、許されぬとなれば、自分が腹を切るつもりでいるのだ。

「何卒《なにとぞ》、私の命にかえて信行さまをお助けくだされい」

そういって、腹に刀を突きたてるであろう権六のその動作までが、今からまざまざと思い描ける。そしてその愚直に近い一本気を、ちゃんと計算にいれて信行は連れて来ているのだ。が、いくら、権六に、お前は利用されているのだ、と言ってやっても聞きいれる彼ではないであろう。

——あいつの愚直さは、話して通ずるたちのものではない。

そう思うからこそ、信長は歯ぎしりして、

「阿呆めが」

と繰返さざるを得ないのである。そしてその間にも、信行たちは一歩一歩清洲へ近づいて来るのであった。

たしかに信長は勝利者だ。彼らは信長の前にひざまずくためにやって来る。にもかかわらず、じつは血を分けた弟との戦いはこれからなのである。弟の魂胆は見えすいている。決して許してやるものか、と信長は思う。が、そうなれば、止める間もなく権六は腹を切るであろう。すべてがあざやかに予測できるだけに彼はより苛立つのだった。

と、そこへ、

「殿っ」

何度めかの物見が慌しく転がりこんで来た。息をはずませながら、小声で何事かを囁《ささや》

いたとき、

「うむ」

信長の顔色が複雑に揺れたのを見て、

「お兄さま！」

お市は思わず叫ばずにはいられなかった。が、信長はお市の方をふりむきもしなかった。遠くを見据える眼になって、頬をひきしめ、

「わかった」

短く言って、物見を退かせた。それからしばらく無言でいたが、やがてすべての感情を消した表情になって、

「母君が来られるそうな」

ぽつりと言った。色白の目鼻立ちの整った兄の顔が、この瞬間、お市には能面のように見えた。

末森にいた彼らの母は、信行の一行に追いすがるようにして、女乗物を飛ばせているという。信行の安否を気づかって、みずからも清洲へ来て命乞いをしようというのであろう。

——そうか、そうまで母は弟がかわいいのだな。

なりふりかまわぬこの一途さに、信長は改めて母と自分との距離を見せつけられる思いでいる。

——母上は俺が負ければいい、と思っておられたのであろう。そして俺が死に、織田の版図《はんと》がすべて信行のものとなることを願っておられたのであろう。

同じ自分の産んだ子なのに、どうしてここまで違ってしまったのか。が、いまの信長はそれを怒ることもならず、泣くこともならない。ただ能面のように表情をかくして、その場に黙然としていなければならないのだ。

お市は信長と母が違う。幼い彼女は、この声も出ないほどの、静かな、しかしむざんな肉親の相剋を、おろおろしながら見つめているほかはなかった。信長はなおもしばらく黙っていたが、やがて、口重たげに言った。

「三左衛門を呼べ」

彼に忠実に従う数少ない股肱《ここう》の一人、森三左衛門可成《よしなり》が慌しく入って来ると、その顔を見ずに、

「勘十郎に来るには及ばぬと言え」

感情を押し殺した乾いた言い方をした。

「は？」

三左衛門はいぶかしげである。

「母君にも帰っていただく。権六も同じ」

「——また、何と？」

聞きかえす三左衛門に、うるさげに言いすてた。

「会いたくない。誰の顔も見たくはない」

勝っている将棋の盤面を、わが手で乱暴に突き崩して足早に席を蹴って出てゆくような感じであった。

転がるように出て行った三左衛門は、しかしすぐとって返した。

「申しあげまする。すでに勘十郎さま、御母公さまともども城内に御到着にて、是非とも御対面をと仰せられておいでてございます」

「…………」

信長は能面のような表情のまま無言である。ややあって、

「……そうか」

うっそり立ちあがった。


表座敷での対面は、信長と信行と母の三人だけで行われたが、あっという間に終った。その間、信長は全く二人の顔を見なかった。

涙ながらにかきくどく母。

「私に免じて、今度だけは許してやって下さい。母の一生の願いです。もう手向いはさせませんから」

とすがりつかんばかりにすれば、頭を剃って、ますます眉目清秀に見える信行も、うなだれて、殊勝げに手をつく。予定の芝居は予定の通り進行して行ったのである。

が、信長は、その芝居が終るまでは我慢していなかった。

「末森に帰るがいい」

それだけ言うと、早くも座を蹴った。これから腕によりをかけて愁嘆場を見せようと思っていた母子は、いささか虚をつかれたらしい。

「え？……」

問い直そうとしたとき、すでに信長の姿はそこになかった。

彼は、さっきと同じような、うっそりした面持で、お市たちのいる部屋に戻って来た。ああいうよりほかはなかった、と思うものの、まんまと勘十郎母子の作戦にひっかかったという思いを消すことはできない。あまりにあっけなく事が終ってしまって呆然としていた彼らは、今ごろやっと気をとり戻して、

「うまくやった！」

と手をとりあい、飛び上って喜んでいるに違いない。

——俺はやっぱり運が強いのだ。負けることなんかないのだ。

信行はいよいよ自信を深め、手向いはしないなどという誓いは、とたんに忘れているだろう。この肉親の明々白々たる裏切りを、信長は、黙って見過さねばならないのである。

と、襖《ふすま》の向うから近習《きんじゅう》の声がした。

「柴田権六が参っております」

「末森へ帰れと言え」

即座に信長は答えた。

「それが……殿さまにお目通り願いたい、このままでは帰れぬと申しております」

「うるさいな」

あらわに信長は眉をよせた。

「もう事はすんでいるのだ。帰れと言え」

「はっ……」

が、しばらくすると、また近習の声がした。

「柴田権六、どうあってもお目通り願いたいと申して、お庭先に坐りこんで動きません」

信長は不快げに声を荒らげた。

「帰れといったら帰れ」

「もう何度も申しましたが」

「追え」

「はっ」

が、少したつと、また近習が恐る恐る言った。

「柴田権六、いっかな動こうといたしませぬ。御城門の外まで出ましたが、そこでお許しあるまで、三日でも十日でもお待ち申し上げる、と申しております」

「………」

信長は不機嫌に押しだまっていたが、

「阿呆めが——」

薄く苦笑いを浮かべた。

「これへ呼べ」

「はっ」

救われたように近習が早足で立去るのを聞きながら、

「阿呆は手がつけられん」

もう一度信長は言った。

やがて、黒衣姿の権六が入って来た。眉目の整った信行の僧形は、すがすがしすぎて、見たところ哀れをそそるのに十分であったが、いかつい権六が、つんつるてんの僧衣をまとった俄か坊主のいでたちは、何とも珍妙だ。ときに権六三十五歳、信長より十二歳年上である。戦場ではいかにも彼の働きにふさわしくみえる髭面も、剃りたての青々とした頭との対比でやたらむさくるしい。

「殿っ」

入るなり、彼は吠えるように言って両手をついた。

「この度は、何とも申し訳もございませぬっ」

くしゃくしゃさせた髭面を、信長は冷然と眺めている。

「権六めも愚かでございました。もともと血を分けた御兄弟、矛《ほこ》を交えることなどあってよいはずはございませんでした」

「…………」

「が、さすがに上総介さま、勘十郎さまをお憎しみもなさらず、何事も仰せられずお許し遊ばされた御器量の大きさ、権六、ほとほと感じ入り奉ってございまするっ」

大きな拳《こぶし》でざっざっと顔を撫でるのは、涙を拭いているのであろう。信長はただ黙っている。彼の心の屈折、そして信行の芝居の裏にあるものなどには、とんとこの男は気づいていないのだ。権六はさらに言う、

「それと申すも、母君への御孝心の現われでございまする。母君さまの御心の内を思いやられての御和睦、これにて織田家も万々歳でございます」

ますますいけない。信長の心の中を、この武辺者はまるきりわかっていない。

――お兄さまが何とお思いになるか。

幼いお市でさえ、兄の顔が見られないような気持でいるのに、権六はひとり感激のしっぱなしなのである。

「いや、とうていお許しは得られぬと思いました。清洲に参れと勘十郎さまと私めに仰せられたとうけたまわり――」

突然信長が遮った。

「言うな、権六」

「は？」

きょとんとして見守る髭面へ、

「死ぬつもりだったのだろう、そなた」

信長は口早に言った。いかつい権六の顔がゆるみ、照れくさそうな笑みをにじませたのはこのときだ。

「御存じだったので？」

「気づかぬ俺だと思っているのか」

不機嫌そうに言うのに、

「恐れ入りました。さすがは殿――」

さらに感に堪えた、といった様子に、信長は苦笑するよりほかはなかったらしい。

「阿呆めが――」

言われても平気である。

「もともと権六は阿呆でござります。が阿呆は阿呆の考えがござる。もし上総介さまのお許しなく、勘十郎さま御切腹の仕儀となるときは、この権六、代って命を差しあげるつもりでおりました」

「おおかたそんなところであろうと思った」

「はっ。が、そのような仕儀もなく万事納まりましたのはめでたききわみ。もう権六の命は棄てたも同然、これより先の命は、上総介さまに捧げ奉ります」

「そう軽々しく申すな」

「いや、嘘ではございませぬ。今日の御和睦を手はじめに、御兄弟仲よく織田家が栄えますよう、御家のために、権六、命を投げだして……」

「またそれを言う」

信長は眉を寄せた。

「権六、人間が命を棄てようというときは、めったにないものだぞ」

「は？」

「本気で命を棄てる覚悟をするのは、一生に一度だ」

「左様で……」

やがて一礼して去ってゆく姿を、お市は、いささかいまいましい思いで眺めていた。

――何て気の廻らない男なんだろう。今日の御和睦を兄さまがどんな気持で受けとめていらっしゃるか、わからないのか。

「兄さま、私、権六大きらい」

大きく眼を見開くと、力をこめてお市は言った。そうとも言わなければ、兄を慰めようもない、と思ったのだ。

信長は、ふと微笑した。そしていつに似合わぬ静かさで、

「阿呆な奴だからな」

仕方がないというふうに言ってから、あとは自分自身に言いきかせる呟きになった。

「まあ、阿呆は阿呆なりの使い道はあるかもしれぬが」

——お兄さまはいつも家来を許しすぎる。

とお市は思う。裏切りを続けた林のじい——通勝も許したし、今度は権六のことも許してしまった。それでいいのかしら、と少し不安にもなるくらいである。

信長の呟きは、しかし単なる呟きには終らなかったようである。彼がこの日予感したように、末森に帰った信行母子は、翌年になると、性懲りもなく、信長打倒の計画を練りはじめた。そしてこのとき、これを信長に通報して来たのは他ならぬ柴田権六だったのである。

彼はひそかに末森をぬけだすと、馬をとばせて清洲へやって来た。そして母子の密計をぶちまけた後、

「お斬りなされ、勘十郎どのを」

この武辺者の結論は極めて明快であった。むしろ信長はそんな彼をからかうように言った。

「ほう、異なこともあるものだな。去年は勘十郎のために命を投げだそうとした男が、今度は奴を斬れと言う」

「左様」

権六はにこりともせず言った。

「権六は嘘はいやでござる。昨年、お許しを賜わった折、母君も勘十郎さまも、二度と手向いは致さぬと仰せられた。その舌の根も乾かぬうち、またぞろ事を企むようなお方は好きませぬ」

信長はじっと権六をみつめた。彼を見る度にふた言めには口をついて出た「阿呆め」という言葉は、ついにそのとき彼の口からは洩れなかった。

「やるか」

深い息とともに、重い言葉が吐き出されたとき、権六は待っていた、とばかりにうなずいた。しかも、彼は、末森攻撃に兵員を動かすことはいらぬと言う。

「いまは大事なときでござる。内輪もめに兵を損うてはつまりませぬ」

戦さのために生れて来たようなこの男は、こと合戦となると、しぶとい打算を忘れないのだ。

「末森から勘十郎どのをお呼びなされ」

「もし、来ぬと言ったら？」

その可能性はきわめて強い。権六はしばらく考えていたが、

「仮病をおつかいなされ」

と言った。

「仮病？　俺がか」

「左様、もうお命が危い。一目会いたい、と仰せられれば、さては跡目を譲られるのか

と見て駆けつけられましょう。そこを斬るまででござる」

「ふうむ」

信長はいささか後味の悪そうな顔つきである。

「謀《はか》るわけだな」

「やむを得ませぬ、勘十郎さまは度々殿を謀っておられます」

「権六」

信長は気重さを払いのけるように冗談めかして言った。

「そなた阿呆かと思うたがそうでもないな」

が、権六はにこりともしない。

事実、信行は権六の献策どおり、清洲城内に招きよせられて謀殺された。かくて信長の領内の最大の敵はほろび去った。肉親の血をしたたらせて――それが戦国武将の辿る道ではあったが――いま、信長は独り佇《た》つ。

その勢を駆ってやがて彼は親戚すじにあたる織田の家々を踏み潰して、一帯の覇権を確立する。いわば信行謀殺は、はてしない骨肉相剋にピリオドを打ち、信長が天下に飛翔する契機をつかむための事件だったわけだが、愛憎のからまった間柄だけに、後味の悪さは尾をひいた。

お市はじつは信行の死の現場は見ていない。いやな兄、心の許せない兄と思ってはいたが尋常でない死に方であったことを後で知って、やはり心の底にひっかかるものがあった。

——戦国における肉親の宿命とは？

今ふうに言えばそんなことを考えざるを得なかったのだが、しかし、幼いお市の心の中で、思いはまだそこまで明確な形をとってはいない。ただ、それが権六の献策によるものだと聞き、

——ああ、いや。あの男、きらい。

無神経な髭面を思い出したそのとき、奇妙に、生理的な不快感が体の中を走りぬけた。思わず、顔を手で蔽《おお》ったのを見て、

「あ、姫さま、どうなさいました」

乳母の鈴野が走りよるのを、しいてお市はとめた。

「何でもないの」

それが、女のしるしを見たときであった。その場に坐ったまま、お市は、しきりに眼の裏から権六の髭面を払いのけようとしていた。

奇蹟

お市の身辺は、このところ、にわかに華やかになりはじめている。女のしるしを見たそのとき以来、彼女に対する清洲城中での扱いは、たしかに、はっきり変った。新しく、かのという侍女が、お市づきときまったのもそのころだ。

「姫さまには、御機嫌ことのほかうるわしゅう渡らせられ、恐悦至極に存じ奉ります」

目見得に来たかのに、四角四面な挨拶をされて、お市は、正直のところ、面くらった。

「ふつつかではございますが、今日よりおそばの御用をつとめさせていただきます」

そしてその日以来、手習い、歌つくり、裁ち縫いなど、女芸一般の仕込まれ方も、ひどくきびしくなった。それまでは、実をいうと手習いなど、ほんの暇つぶしだった。指の先を真黒にし、時には、頬にまで墨をとばせていたずら書きをし、飽きれば放りだしていたのだが、かのがかしずくようになってからそんな我儘《わがまま》は許されなくなった。やさしく、なだめすかすような口調で、

「さ、もう一枚、お清書遊ばしませ」

それだけではない。

「そのようにお手やお顔をお汚しになりませぬように」

一々文句を言われる。

「うるさいのねえ」

お市は眉をよせ、髪をうるさそうにかきあげながら抵抗する。

「もう飽きたの。この次書くわ」

「そう仰せられずに」

「いやだといったらいや」

さんざんかのを手古《てこ》ずらせた。大人あつかいされ、きれいな着物を着せてもらえるのはうれしいが、何となく行動にたががはめられた感じなのがわずらわしい。

——大人になるって、何てつまらないことなんだろう。

もっとも華やぎはじめたのは、お市の周辺ばかりではない。相変らず兄の信長は近隣の同族との戦いにあけくれているものの、城中には、奇妙になごやかな雰囲気が漂いはじめている。一つには弟の信行との対決に結末がついたからでもあろうが、それにもう一つは、信長に次々と子供が生れたからかもしれない。信行を誅《ちゅう》した弘治三（一五五七）年には、長男奇妙丸（のちの信忠《のぶただ》）が、翌永禄元（一五五八）年には、お茶筅《ちゃせん》（のちの信雄《のぶかつ》）が、その次の年には、女の子のお徳が——。産んだのは側女《そばめ》の一人で、お茶筅が生れたころ、別の側室が三七（信孝《のぶたか》）を産んでいる。すべての正室濃姫の所生ではない。道三の娘である彼女は、遂に一人の子も産まなかった。

お市の成人、そして嬰児《えいじ》の誕生。緊迫感の中にもたらされた一種の真空状態——とでもいうべきこのなごやかさは数年続いた。そしてそれが最高潮に達したのは、お市の姉、お犬の婚約が発表されたときである。

嫁ぎ先は、尾張の大野の城主、佐治《さじ》八郎信方。尾張一円に版図を拡げつつあった信長が、最もたのみとしている同盟者の一人だった。その佐治の本拠は、伊勢湾の中につき出た知多半島の中央部あたり（現常滑《とこなめ》市）である。その話を聞いたとき、お市は、

「まあ、そんな遠くへいっておしまいになるの？」

思わず声をあげてしまった。

それまで、お嫁にゆくといっても、織田家の女たちは、すべて自領内にとついでいる。自領でなくても、同族とか、ともかく身内《みうち》か家臣の家へ輿《こし》入れするのが常だった。

「大野は近うございますよ。お船でおいでになれば、すぐでございます」

かのはそう言ったが、やはり他領は他領である。見ずしらずの所へいって、姉は心細くはないのだろうか。

が、当のお犬は、さほど気にしている様子はない。感受性が強く、神経の細いお市に比べて、もともと、のんびり屋なのである。嫁入りがきまったといっても、格別そわそわもせず、周囲がその準備に追われているのを、まるでひとごとのように眺めている。

「お姉さま、大丈夫？」

おしゃまなお市は、代ってやきもきしている。

「お淋しくはない？」

お犬は微笑した。大柄で造作のはっきりした顔立ちは笑うと牡丹の花のように華やかになる。

「いいえ、大丈夫」

それから、ゆっくり言った。

「だって、お義姉さまをごらんなさいな。美濃からここへお輿入れしていらしたじゃありませんか」

「あっ、そうでした」

お市は愕然としたようであった。美濃の斎藤道三の娘として輿入れして来た義姉のことを、お市が大人の眼でみつめ直したのは、多分このときであろう。いや、美濃から義姉が来たということと、自分たちもそのような未来があるということを、はじめてつなぎあわせて考えた、といってもいい。

いま、わずかに芽生えはじめた戦国の女という意識を通して、義姉を見るならば――。なんとこのひとは、ゆったりとこのお城で生きて来たことだろう。

――さすが、斎藤家のお娘御だわ。

お市はひそかに感嘆せざるを得ない。

──そして、お犬姉さまも、そんなふうにやろうと思っていらっしゃるのかしら。

幾つも違わないこののんびり屋の姉が、自分とは全く別の世界の人のように見えて来た。このとき、お犬は微笑をうかべながら、ゆっくり言った。

「昔の織田の家だったら、遠くへ嫁ぐことなど考えもしなかったでしょうけれどね。それだけ、おつきあいも広くなったのね」

織田も今や斎藤家なみに力をつけつつあるのだ。そうなれば、自然女たちもその責任を分担しなければならぬ。いや、分担できるだけの覚悟と人間の格をそなえねばならぬ。

多分お犬はそう考えていたのだろう。が、口の重い彼女は、その言葉の半分以上を、ゆったりした微笑の中に融けこませてしまっていた。だから、お市は、姉の言おうとしたことを完全に理解したわけではないのだが、日々危険に身を晒《さら》して尾張一円を切りなびけている兄とともに、女である自分たちの前途にも、これまでの織田の女たちとは違った、容易ならぬ未来が待ちうけていることだけは、漠然と感じたのであった。

お犬の祝言の日は秋晴れだった。清洲城をとりかこむように流れる五条川におびただしい船を浮かべ伊勢湾に出る。

「お元気でね、お姉さま」

櫓《やぐら》に登って、お市はいつまでも姉の輿入れの船を見送った。二、三十年後のことになるが、じつは同じような花嫁の船がこの清洲から大野へ向うはずである。乗っているのは、お市の末娘のおごう、そして迎える花婿は、お犬の産んだ佐治与九郎――。くすしくも、二姉妹の血は次の世代で結びあわされるのだが、そんなことは今のお市は知る由もない。

お犬が去って、清洲の城は、何やらぽっかり穴があいたようになった。いつも黙って控えめで、いるかいないかわからないような感じだったのに、去った後ではじめて、人々はしんしんと咲き静まっていた牡丹の花のようなお犬の存在の重さに気がついたようである。

中でも気がぬけたようにぼんやりしているのはお市だ。手習いにも読書にもますます身が入らなくなって、かいのをやきもきさせた。

「姫さま。お清書をもう一枚……」

「いやよ。もう書きたくないわ」

「では、何かほかのお稽古を――」

「何もやりたくないの、私――」

姉のいない退屈さはやりきれない。そのくせ、何をしても気が落ちつかないのだ。子供と言いきるには、すでに女のいのちを知りかけ、さりとて大人には背のびしても及ばない中途半端な時代の少女が、いつの世にも感じる苛立たしさと無力感に、お市もさいなまれていたのである。

それから間もなく――。

お市とは別の所で、奇蹟が——いや、奇蹟というよりほかはないことが起った。

この切迫した情勢のさなか、信長が突然上洛《じょうらく》し、都で将軍義輝《よしてる》に会ったのだ。このときの行動は、清洲城内でも極秘にされ、帰国を待ってはじめて公表された。

人の意表をつくことの好きな信長だし、その神出鬼没の行動に、たいていは馴れっこになっている織田の家中の人々も、それを聞いたときは、

「えっ、殿が、都へ？」

しばらく、あいた口がふさがらない、というような顔をした。

それにしても、どういう経路をとって都へ行ったのか。家臣たちは、まるで月世界から帰って来た人間の顔でもみるように、主君の顔をみつめたものである。

残念なことに、お市も、今回の兄の行動を知らされなかった一人だった。

「ほれ、お市、京みやげだ」

金蒔絵《きんまきえ》の櫛《くし》を信長から与えられても、あまりすっきりした気分にはなれない。

「お兄さま、ひどい方。私に何もおっしゃらずにいっておしまいになるなんて」

口をとがらせると、

「悪かったな、許してくれよ」

信長は幼い子をあやすような口調で言った。

「今度はお市もつれてゆくからな」

子供をだますような口調が、お市には気にいらない。兄が馬を馴らしに飛び出してし

まったあとで、お市は義姉の濃姫に聞いてみた。

「ね、お義姉さまは御存じだったのでしょ」

困ったように義姉はうなずいた。

「ええ、でも、それを知っていたのは、このお城でも、ほんの二、三人なのよ。何しろ、今はむずかしい時だから。殿さまがいらっしゃらないとわかったら、まわりが黙ってはいないでしょうからね」

やっぱり自分はまだ子供あつかいだったのだ、と勝気なお市はどうも腹の虫がおさまらない。それをなだめるように、義姉は言った。

「権六だって、林通勝だって知らなかったのよ」

言いかけて、

「あ、そうそう」

微笑した。

「お城の外で、一人だけ知っている人がいました」

「それは誰?」

「あなたの姉君のお犬どの」

「え? お犬姉さまが?」

「そうよ、じつはね」

重大な秘密を打明けるのだ、というふうに義姉はあたりを見廻し、声を低めた。

「今度の殿さまの御上洛に一番力を貸してくれたのはお犬どのと佐治八郎どのなの」

「まあ……それはどういうことですの？」

義姉の語るところによれば――。

信長の上洛を成功させたのは、佐治八郎のひきいる大野水軍だった。

「お市どのはご存じなかったかもしれないけれど、佐治八郎どのの持っておられる水軍の力は大変なものなのよ」

このとき信長がどのような経路を辿って上洛したかには二説ある。伊勢湾を横切って、伊勢、伊賀を越えて大和へ入り都に向ったという説と、船で堺へ上ってそこから上洛したという説と――。当時の情勢から見ると、海路堺上陸の方が安全だし、後の堺衆との結びつきを考えても、その方がうなずけるような気がするのだが、どの道を辿るにしても、大野水軍の助力なしにはなしとげられない離れ業だった。

義姉が語り終えても、まだお市はその顔をみつめ続けている。

――あのお犬姉さまが……

ほとんどお市には信じられない。

――あの、のんびりやの姉さまが、嫁いで一年足らずのうちに、こんなみごとなお仕事をやってのけられるなんて……

何一つ言わなかったが、お犬は、これについて、嫁ぐ前に、すでに兄と打ちあわせをすませていたのだろうか。現在、義姉の実家と織田家とは戦争状態にある。義姉の父、道三を殺した義竜が権力を握っている以上、そこを突き破って都への道をつけることは全く不可能だとすれば、伊勢湾経由、あるいは大廻りして、難波《なにわ》へ出ることを考えなくてはならない。そう考えてみると、今度のお犬の結婚は実に重大な意味を持つのである。お犬と信長、お犬と佐治八郎という二組の二人三脚が、尾張に新勢力を築き、それを中央にむけて動かしはじめている。いってみれば、信長の上洛は、その小手しらべなのだ。

お市が、かのに文句を言われるまでもなく手習いに歌作りにせいを出しはじめたのはそれからである。

「姫さま、このごろは、ほんとうによくお手習いを遊ばしますこと」

もうこれまでのように手を墨だらけにしたり、頬まで黒くするようなこともない。

——どうしてそんなにききわけがよくおなりですの？

もの問いたげなかのの瞳の前で、お市は、ちょっと気取って微笑《ほほえ》んでみせる。何が彼女を大人にさせ、覚悟を新たにさせたかは、彼女のみが知ることである。

当時、上洛は地方大名の夢だった。

将軍に会う。

「よろしく頼む」

と肩を叩かれる。

それを目指して、われもわれもと上洛を企んだと言えば馬鹿馬鹿しく聞えもしようが、ともかく、将軍から、一つの認証を得るということは、かなり重大な意味をもっていた。

もちろん、このころの将軍には、昔日の足利将軍の権威はないのだが、その代り、うまく立廻れば、無力な将軍をかついで、天下の副将軍として、実力を発揮できるともいえる。信長があえてこのとき、上洛を敢行したのも、決して、単純な冒険を試みたのではなく、将来の布石としての意味と、さしあたって、美濃の斎藤、駿河の今川といった大物にはさまって苦闘を続ける自分の地位に、少しでも重みをつけようがためであった。

しかも彼にとって、都は全く無縁の地ではない。すでに父の信秀は、在世当時、朝廷に築地修理代として四千貫を献じているし、都から下って来た飛鳥井《あすかい》雅綱《まさつな》、山科《やましな》言綱《ときつぐ》等を五十日も自分の城に泊らせて歓待したこともある。いわば、地ならしははじめられていたのだ。それが突然の死によって中断され、以来肉親たちとの相剋によって、そのままになっていたのを、やっとこのごろになって、その絆を回復させたともいえる。

このとき——というのは永禄二(一五五九)年のことだが、信長と前後して、越後の長尾景虎《かげとら》(のちの上杉謙信)も義輝に謁している。

この信長にしろ謙信にしろ、行って帰るまでは事を隠密裡に運ぶが、帰国したとたん、大々的にそれを宣伝する。それは当然、周辺の競争勢力を刺戟せずにはおかない。

——あいつがやるなら俺も……

ということになる。

ところで、ここに、

――そんなこそこそと盗人のように都へゆくのでなく、堂々とやってやる。

と宣言した武将があった。東海の雄をもって任じる駿河の今川義元そのひとである。彼はこの出撃の途中敗死するので、無能な武将のように思われているが、当時の実情を見れば、決してそうではない。

彼は堂々と総力をあげて上洛を決意したのだ。また、その決意を裏づけるだけの実力を持っていた。彼の領地は肥沃な駿遠《すんえん》一帯である。領国経営も、他の大名よりも一歩も二歩も先んじている。動員能力は二万五千。これも日本随一といってよいだろう。

当時何よりも重んじられた血筋も他に抽《ぬき》んでている。足利幕府の流れを汲み、しかも義元の母親は公家の娘だ。彼がオハグロをつけていたというので、公家かぶれの腰ぬけのように言う向きもあるが、当時の将軍じたい公家化しており、オハグロは最高級の身分であることをしめす、ステイタス・シンボルだった。織田信長とか、今川家が人質にとっている松平元康（のちの徳川家康）などは、オハグロをつけようにもつけることを許されない身分なのである。

永禄三年五月、彼は自信満々、本拠を後にした。その怒濤のごとき進撃の第一波をかぶる位置にあったのが織田信長だった。

信長は、今川勢との戦いでは、常に苦い経験を重ねている。例の舅道三に会いにいった当時、謀叛を起した山口左馬助教継《のりつぐ》の入っていた鳴海城は、結局今川方のものになってしまった。山口は今川家につれてゆかれてその後自殺し、代りに今川方の岡部元信が入っている。その後も何度か信長は今川勢と戦っているのだが一度も勝利らしい勝利はおさめていない。

いま信長方が頼りにしている前進基地は、丸根、鷲津《わしづ》（いずれも現名古屋市内）のおそまつな両砦だけにすぎない。今川方は進撃にあたって、この両砦に二千から二千五百程度の兵力をさしむけて来た。しかも、丸根攻略を命じられたのが、松平元康——のちの徳川家康だった。戦さ上手の彼は、五月十九日早朝攻撃を開始、またたくまにこれを陥落させた。ついで鷲津砦に向った二千も、午前十時ころ、これを踏みつぶす。

それより早く、信長はすでに夜中に清洲を発っている。両砦を救援せんがための出陣ではさらにない。彼の眼には、その攻防戦の結果はあきらかである。

このとき、慎重派の林通勝らが籠城を主張するのを信長は一蹴した。

「では御出陣を？」

考えられぬ、というふうに見上げる通勝に信長は答えもしなかった。

「そ、そんなことをなされましたら、殿の御命も——」

知れたこと、というふうに信長は通勝を無視しつづけた。

——死ぬだろう。踏みつぶされるだろう。

まさしく彼自身も死ぬ気でいるのである。

脇目もふらずに、死をみつめていた、と言っていい。

人間五十年、下天のうちを較ぶれば、夢まぼろしのごとくなり一度生《ひとたびしよう》を稟《う》け、滅せぬ者のあるべきか……

出発に先立って幸若舞《こうわかまい》の「敦盛《あつもり》」の一節を謡って短く舞ったときは、覚悟はきまっていた。敵は二万五千――もっとも義元側は四万と称していた――味方はせいぜい三千。死ぬなら、義元の本隊を狙ってそれと刺し違えよう。

信長はその事しか考えていなかった。だからこのとき、妻の後に、両手をきちんと膝の上に揃えて、彼の一挙手、一投足をも見落すまいとしていたお市の存在など、全く眼にも入らなかった。

お市は息をつめている。日頃なら、そんな無視され方には黙っていられないところなのだが、いま、彼女は知ったのだ。人間には、他人の入りこむ隙のない、凝縮した瞬間のあることを……。

むきだしにされた魂そのものが、眼前につきつけられている。そのすさまじさに彼女は、言葉もなく圧倒されている。

舞い終ると、信長は手早く具足をつけ、湯漬けをかきこんだ。

「御武運を」

「御武運を」

早くも歩み始めようとしている彼の前に身を投げだすようにして、人々は口々に叫んだ。

しかし、お市はその場に化石のように動かなかった。

「姫さま」

後から、そっとかのが袖をひいたが、黙っていた。むしろ月並な挨拶ならしない方がいいと思ったからだ。低く高く法螺が鳴り、慌しい人馬の響きは、やがて暁闇《ぎょうあん》に融けた。

それから半日、お市は無言で坐り続けた。万一を予想して、後に残った人々は慌しく城ぬけの支度に追われていたが、彼女は何をする気にもなれなかった。

――いったい城をぬけてどうするのか。

兄のあの眼、あの手を見てしまった今は、何をするのも無意味のように思われた。

昼すぎ、激しい豪雨が襲って来た。人の言葉もききとれないほどのすさまじさで大地を叩く雨脚を眺めながら、兄はいまどこにいるのか、とふと思った。瞼裏《まぶた》に浮かんで来る兄の姿は、ふしぎと、この雨の中でも全く濡れてはいないのだった。

田楽狭間《でんがくはざま》に今川義元を襲い、その首をあげたという織田軍の奇蹟的な勝利が清洲へ伝えられたのは、夕暮になってからだった。

「今にも、お戻りになられますぞっ」

伝令があえぎながら叫んだとき城中はどよめきたったが、彼女は黙りこくっていた。

――勝った！

ということは、このお城を出なくてもいいことなのだわ。

緩慢によみがえってくる思考力を、なお押しとどめたいという思いが胸の中にはある。

それよりも、小一日お市を圧倒しつづけたものを見失いたくないのである。うって変って陽気になった城内で、彼女は、周囲に眼をむけず、まだ坐りこんでいる。

史上余りにも有名なこの戦いに、いまさらくだくだしく触れる必要はないだろう。これはたしかに奇蹟的な勝利だった。天才的な戦術家として信長が高く評価されるのも、この勝利によるものだが、しかしここには彼の才能以外の要素も多分に働いていることも認めねばならない。

一つは今川の先発隊が強すぎたことである。丸根砦に向った松平元康、鷲津砦に向った朝比奈泰能《あさひなやすよし》らは、この日あまりにも簡単にこれらの砦を陥落させてしまった。このとき今川義元の本隊は先鋒よりずっと東方寄りの沓掛《くつかけ》から大高に向って西進中であったが、捷報《しょうほう》を聞いて喜び、桶狭間《おけはざま》の北にある田楽狭間で休息することにし、ここで食事を使った。先発隊の勝利が義元はじめ全軍の気を緩ませたのである。

その間に信長は熱田《あつた》から鳴海付近まで進出している。ここには僅かに残る前進拠点、善照寺砦がある。ここで彼は今川勢の動きを掴んだのだ。そして田楽狭間で休息をとっている今川勢を急襲すべく一挙に丘陵地帯の難路を南下して、敵陣になだれこんだのである。とうてい騎馬軍団が通れそうもない道を選んだことが勝利を掴む機となったが、それというのも、彼やその部下がその辺の地形を知悉《ちしつ》していたからこそ、奇襲をかけることができたのだ。

もう一つは、そのとき彼らを襲った豪雨である。今川勢は雨を避けることに気をとられ、本営も手薄になっていた。織田勢にとってはこれが絶好の隠れ蓑《みの》となり、やすやすと敵の本営に近づくことができたのである。

偶然の勝因もある。また冷静に考えれば、勝つべくして勝ったと思われる要素もここには含まれている。これらが綜合されたとき、奇蹟はおこり、信長は勝利を得たのである。

が、奇蹟以上の奇蹟がもたらした歴史的勝利よりも、いまお市の胸をしめているのは、出陣の折の信長の舞い姿である。

人間五十年、下天のうちを較ぶれば……

その声は、いまもお市の耳底にある。

註　幸若舞の文句は文意からすれば正しくは「化転のうちに」と思われるが、ここではしばらく『信長公記』に従っておく。

永禄の春

桶狭間の勝利とは何だったか。

これによって信長は天下無敵の武将にのしあがり、輝かしい未来を予約されたように、とかくこれまでの物語では書かれているが、それは大きな誤りといわねばならない。客観的にみるならば、当時の彼をとりまく情勢は、決してそんな甘いものではなかった。

むしろ、桶狭間の勝利によって、彼は従来よりも、さらに規模が大きくて深い泥海に乗りださねばならなくなったのだ。以前の彼は現在の名古屋市のほんの一部を保つ小豪族にすぎなかった。市内の他の区にはすでに敵がいた。それを潰したらどんなにせいせいするだろうと思って、血みどろになって戦ったのだが、やっとあたりの敵を倒すと、その外側にはさらに強い敵がいた。そこでさらに勇気をふるい起してそれを征すると、さらに外側にはより強敵が……

大きくなるとは、つまりさらに大きな敵と立向わなければならない、ということだ。

そこでは一瞬の気のゆるみも許されない。本能寺で殺されるまで、彼は常にこうした気のぬけない、危い橋を渡り続けるのである。

さしあたって、今川義元を倒したとはいえ、彼の領土はそれほど拡がったわけでもない。依然今川は駿遠を制しているし、彼はといえば決して尾張全部を手に入れたとはいえない状態だ。北部は斎藤氏に侵蝕されたままだし、尾張では最強の武将になったものの、まだ国内の小武士団を全部傘下におさめたわけではなかった。

特に北の斎藤氏からの脅威は、変りなく続いている。実は桶狭間の勝利の翌年、永禄四（一五六一）年五月に総帥義竜が急死したのだが、それによって斎藤王国はがたりともしなかった。義竜の死を知った信長は直ちに木曾川に渡って、美濃へ侵入したが、結局戦果をあげることはできずに引揚げるよりほかはなかった。義竜の子、竜興《たつおき》の下に団結した斎藤勢の守りは鉄壁だったのである。

もうこうなると、力ずくの揉みあいではどうにもならない。ここに登場するのが、複雑、かつ微妙な外交技術である。清洲の城には、遠国《おんごく》からの客の出入りが激しくなった。形だけ見れば、それは平和の到来を思わせた。戦火はすでに遠くに追いやられ、友好と共存がみちあふれているような……少女、お市の眼に映じた光景はまさにそのようなものであった。

いや、お市はすでに少女ではなかった。このところ急に背がのび、黒髪のつややかさが増して女らしさが匂いたつようになった。ややつり気味のすずやかな瞳、形のよい小さな鼻、きゅっとひきしまった唇許《くちもと》。ひとつひとつの造作は、溜息が出そうに繊細なのに、全体からうける印象には、兄信長に似た勝気さがある。美しさとしなやかさと勁《つよ》さとをあわせもった絹糸の精――。そんな感じのお市であった。

そのお市が一人の客の到着を知ったのは永禄五年の正月のことである。遠来の客の訪問に馴れっこになっていたお市は、このところ客人の来訪にほとんど関心を払わなくなっている。そこへ兄から使が来たのである。

「お広間にお越し下さいますように」

「お客さまはどなた？」

「三河の松平元康さまでございます」

「それではすぐに――」

金銀のぬいとりで梅の花を散らせた初春《はる》らしい装いに改めてゆくと、すでに信長と妻の濃姫は、遠来の客に対していた。

「妹のお市、お見知りおきを」

信長は、気軽にお市を元康に引きあわせた。

元康はやや無器用に居ずまいを正して一礼した。

「……これは」

「ようお越し下さいました」

挨拶をしてお市が顔をあげると、真前に四角い顔があった。若いような老けたような妙な顔である。肌はつやつやとしていて、丸い眼はむしろ無邪気にさえみえる。その限りでは年若なようでもあるが、背が猫背で髪が薄く、兄のように颯爽《さっそう》たるところがない。

三河の松平元康——。聞いたことはあるがいったいどういう人物なのか。

信長はさらに息子や娘を呼びつけた。

「奇妙丸、次がお茶筅、あれなる娘は徳と申します。お見知りおきを」

「はっ」

融通のきかないたちなのか、元康は、子供たちにも、お市に対すると同様、馬鹿ていねいな御辞儀をした。

お市は内心首をすくめた。信長は子供たちまで引張りだして、大いに家庭的に迎えようとしているのに、元康がいやに義理堅く膝をくずさないのが滑稽でもあった。やがて酒肴が運ばれた。興に乗った信長は、

「見るにめでたき花の色、千歳《ちとせ》の松に降る雪……」

小舞《こまい》を舞ってみせ、

「三河どののも拝見したい」

しきりに催促すると、

「はっ、では……」

元康は坐り返すと眼をつぶって、「老松《おいまつ》」の一節を口ずさんだ。

「げに珍らかに春も立ち梅も色添い松とても……」

聞くなり、お市は思わずふき出しそうになった。大まじめで唸《うな》っているが、とんでもない調子はずれなのである。

——やることなすこと、皆とんちんかんだわ……

急いで膳の肴《さかな》を突っついて笑いをこらえた。

その元康が帰ったあと、

「どう思うか、お市、あの男のこと」

信長は元康の印象をたずねた。

「おかしな方。大まじめで、あんな調子はずれなお謡をなさるんですもの。こらえるのに苦労しましたわ」

お市が思い出し笑いをしながら言うと、

「うん、あれはかなりなものだったな」

信長もにやりとしたが、

「が、あの男、若いに似合わず戦さは無類の上手だぞ」

まじめな顔付になった。

「そうですの。まあ。若いに似合わず、っておっしゃるけれど、おいくつなの？」

「二十一だ」

「まあ、二十一ですって？」

自分より五つしか年上ではないのか、とお市はびっくりした。

「うむ、あの桶狭間のときな、奴め俺の方の丸根の砦をあっという間に攻め落しおった」

「まあ……」

あれは二年前のことだから、そのとき彼はまだ十九歳だったはずだ。

「じゃあ、元康さまは今川方だったのですね」

「そうだ。人質になっていたのだ」

人質なのだから、そんなに本気で戦う必要もないのに、やるとなったら大まじめで全力を発揮しないとすまない男なのだ、と信長は言った。

「いや、戦いとなると、自然に全力が出てしまうのかもしれぬ。そんな男さ、元康は」

それから帰って行ったその男の後姿を追うような遠い眼付になった。

「いずれ今川にとって代り、海道を押えるのはあいつだろう」

それからふっと冗談めかして呟いた。

「惜しいことだな、お市」

「何でございますの」

「若いが、あの男、すでに子持ちだ」

「…………」

「一人身《ひとりみ》なら、そなたを嫁入らせるところなのだが」

「あら、いやや、私、ああいう方はいや」

思わず言ってしまって頬をあからめたお市を見て、信長は言った。

「そうか、ああいうのは好かぬか。が、ああいう男もいるということを知っておくのも悪いことではないぞ、お市」

元康の息子の竹千代と信長の娘のお徳の婚約がきまったのは、その翌年の三月のことだ。婚約といっても、双方ともたったの五歳、祝言はいずれ、ということであったが、このときになってお市は前年の春の元康来訪と、兄のもてなしの意味を知ったのである。


元康が家康と名乗りをかえたのは、織田家との婚約のきまった永禄六年七月のことだ。今川家に人質となり、義元の「元」の字を押しつけられていた彼は、これで完全に今川家から自立したわけである。今川家の桎梏《しっこく》を離れたという意味で、桶狭間の合戦で最も利益をこうむったのは彼だったかもしれない。

もっとも、このとき、彼はすでに今川家の一族である関口氏の娘を妻に迎えている。築山どのと呼ばれる彼女は、義元亡きあとも今川家は依然強大だと思いこんでいたし、織田家との縁組には強い不満をしめしていた。そのかぎりでは、家康は自分の家庭内にぬきさしならない問題の種をまいてしまったわけだが、彼としては、今川家から自立し、自分の領地三河へ戻った現在、まず隣国の織田とよしみを結ぶことが急務だったのである。

一方、信長のほうも、このとき、単なる好意で家康をバックアップしていたわけでは

なかった。娘を嫁がせるということは、

「駿遠方面は、そなたに任せよう」

ということである。この戦さ上手な青年武将に今川を監視させ、その方面の負担を軽くしておいて、全力をあげて対決しなければならない問題を彼はかかえていたのだ。

いうまでもなく、それは美濃の斎藤氏攻略である。斎藤道三が死んで七年になるというのに、信長は、まだ彼らに対して、効果的な一撃を加えるということには成功していない。

しかも、この間に世の中の情勢は急速に変化している。それまでの群雄は、それぞれの地方に割拠して周囲を切りなびけ、その地方の大将になれば大きい顔をしていられた。ところが、いまはそうではない。中央権力——それがいかに形骸化していようとも——に結びついて、それを背景に全国に眼を配らなくては、せっかく切りとった自分の領地さえも、終局的には安全ではなくなる。いわば、それまで地方第一の会社になることを目指していた企業が、中央の政界と結びついたり、世界への輸出を考えねばならなくなったのと同じようなものだ。戦国時代の大名の領国は企業体に似ている。拡大は自己運動であり、止《とど》まることは破滅にひとしい。

しかもこのときの「時代」の進み方は、信長の領国経営の速度より速かった。信長はかなりいらいらしている。

——七年も斎藤をどうすることもできずにいるとは……。早くあいつらを押しのけて、中央への道をつけねば。

　家康との提携は彼にとっては好機である。東部への不安を解消すると、まず本拠を清洲から北部の小牧山に移した。それだけ美濃へ肉薄したわけである。以来、軍事活動も活潑になったが、それよりもこの時機に目立つのは斎藤方の武将の抱きこみ工作だった。

　たとえば揖斐《いび》郡の旧市橋荘に土着していた市橋長利、海津郡駒野《こまの》城主高木貞久、加茂郡加治田の佐藤紀伊守、羽島郡松倉城の坪内利定――。戦国の波の中に浮き沈みし、やがて消えてしまった小豪族であるが、信長は彼らの抱きこみに必死となり、かなり鄭重《ていちょう》な手紙を出して協力を懇請している。もちろん斎藤家も手をこまねいているわけではない。逆に尾張の地に潜行して織田に属する小土豪の切崩しに躍起となっているし、これに対抗して信長の方では領地没収するぞと脅しをかけたりしている。そのたびに尾張と美濃の勢力地図は塗りかえられるわけで、今残る文書は直接の戦闘行為にひとしい息づまるような両者の攻防戦をなまなましく語っている。

　小牧山に進んでからまもなく、程近い斎藤方の前進基地である於久地《おくち》（小口）城主中島豊後守が信長の部将丹羽長秀《にわながひで》の工作によって寝返った。やむなく斎藤方はその北方、犬山城へ後退する。さらに木曾川を渡って、宇留間《うるま》、猿啄《さるばみ》城へと、信長の東美濃への和戦両様の工作が続く。

　一方、遠方からの使者の小牧山への来訪もしきりである。お市が直接会ったわけではないが、上杉謙信の片腕、直江景綱からの書状を携えた使者がやって来たのもそのころだ。当時、謙信の武名は天下にとどろいていた。天皇や足利将軍——当時は義輝——が、しきりに彼をたのみとして上京を促しているということは信長の耳にも入っている。この段階では謙信は信長とは段違いの大物だったから、信長の返事も鄭重をきわめている。直接謙信にあてず、景綱からよろしく披露してほしいと書いているのは最大級の敬意を払った書き方である。一方謙信からも大鷹が五番《つがい》贈られて来た。鷹を贈るというのはこれも最高級の敬意を払ったことを意味する。

そのころ、信長の息子を謙信の養子にするという話も起っていたらしい。養子といっても、つまりは人質である。これに対し、信長は、

「殊に御養子として愚息を召し置かるるの旨、寔《まこと》に面目の至りに候」

と書いている。(読み方は奥野高広氏の『織田信長文書の研究』に従った)

お市の耳にもその話はちらほら入っている。

「兄さま」

ある日彼女はたずねた。

「どの子を上杉におつかわしになりますの」

「ふむ」

珍しく彼は歯ぎれの悪い返事をした。長男奇妙、次男お茶筅の下に、そのときまでに、三七、お次、お坊……といった子供が生れている。が、信長はその中の誰とも言わず、

「そうさな……」

言葉を濁してから、

「うん、実はな、いま俺は別の養子の口を考えているのでな」

打明け話をする口調になった。

「まあ、それは？」

「驚くなよ」

ちょっといたずらっぽい笑いをうかべた。

「誰だと思う？」

「さあ……」

「あててみるがいい」

「見当もつきませんわ」

「ふ、ふ、ふ……」

低く笑って、信長はお市の耳に口を寄せた。

「甲斐《かい》の武田だ」

「えっ」

聞き違いではないかと思った。

「だって、兄さま……」

武田は上杉の宿敵ではありませぬか、と言いかけてお市は口を閉じた。

そうとも——。と、いうふうに信長がうなずいているのに気づいたからである。

「ここがむずかしいところだ」

信長は切れの長い、つり気味の眼でお市をみつめた。お市の眼もとにそっくりである。お市も兄をみつめている。よく似た双の眼がみつめあったとき、言葉以上のものが二人の間に流れた。しばらくして、

「いや、もう一つ、別の手もある」

信長は考えながら言った。

「武田の息子に娘をやるのだ」

「あら」

お市はふしぎそうな表情になった。

「もう兄さまには嫁がせる娘御はおありにならないのに……」


上杉謙信の許へ息子をやることについて、信長はひどく乗気だったにもかかわらず、それは結局実現しなかった。そのかわり、少し後になって、武田信玄の所へは息子が一人行っている。選ばれたのはお坊、彼は天正九（一五八一）年まで甲斐にいて、のち安《あ》土《づち》に帰って元服した。源三郎勝長がそれで、犬山城を与えられている。

が、この時点でいえば、信長が、思いつきのように口にした信玄の息子勝頼との縁組が一番先に成立した。しかしこのとき嫁いだのはお市ではなかった。

話が決ったとき、すでにお市は十九になっていた。勝頼との縁組を兄が口にしたとき、

じつをいうとひそかに彼女の胸を波立たせるものがあったのだ。兄は勝頼を彼女より一つ年上だ、と言った。しかも、それにふさわしい娘がいないとすれば、選ばれるのは自分ではないか、とふと思ったのである。

——いや、それだからこそ、兄はそのことを口にしたのではないだろうか。

武田は甲斐の名門である。越後の上杉謙信と並んで、勇将の聞えの高い信玄——。その息子に嫁ぐことに胸をわくわくさせるのではないが、いま兄がそれを望んでいるなら、喜んで私は行くだろう、とお市は思った。

上杉との確執の根の深い武田の家に嫁げば、さまざまに気を使わなくてはならない。まして兄が上杉に人質を出すとなれば、いよいよ自分への監視の眼は厳しくなるだろうが、自分なら、その中でやりぬけるだろう、という気がした。

いま、お市は、兄の虚々実々の戦いを眼のあたり見ている。戦いとは、戦場で血槍を振うことだけではないということを、身にしみて知った。そして、その戦いなら女の自分も加われるのだ。いや、大名の家に生れたものは、誰でも進んでそれに従うべきなのだ。

いってみれば戦場での戦いは最後の詰めのようなものだ。それにいたるまでの長い道程と幅広い工作のほうが、むしろ本当の戦いなのである。その戦いに城主も一族も家臣も、一致して瞬時も油断せずに全力を注がなければ、その家は潰れてしまう。それが戦国のきびしい掟なのだということを、いまお市はわかりかけている。

そのお市であってみれば、

——兄さま、このお市にお命じ下されば、力のかぎりつとめます。

そういう気持が胸の中に沸々とたぎったとしてもふしぎはない。これは単なる自己犠牲でもなければ、兄への献身でもなかった。まして後世に言うような、政略結婚の犠牲などではさらになかった。歴史はこれまであまりにも彼女たちの心情に無理解でありすぎたようである。

むしろお市は織田の家の一員としての自負を持っている。その織田家の一人として彼女も戦列に加わりたいのである。そしていまはその時期なのだ、と彼女は思い定めていた。

が、しかし——。

このとき、信長は、ついに、

「お市、嫁《い》ってくれぬか」

とは頼まなかった。彼は家臣の苗木勘太郎という男の娘を養女とし、勝頼に嫁がせたのである。お市の心はゆらいだ。

——なぜ、兄さまは、私にゆけとはおっしゃらなかったのかしら?

自分にはその力量がないと思われたのだろうか。失望というよりも、微妙に誇りを傷つけられたような気がしたのは彼女の勝気のなせるわざだったかもしれない。が、それかといって、

――どうして？

とその理由をたずねることは、余計に彼女の誇りが許さなかった。あるうつろさと苛立ちと……。落ちつかない日々が続いた。

その中でお市は、つとめて平生通りの日常生活を続けようと努力した。衣縫い、そして手習い。おそらく侍女のかいのさえお市の心の中の微妙な動揺に気づきはしなかったろう。

やがて信長の養女にとりたてられた苗木の娘が武田に嫁ぐ日がやって来た。

輿をはさんで数十騎の騎馬武者が、ゆるやかに動きだし、その後からおびただしい荷物の行列が続いた。物見から、それを見送っていた信長は、傍らに立っていたお市に何気なく言った。

「じつは、そなたをこうして見送ろうかと思ったのだが……」

「えっ、何でございますって」

お市は頬があからんで来るのを覚えた。

――お兄さまは私の胸の中を読みとっている。

と思うとどぎまぎして、すぐには言葉が出なかった。信長はお市をふりかえった。

「が、やめたよ」

「…………」

「そなたには別にやってもらいたい事がある。いま俺は、それを考えている」

それはいったい何なのか。お市には見当もつかない。

もしも、彼女が、家康、あるいは勝頼に嫁いでいたら、彼女の生涯は全く別のものになっていたろうし、また日本の歴史も少しは違った形をとっていたかもしれない。

が、運命はその選択を拒んだ。そして全く別の装いをこらして、それは、徐々にお市に近づきつつある……

鷹

永禄八（一五六五）年十一月、甲斐の武田信玄の嫡男、勝頼に嫁ぐべく小牧山城を発っていった花嫁の行列のことは、しばらく城下の話題をさらったかたちになった。俄かに城主信長の養女となって嫁いでいった苗木勘太郎の娘とは、いったいどんな女なのか、家中でも知らない者が多いだけに、

「何でも、絶世の美女なそうな」

「いや、舞が上手なので、殿のお眼にとまったそうだぞ」

と、さまざまの噂が飛んだ。ともあれ、甲斐の武田といえば、越後の上杉と並んで、天下の強豪である。その家に嫁ぐということは女にとって夢のような幸運というべきである。

「あのお支度のみごとさったら！　甲斐の武田さま相手だから、殿さまも一段と力をお入れになったんでしょうねえ」

「ああ、あ、どんな星を背負って生れて来たお人なんだろうねえ」

男女のそうした噂は、城内のお市の耳にも入って来る。そして、信長自身の耳にもそれが伝えられたとき、

「そうか」

彼がちらりと満足そうな微笑を洩らしたことも、お市は見逃していない。この数年続けられた平和外交が、着々成果を収めてゆくことへの安堵感——少なくとも、余所目《よそめ》には、そんな印象を与える微笑だった。

が、それから間もなく——。

お市が兄の微笑の意味を知らされる日が来た。その年の十二月、鉛色に垂れこめた空から、時折り白いものが舞いおりて来る昼下りであった。

「お市」

小牧山城の奥の居室に招かれ、二人だけで向いあったとき、信長は、これまで聞いたことのない、やや改まった口調で彼女の名を呼んだ。

「今日は、そなたにだけ聞いてもらいたいことがあってな」

その声にはお市が思わず居ずまいを正さずにはいられないような重々しさがあった。

「数日前、俺は手紙を書いた」

「………」

「多分、その手紙は、着いているころだと思う」

「どこに」

「近江《おうみ》の矢島に――」

「矢島？」

「そうだ」

信長はゆっくりうなずいた。

「そこに、ゆくゆくは将軍となる方がおられる」

「まあ……」

「この夏、前将軍家が非業《ひごう》の死をとげられたことは、そなたも知っているな」

「はい」

時の将軍足利義輝が、家宰《かさい》の三好義継《みよしよしつぐ》、松永久秀《まつながひさひで》らに攻められて死んだのは五月のことである。前代未聞のその事件のことはお市も耳にしている。

「いま矢島におられるのは、その弟君だ」

「まあ」

「奈良の一乗院に入っておられた覚慶という方だが、危うく三好、松永らに討たれるところを逃れ出て――」

「その方が将軍になられるのですね」

「いや、まだ、はっきりきまってはいない。しかし、その方から、御内書を賜わった」

「まあ、兄さまに……」

「いや、これは俺だけではない。越後の上杉も、甲斐の武田も――」

「兄さま」

お市の黒曜石のような眼がちらと光った。

「今度の武田家との御縁組は、すると、そのお方の御意向ですか」

「………………」

信長の頰に微笑がうかんだのはこのときである。

「お市、よく気づいたな」

ゆっくりうなずいた。

「武田との縁組は俺も考えてはいた。しかし俄かに事が運んだのは、そのお方の御指示があってのことだ」

「じゃあ……」

お市は首をかしげるようにして、兄の瞳をのぞきこんだ。

「婚礼の噂に人々をひきつけておいて、その蔭でそっとそのお方の御内書に返事をお書きになったというわけなのですね」

信長の頰にあるのは、もう微笑というよりも、豊かな、満足げな笑いだった。

「お市、そなた、いつから俺の心の中を読みとるようになったのだ」

言われてお市はむしろ恥じらった。

「そうだ、その通りなのさ」

もう一度信長はうなずいた。いつか花嫁行列の噂を耳にしたときと同じ笑顔がそこにはあった。このときの信長は、

「上意次第、不日なりとも御供奉《ぐぶ》の儀、無二にその覚悟に候」

仰せのとおり、いつでもお供申しあげる覚悟でおります、と返事を出している。宛名は、細川兵部大輔《ひょうぶだいふ》（藤孝）あて。当時の細川藤孝は幕臣であり、一乗院から覚慶をひそかにつれだしたのは、彼と和田《わだ》惟政《これまさ》である。奈良を脱出した彼らは、まず近江甲賀郡の惟政の館に落着いた。惟政は甲賀武士中の有力者で六角承禎《しょうてい》の麾下に属し、幕府の供衆をもかねていた。ここから覚慶は上杉謙信、武田信玄、島津貴久父子等々に上洛のための協力を要請する一方、しきりに彼ら相互の不戦修好を推進しようとした。そしてその使者は松平家康や信長の所へも度々来ていたのである。彼らの間の合戦をやめさせ、一致して自分の入洛に協力させようというのがその狙いであった。

いま、その中心になって動いているのは和田惟政の主人筋にあたる六角承禎と、細川藤孝である。覚慶はすでに和田の館を出て、承禎の勢力範囲である矢島に移っている。

そこまで手短かに話した信長は、ふと、いたずらっぽい口調になった。

「しかし、さすがのお市でも、この先の話は見当がつくまい」

「え？」

「あててみるか？」

「そんなこと、とてもできませんわ」

「が、これこそ大事なことなのだ。そなただけを呼んだのも、そのためよ」

「まあ……」

いつのまにか、兄は真顔にかえっている。

信長はそのとき、つと座を起った。そのまま、つかつかと窓辺に寄ると、お市に背をむけたまま呟いた。

「降って来たな」

いつのまにか外は牡丹雪になっていた。大きな雪片が風によじられて渦巻くのをしばらく眺めていた信長は、ふりむくなり、

「矢島のそのお方が、大鷹を贈った男がある」

ぶっきらぼうにそう言った。

「鷹を？」

「そうだ、武将に対してこの上もない贈物だ」

そういえば、越後の上杉謙信が兄の所へ贈って来たのも五番《つがい》の鷹だった。お市がその事を思い出したとき、唐突に兄は言った。

「その男と、そなたと縁組を進めたい、――矢島のお方はそう言っておられる」

「え？　私と縁組を？」

「そうだ」

兄はややつり気味の眼で、じっとお市をみつめている。その瞳の底から、お市の胸に響いてくるものがあった。

――そなたには、別にやってもらうことがある。

苗木勘太郎の娘が、信長の養女として武田に嫁いだその日、花嫁行列を見送りながら、兄がふと呟いた言葉は、このことだったのか……

――で、そのお方は？

お市がたずねるより先に、兄は口を開いた。

「行先は遠いぞ」

かすかないたわりの響きがそこにはあった。

「どこでございますか」

ややしばらく沈黙してから、

「近江だ」

短く信長は言った。

「近江の小谷《おだに》城主、浅井《あざい》長政《ながまさ》」

「あざい、ながまさ？」

のちに彼女の運命を決定づける男の名を、お市がはじめて口にしたのはこのときであった。

「近江には大きな湖がある。琵琶湖――という名は知っているな」

「はい」

「尾張から美濃を通って近江路に入る。西にゆけば都だし、琵琶湖のほとりを北に向えば越前へ出る。その道ぞいにあるのが小谷城だ。長政は若いながらも勇猛の聞えのある男だ。年は二十一、後々東近江を握るのは、多分あの男に違いない」

二十一なら自分より二つ年上だ、とお市は思った、と同時に頭に浮かんだのは、

——この雪は、小谷のお城にも降っているのだろうか……

ということであった。牡丹雪は、さらに激しくなり、あたりの野山は視界から消えてしまっている。そして、そのかなた、小谷城にいるという若い武将のおもかげは、より捉えにくい。それより、そのとき、お市の眼裏にあざやかに浮かび上って来たのは、その雪空の一角を睨みすえている精悍な若鷹の姿であった。

未来の将軍たるべきその人から贈られたという鷹は、まぎれもなく小谷城で息づいているに違いない。

将軍になろうとしているその人と、若鷹と、小谷城の武将と、自分と——。

今まで思ってもみなかった次元から、思いがけない規模で、自分の運命が動かされ始めようとしていることを、どううけとめたらいいのか。

いまこの縁談を周旋しているのは、和田惟政と、近江瀬田城の主、山岡景隆だと信長は言った。

「もう浅井にも内々話は通じてあるそうだが、こちらがいいということになれば、すぐ

にも小谷を訪れるということだ」

　お市は、じっと部屋の一隅をみつめていたが、やがて信長の顔をふり仰いだ。

「兄さま」

「何だ」

「お話はよくわかりました。でも、おたずねしたい事がございます」

「と申すと」

「いま、兄さまは、近江の小谷城は、美濃の先と仰せられました」

「いかにも」

「では……。もし私が嫁ぐといたしまして、どうやって美濃の国を通りぬけるのでございますか」

　白眼の蒼く澄んだ信長の眼に、じわじわと笑みがにじんだのはこのときである。

「それよ、お市」

「え？」

「さすがだ。よく気づいた」

「だって、そうではありませぬか」

　お市は少しまぶしそうな眼をした。

　現在、織田家の人間が、斎藤竜興の領国、美濃を通りすぎることは不可能である。道三死後もう九年、まだ信長は隣国をどうすることもできずにいる。斎藤竜興は、信長と浅井家の握手を知ったらただではおくまい。浅井とはかつて戦ったことのある斎藤家だが、現在は小康を保っている両家である。その状態を破壊するようなこの縁談の噂を聞きつけたら、どのような態度に出るか……

そんなことは百も承知なのに、あえて斎藤の問題に触れずにいる兄がお市には理解できなかった。が、いま兄は、そんな問いつめ方をした彼女を、むしろ惚れ惚れとみつめている。

「やっぱり、お市は俺が思った通りだった」

「まあ」

「多分そなたはそう言うだろうと思った。いや、そう思ったからこそ、俺自身、この縁談に乗る気になっているのさ」

信長はお市の眼をまともに見ながら、あっさりと言った。

「そなたの乗る輿は、多分、無事に美濃を通りぬけるだろう」

「どうして？」

「じつはな、矢島にいるそのお方、覚慶どのや、その側近が、わが家と斎藤家の和解の工作をしておられる。つまりこの縁談はその上に立ってのことなのさ」

「まあ……」

もう一つ大きい情勢の転換が、この話の背後に準備されていることを、お市ははじめて知ったのである。つまり織田との和解のあかしとして、斎藤にお市の輿の通過をみとめさせようというのだ。信長はさらに続けた。

「その後で、俺もやがて美濃を通って矢島にゆく。斎藤も浅井も行くだろう。そして皆して覚慶どのを都へ入れて将軍にするのだ」

三好、松永の徒を排除するには、それ以外手はない。覚慶も側近も、そう思うからこそ諸大名の和解につとめているのだ。その全体の見取図を理解するのは、十九のお市にとっては課題が大きすぎたが、しかし、織田と斎藤の和解という一言は、あざやかに、その胸に刻みつけられた。

「斎藤家との和解が――。ほんとうにできるのですね」

「うむ、多分な」

厚く立ちはだかっていた目の前の壁が、俄かにかき消されてゆくような感じであった。新しい朝がまもなくやって来る。そしてその曙《あけぼの》の光の中を、兄に先立って自分の輿がゆく。今、雪に霞んで見えない野山をさらに越えて……。織田の家にとって、新しい時代が来るのだ。そのあかしとして自分が必要だというなら、この縁談は、すでにきまったも同じことだ、と思った。天下の情勢のすべてを摑むことはできなかったが、ともかく自分がその大きな時代の流れの中にあり、しかも確実にある役目を与えられていることだけは、ひしひしと感じられた。

縁談について、織田家からの応諾が伝えられると、覚慶の側近である和田惟政と山岡景隆は、早速小谷城へ飛んだ。小谷の浅井長政も格別異存はないという意向だったが、しかし、彼の反応は、信長兄妹の場合とはいささか違うものがあった。いま残る和田惟政の手紙は、その微妙なくいちがいと交渉のむずかしさをのぞかせている。

長政は言ったのだ。この縁談は望むところだ。しかし、美濃の斎藤は、たしかにお市の輿を通すか、と。つまり織田、斎藤の和解は確実な見通しのあるものかどうかを彼は疑っていたのだ。斎藤は浅井にとっても恐るべき隣人である。いま僅かに保ち得ている友好関係を反古《ほご》にしてまでも、織田と結ぶ気はない、というのが長政の本音だった。

これは、彼が矢島にいる覚慶の実力を、それほど信じていなかったからでもある。ついこの間まで、一乗院の僧侶だった覚慶に、天下の大名たちを説得する力があるかどうか……。また現在覚慶の庇護者的な立場にある六角承禎についても、彼は決していい感情を持ってはいない。六角氏は近江の名家であり、全山石の鎧《よろい》に蔽《おお》われた観音寺城に拠っている。その武力に長年苦しめられもしたが、すでに六角の力は地に堕ちた、と長政は見ている。それを、覚慶をかついだり、恩着せがましく和解工作に乗りだして来るのは、あまり愉快なことではなかったのだ。

——本当にそんな事ができるのかどうか。まずはお手並み拝見。

ということだったのであろう。そしてこの時点においては、長政の観測は決して的はずれなものではなかった。覚慶らの和解工作は、必ずしも進展せず、永禄八年という年は暮れてしまったのである。

翌年二月、覚慶は還俗《げんぞく》して義秋《よしあき》と名乗る。これが後の義昭である。朝廷に太刀、馬代を献じ、従五位下、左馬頭《さまのかみ》に任じられたのは、形の上では将軍への道を歩みはじめたことになるが、むしろ彼をとりまく状況は悪化していた。このとき、阿波には同じく足利氏の血をひく義親《よしちか》（のちの義栄《よしひで》）がいて、将軍になるべく上洛を企てていたし、三好、松永勢はがっちり都を押え、彼の近づくのを許さなかった。また出陣を促していた甲斐の武田信玄からは、遠くてなかなか出兵できないという、ていのよい断り状が来たし、こうなるとライバルの上杉謙信も本拠を離れられない。しぜん手許を見透かした斎藤竜興も信長との和解にそっぽを向くという有様で、義秋を迎え入れていた六角承禎まで動揺しはじめた。四方塞《ふさ》がりの状態の中で、彼は悲鳴に似た性急さで、織田信長に参陣を求める。どうやら頼みになりそうなのは今のところ、信長のほかはいなかったのだ。

一方信長の方は、

――機は熟した。

と思っていた。義秋の申し出をうけて起つ覚悟はできていたのである。今川義元を倒してからほぼ六年、三河の松平家康との提携も固まり、まず東部への不安は解消した。美濃の中小豪族の抱きこみもかなり進んでいる。これには竜興も脅威を感じていると見たからこそ、義秋らの調停工作にも応じたのだが、相手がそれを蹴ったとなれば、ここ一番の決戦こそ、まさに望むところである。

準備は念入りに進められた。出陣は七月二十九日、六年間の蓄積を賭けての羽ばたきである。見送るお市にも兄の眉宇《びう》にあふれる闘志が、ひしひしと伝わって来た。

――そなたの嫁入りの輿を妨げた奴らを、蹴ちらしてくるからな。

憤りのようなものがその背中に燃えていた。中途半端な形で沙汰やみとなっている縁談はこのところお市を落着かなくさせていることはたしかだし、兄がそれに気づいていることもまたたしかである。

もちろん、信長の出陣はそのためだけのものではなかったが、長政との縁談を含めた現在の状況を一気に突破してしまおうとする並々ならぬ決意を固めての出撃であった。

軍隊を送り出した後の、ひっそりとした小牧山には、まもなく使者が次々と順調な進撃を伝えて来た。これまでの抱きこみ工作で、一応美濃の東部は押えてしまったので、今度は西部から井ノ口城を狙うのである。

「敵の前線を撃破」

「目下敵影を見ず」

次々もたらされる報告を聞きながら、お市は、いつとはなしにこの一戦に自分の運命を重ねあわせている自分を感じていた。その思いが、どの合戦のときより彼女の胸をしめつけた。

八月八日にはひどい大暴風雨になった。豪雨の中で信長はまだ進撃を続けているらしい。

――あと一息！　あと一息！

祈るような気持でいるとき、突然、泥まみれの使者が転がりこんで来た。

「お味方は、大敗北でござりまするっ」

「えっ！　何ですって」

ぐらりと大地が揺れたと思った。今まで勝に乗じていると思われた戦況は大暴風雨の中で俄かに逆転したのである。大垣城を預かる長井道利らの大軍に痛撃を食らって、織田勢は、ほとんど潰滅状態で退却した。折から増水した長良川の濁流に呑まれたもの数を知らず、と言いも終らぬうちに、使者はその場に突伏した。

「まあ！」

思わず、息を呑んだ。

「それで、殿さまは？……」

「殿は……御無事で……ございます」

とぎれがちにいうその男の声を聞きつつ、お市は目を閉じた。

——逸《はや》りすぎていたのだろうか。お兄さまも、私も……

そうは思いたくなかった。しかし、歴然たる敗北の事実をつきつけられては、もう何の言葉もない。

永禄九年八月のこの惨澹たる敗北によって、信長は天下に恥をさらした。

——そうか、信長の実力はこの程度のものだったのか。

期待をかけていただけに、義秋の失望は大きかった。いや単に失望しただけではない。

この分では当分上洛は見込み薄と見てとって、六角承禎や地元の矢島の武士たちが、露骨に叛意をしめしはじめたので、身に危険が迫って来た。意を決した彼らが夜陰にまぎれて矢島をぬけ出し、琵琶湖を渡って越前の朝倉義景の許へ逃げこんだのは八月末のことである。

一方、勝った竜興側は、得意になって、信長のだらしない敗け方を諸国に触れて廻っている。もちろんお市と浅井長政との縁談は立消えになってしまった。信長もそのことは一切口にしないいし、お市も今はそのことに触れようともしない。いまさらそんな話をするのはお市の誇りが許さないのだ。が、お市の眼裏には、時として一羽の鷹の姿が浮かぶことがある。傲岸に天の一角を睨みすえている例の若鷹の姿が……

布武の季節

局地でのたった一度の敗北も、一国の存亡を賭けたものになりかねない――戦国とはそんな時代である。巧妙な積木細工に似たしかけになっているので、一角が崩れると全体が大きく揺れざるを得ないのだ。

織田家にとって、美濃での敗北は、まさにそういった意味の危機をもたらすものであった。いま織田信長は天下に名を知られはじめている。その彼が少しでも傷ついたと見れば周辺の競争者たちは、わっとばかりに襲いかかるだろう。戦国は、負け犬を容赦しない社会なのである。

信長はこの危機を切りぬけるために、さまざまの手を打った。この時期の彼の行動には、一挙手、一投足にも全神経を集中している様子がありありと読みとれる。慎重さと大胆さ、けれん味がかった華やかな眼くらまし、深く潜行する隠密作戦、負けずぎらいをむきだした積極策、理詰めの軍備力の増強――といった、彼が併せ持っている才能のすべてを出しきっている感じである。

たとえば、果敢な積極策は、部将滝川一益《かずます》を使っての伊勢北部への進出にみられる。

――斎藤竜興めに敗れようと、黙って引退る俺ではないぞ。

むしろ来るべき日の中央進出に備えて、積極的に伊勢へと腕を伸ばしておくのだ、という姿勢を見せた。これは軍事的な効果以上のものを期待しての行動である。

隠密作戦としては、美濃の諸将の切り崩しが執拗に行われた。たとえば、日比野孫一という美濃の有力武将をひそかに抱きこんだのもその前後である。なかでもこの時期、彼の手は、美濃三人衆とよばれた斎藤家の名臣――曾根城を守る稲葉良通（一鉄）、大垣城の氏家《うじいえ》直之（卜全《ぼくぜん》）、北方城の安東守就にまで及んでいた。

が、隠密作戦はあくまでも隠密作戦である。さしあたって、最も人の目をひいたのは、きらびやかな眼くらまし――平和を装う花嫁行列だった。かねて婚約していた信長の娘のお徳と徳川家康の嫡男、信康との祝言が行われたのだ。お徳九歳、信康も九歳。とうてい花嫁花婿と呼ばれる年齢ではないのにもかかわらず、華やかな花嫁行列が東に向って動き出したのは、決して意味のないことではなかったのである。

五月雨《さみだれ》の季節、雨の霽《は》れ間を縫ってゆるやかに動き出した花嫁の輿の後は、二年前の秋、甲斐の武田へ嫁いでいった信長の養女のときに数倍する長持の列が従った。

「まあ、なんて豪勢なんだろうねえ」

「都下りの繍《ぬいとり》のあるお裲襠《うちかけ》やらお小袖や、金銀蒔絵の御道具が、たんと入っているんですとさ」

　小牧山の城下は、しばらくその話題でもちきりだった。少なくともその間は、人々は美濃攻略の手痛い失敗を忘れたわけであった。もっとも当の花嫁、お徳は事態の意味するものを、どれだけ認識していたことか。出発に先立って、

「叔母さま、お別れ申しあげます。なにとぞお健やかに」

　骨の細い、よく反る指をきちんと揃えて、九歳の子供にしては大人びた口調で挨拶した。いったん他国に嫁げば、二度と実家に帰ることは、ほとんどない。小さな口から洩れた「お別れ申しあげます」という言葉に、お市はふと胸をつかれた。

――そうなのだ。九年間過した織田の家をこの子は出てゆく。そして二度とこの小牧山のお城を見ることはないだろう。

　が、そういうものだと教えこまれているのか、幼い顔は、なまじな感傷の色はなくて、むしろさわやかにきっぱりしていた。やや吊り気味の眼には父親ゆずりの勝気さが、早くものぞいている。

「お徳は泣かぬ子でな」

　いつか兄の信長がそういったことをお市は思い出した。そのとき兄はひとりごとのように呟いたものだ。

「気根はむしろ奇妙やお茶筅よりもすぐれている。男にしたいようなやつだ」

　そのお徳が成人して、同い年の夫の信康とともに、松平（徳川）家のあるじとなる日

を想像してみた。

——きっと兄さまとお義姉《ねえ》さまのような御夫婦になるのではないかしら……

この二人の間に、十数年後、凄絶な相剋図がくりひろげられようとは、そのときのお市は想像もしなかった。

それよりも、いま、嫁《とつ》いでゆく幼い姪に重ねて、彼女には別の思いがある。織田と松平が結ばれて、尾張、三河の連帯組織ができたとして、残っている自分はどういう役を果すのか。幼い姪は早くも一つの任務を課せられ、それを当然のこととして、小さな足を踏みだそうとしている。が、自分は？　近江の浅井長政との婚儀は、美濃攻めの失敗によって、全く御破算になってしまった。自分はいま、宙に浮いた形でこの城にいる……

そのときの彼女の思いは、多分、婚期を過しかけている現代の娘たちとは大分違うものがあったはずだ。いまの結婚は当事者同士の問題だ。女性は自分の幸福のためにそれを求めてなかなか獲られないことに苛立つのだが、少なくともお市のような戦国大名の家に生れた娘の場合はそうではなかった。自分が嫁ぐことは、生家にとっての重大な布石なのだ。お市が何か落着かない思いでいたとすれば、それは自分がまだ役に立つ位置を与えられていないことへの苛立ちである。

こうした戦国大名どうしの結婚を政略結婚という名で呼び、いかにも個人的な感情を無視し、犠牲を強いた行為だと思いがちなのは、その当時の感覚に理解が到らないための誤解である。じつは江戸時代が始まるまで、日本は男絶対の社会ではなかった。男女同権とはいかないまでも、少なくとも男女は協力体制にあった。「家」は男が絶対に支配するところではなく、女のものでもあった。そして、女たちも、生れた家のために、応分の協力をすることが生甲斐だったのである。

この場合の「家」とはあくまで「実家」である。女が嫁いでいった先の「家」に完全に隷属するのも、じつは江戸時代からのことで、それまでは、女は生涯実家の殻を引摺って生きてゆく。それは女の義務でもあり権利でもあった。だから大名家の女が他家に嫁ぐということは、美しい花束、あるいはもの言わぬ貢物として捧げられるのではなくて、あくまでも実家代表、実家側の外交使節として送りこまれるのである。その後、その意味を忘れて、女たちを哀れな生贄《いけにえ》としか考えなくなったのは、江戸から明治にかけての女性観が、戦国の女たちのいきいきとした生命感、使命感を捉えにくくしてしまったからなのである。

お市はいま、その生命感と使命感の間で揺れている。与えられそうで与えられない生甲斐の座を、お市はいつまで待つべきなのであろうか。

信長がふたたび美濃攻めに起ちあがったのは、永禄十（一五六七）年の八月だった。

——去年の失敗は二度と繰返さぬぞ。

彼の瞳がぞっとするほど蒼く澄んでいるのは、その決意のすさまじさを語るものであった。すでに戦いの傷は癒えていた。渡河作戦での犠牲を出さないために、墨股川《すのまた》の向う岸に橋頭堡《きょうとうほ》も確保した。当時、墨股川には、木曾川、揖斐川なども注ぎこんでおり、美濃と尾張を分ける国境の川でもあり、築城した地点は美濃じたいの東西をわかつ分岐点でもあった。

ここを築いたのが木下藤吉郎――のちの豊臣秀吉である。いわば敵前築城ともいうべき芸当をやってのけたことによって、彼は一躍才能をみとめられるのだが、彼が成功したのは、これ以前から培《つちか》って来た美濃の小領主たちの抱きこみ工作によるものだ。秀吉は信長の隠密作戦の一翼を担って二、三年前からしきりに美濃への働きかけを行っていたのである。

しかもそういう地侍を懐柔するだけでなく、有力家臣クラスの氏家、稲葉、安東といった連中までも内応を約しているのは心強かった。さすがに十余年の歳月は、斎藤道三が培った鉄の団結にもゆるみを生じさせた。彼らは無能な当主竜興にそろそろ愛想をつかしてもいたのである。

彼らの内応について、俗説はこれを道三在世のこととしている。信長が毎夜きまった時刻に床をぬけだしてゆくのに気づいた妻が、

「何をしにいらっしゃるのです」

さだめし側女の所に通ってゆくのかと思って問いつめると、信長は言った。

「なあに、そなたの父の城に火が放《つ》くのを待っているのだ」

妻――すなわち道三の娘は蒼くなった。信長の話によると、実父が頼みにしている重

臣たちは、すでに信長に内応して謀叛の機を狙っている。その謀叛が成功し、道三の首をあげたら火の手があがる。信長はそれを待っているのだという。驚いた妻は、早速実父にこの次第を内報すると、道三は今まで信頼しきっていた側近の有力な家臣を殺してしまった。が、じつはこれはすべて信長の謀略で、まんまとこれにひっかかった道三は頼みになる臣下を殺し、斎藤家滅亡の端緒を開いた……

が、これは稚拙きわまる作り話である。信長はなかなかの策謀家だが、こんな愚劣な小手先の詭計《きけい》を弄《ろう》する男ではない。彼の人間はいまひとつ大きく、骨柄《こつがら》も上等である。また当時の史料を丹念に読むならば、彼が姻戚となった道三の力をどんなに頼りにし、利用していたか、その思いがけない死が彼をどんなに苦境に陥れたかを知ることができるはずだ。まだそのころの彼には美濃を乗取る力は備ってはいない。

また、信長と妻との間もこの挿話ではひどく薄っぺらになってしまう。戦国の大名の結婚がいかに攻略結婚であったにせよ、こんな安っぽい不信の渦に取りまかれていたわけではない。一国のあるじの所へ嫁いで来る女はそんな愚か者ではない。情報の取捨、逆探知——いってみれば外交官としての判断力を十分兼ねそなえた女でなければ他国のあるじの許に嫁いでは来られないのである。

ただし、このお粗末な挿話にも、何がしかの真実が投影していないことはない。一つは美濃三人衆の内応だ。道三の死後十年経って、むしろ道三を殺した義竜、竜興父子への反感という形でこれが実現したのは事実である。もう一つは、道三の娘が早速実家に内報したというくだりである。彼女たち戦国大名の娘はすべて実家側の利益代表を兼ねていたことが、これでも如実に証明されると思う。彼女たちは、決して戦国大名の荒々しい権力争いの圏外におかれた床の間の花ではない。常に実家と婚家を睨みあわせて、彼女たちもまた、知恵をふりしぼってその戦いに加わっているのである。

が、何よりも、この挿話が象徴的に物語っているものが、もう一つある。

それは、火だ。

まさしく永禄十年八月、火は斎藤氏の本拠稲葉山の井ノ口城を背後から包んだ。このとき、織田軍は尾張から約二十キロまで、ひた押しに押した。周辺の障害には眼もくれなかった。その風のように走る軍団を、ほんものの疾風が追った。

旧暦八月一日――。

すなわち台風の季節である。猛烈な風台風が、日本列島を吹きぬけるさなか、織田軍は井ノ口城に肉迫し背後の端竜寺山から激しい攻撃をかけるとともに町屋に火を放《つ》けて廻った。町は瞬時にして紅蓮《ぐれん》の炎に包まれた。

豪奢な、そして残酷な火の饗宴だった。戦国一の権謀家、戦略の魔術師道三が、手塩にかけて築きあげた風雲の牙城、井ノ口城は、たちまち炎の中に孤立し、無援の裸城になりはてた。

翌日、煙がやや薄れたとき、井ノ口城に立籠《たてこも》った人々は、

「あっ」

と眼をこすった。

城の周囲には二重、三重に鹿垣《しがき》がはりめぐらされているではないか。もう出るに出られない。また援軍が城内に入ることも不可能である。織田軍はひしひしと城のまわりをとりかこみ、じっと鳴りをひそめている。

その静かさがかえって無気味だった。

「出るものなら出てみろ」

一万の将兵が、いっせいに矢をひきしぼって城兵をつけ狙っている感じであった。しかも、城外はほとんど潰滅に近い。援軍も兵糧《ひょうろう》も全く期待できない状態で、城兵は稲葉山上の孤城に取り残されたのである。

いつもの信長だったら、ここで、せっかちに、息もつかずに攻めたてるところである。が、このとき彼は珍しく、長期戦の構えを見せた。張りめぐらした鹿垣の後にひそませた兵士たちには、

「ときの声もあげるな」

と命じたまま、しんと静まりかえって、相手の消耗を待った。

舅道三が、恐るべき戦国の業師《わざし》であることは、知りつくしている信長だ。その戦争の名人、道三が金と知恵のありったけを注ぎこんだ井ノ口城を、うかつに攻めれば被害を出すばかりである。この城について、

「稲葉山の城はどうあるぞ」

ときおり、彼は妻の口から井ノ口城の城砦の配置を聞き出そうとした。さすがに妻は、実父の手のうちをさらけ出すような事はしなかったが、それでも言葉の端々から、清洲城や小牧山城とは比較にならない規模と機能をもつ名城であることだけは察しられた。その城を、いま、彼の眼はみつめている。

——とうとう来た。

という感慨を圧倒するのは、妻の言葉から想像していたよりもはるかに雄大で、攻守ともに並ぶもののない構えをみせるこの城に対する驚きの思いであった。

——ううむ、さすがだ。

惚れぼれするような姿だった。

——むざとは落せぬな。

すばやい計算も働いた。その事が、彼に持久戦を選ばせたのである。

それは彼にとっての転機でもあった。それまでの、力ずくの、がむしゃらな攻撃型から、明らかに、スケールの大きい、沈着な戦略家へと変化した。桶狭間の合戦が前期の彼の傑作だとすれば、井ノ口城攻めは、後期の彼の出発点であった。

——急ぐまいぞ。

信長は自分自身にそう言いきかせているようだった。じっくりと、次第に網を縮めてゆき、喉元に匕首《あいくち》をつきつけるような形の攻撃を繰返した。

竜興が音をあげたのは半月後である。全面降伏した彼は、許されて長良川を下って伊勢の長島に退去した。敵将を許したということも信長としては珍しい鷹揚《おうよう》な措置であった。

勝利者としての余裕が、そうさせたのであろう。たしかに、美濃の斎藤を降すことによって、彼は天下の覇者への道を開いたのであった。


信長勝つ——。

情報はたちまち、異常な早さで日本中に飛んだ。新聞やテレビのないころ、なぜかくもすばやく情報が伝わったのか、今日の我々には想像を絶するところだが、宮廷からも早速、

「今度国々本意《ほい》に属するの由、尤《もっと》も武勇の長上、天道の感応、古今無双の名将、弥《いよいよ》勝に乗ぜらるべきの条、勿論たり」

と、歯の浮くようなお世辞がもたらされた。もっとも、これは、美濃における宮廷の料地からの収入を確保して貰おうという下心あってのことだから、「古今無双の名将」というほめ言葉を、そのまま鵜呑みにすることはできないが。

おもしろいのは、彼が井ノ口城を攻略する以前、早くも城の陥落が噂としては伝わっていたことである。こんな手廻しのよい情報の先取りは、現在ではあり得ないことだが、それを聞きつけて、逸早く賀詞を送って来たのは、上杉謙信である。

「急度《きっと》筆を馳せ候。仍《よ》って聞きうる分は、濃州一変、殊に因幡《いなば》山を測らるるの由、

（中略）、比類なき擬《くらべ》、目出度《めでたく》……」

濃州一変――。

謙信らしいさわやかな表現である。

信長は天下の拍手をもって、大舞台に迎えられたのだ。それを意識してか、この年彼は、はじめて「天下布武」の朱印を用いている。沢彦《たくげん》という僧侶に選ばせたその文字は、まさに彼の生涯にふさわしいものであった。

謙信の賀詞に続いて、そのライバル武田方との縁組も進行しはじめた。嫡子奇妙丸（信忠）に信玄の娘を迎えようというのだ。武田家もこうした天下の情勢の転換期に直面して、微妙に揺れている。嫡子義信に今川家の娘を迎えていた信玄は、この縁をそろそろ重荷に感じはじめたらしい。

――もう今川の時代も終ったな。

俊敏な彼はそう見ている。とすれば遠慮会釈なく、今川の領地を併呑《へいどん》すべきではないか。もちろん義信は反対だ。ここに父子の相剋が起り、遂に義信は切腹を命じられるが、これも時代の波のなせる業であった。今川家から来た義信の妻は、当時のしきたりに従って実家へ送り返される。夫が死ぬとそれに殉じるのが武将の妻のありかただと思っているのは大変な誤解である。婚家先と実家が対立した場合は、この義信の妻のように、実家に戻されるのが常なのだ。一つには、妻はあくまでも婚家の人間ではなく、実家の人間だという考え方があったからである。

お市の耳にも、こうした天下の動き——上杉謙信の書状やら武田家の内紛のことは、あらまし入って来ている。

しかし、いま、彼女の心を占めているのは正直いってそれらの事ではなかった。井ノ口城が陥落した後で、信長はある日、お市に、

「見るがいい」

何気なく、一通の書状を手渡したのだ。

「これは？」

あけかけてお市は思わず手をとめる。

「兄さまあてのお文ではありませんわね」

「いかにも」

信長の眼は笑っていた。

「まあ、いいから読め」

「市橋伝左衛門尉殿」

という記名の武士に心当りはなかった。まして、筆蹟も、はじめて眼にするものであった。

「未だ申し述べず候といえども、啓し達し候」

まだお目にかかって、お話ししたことはないのだが、という、いささか慌しげな書きだしのその手紙は、新しい勝利者になった信長に書状と馬と太刀を贈るので、その折の

口添えを頼みたい、という文面だった。読み進みながら、顔もあげずにお市はたずねた。

「市橋というのは？」

「この近くの小さな大名だ。早くから俺の味方についている」

市橋氏のことは先にも書いた。古代の市橋荘（岐阜県池田町）に住みついていた小領主で、美濃の小豪族の中では最も早く信長に帰属した。以来その手先となって、美濃の小領主抱きこみ工作に活躍して来た。つまり、信長に対して美濃で一番顔がきく一人である。斎藤氏が敗北すると、周辺の諸豪族は争って彼に信長へのとりなしを頼むようになった。そういう手紙は、だから近頃は決して珍しくない。

——お兄さまが勝ったとなると、すぐこうなのだから。

腹の底が見えすいているようで、何ともあさましい。手紙はさらに続いていて、美濃三人衆の中の氏家卜全、安東守就とも知りあいなので口添えを頼んだ、とある。

そして、そこまで読んで来たとき——

お市は、小さく、

「あっ」

という叫び声を洩らした。手紙の終りの署名は、

「長政」

と読めた。

「これは？」

信長は微笑した。

「そうだ。浅井からの文よ」

「……と申しますと」

お市は絶句した。さきに自分との縁談を断った近江の小谷城主、浅井長政が、今度は辞を低くして、兄に近づこうとしているではないか……

嫁ぐ日

女にとって、嫁ぐとはどういうことなのか。

いままでひそかに温めつづけて来た蕾《つぼみ》がぱっと開くような、あるいは、木がくれの道を歩いて来た人間が、突然視界のひろがる高台に出たような……。人生の中の大きな転機であることはまちがいない。

いま、お市はその転機に立たされている。蕾は開きかけているといってもいい。眼下の展望は少しずつお市の眼に映じはじめている。

なのに……

にわかに開けつつある眺めは、決してお市の心を晴ればれとはしてくれないのだ。

——嫁ぐというのはこんなことなのか。

といった、さめた思いが、むしろ強いのである。

——悪い手紙を見てしまった。

しきりと心がゆれる。兄信長が美濃斎藤氏の井ノ口城を陥落させた直後、まるで手の裏をかえすように、よしみを通じて来た浅井長政の手紙が、お市にあるこだわりを感じさせるのだ。

はじめ、お市と長政の縁談が起りかけたとき、兄は、長政のことを、

「将軍から鷹を贈られた男」

と言った。その鷹の姿と重ねあわされて思い描かれていた若き武将の姿は、いまお市の眼差からは消えてしまっている。

残ったのは、時流に敏でありすぎる小型才子――。そんな印象でしかない。

――お兄さまが斎藤竜興に敗れたときは、縁談のことなど忘れたような顔をしておきながら……

が、気がついてみると、いま、お市に残されているのは、この浅井長政という男に嫁ぐという道だけなのである。

――もし、ああいう曲折がなかったら……

お市はふと、そう思う。

――私の眼の裏の若鷹の姿は消えはしなかったろう。

なのに、兄の信長は、例の手紙を見せただけで、もう長政とお市の縁談はきまった、とでも言うように、入輿《にゅうよ》は来春早々、とひとり決めしてどんどん嫁入りの支度を進めている。そして、もう少し兄とじっくり話そうにも、彼は攻略した井ノ口城への移転の準

備に熱中していて、ろくろく女たちの所へ顔も見せないのである。

信長は、敵を攻略すると、直ちにその城に本拠を移す。清洲の織田家を亡ぼしたときもそうだが、これはきわめて大胆な占領政策である。

「君主が新領土を獲得したとき、最も効果的な統治法は、みずからがその地に引移ることである」

とは、イタリアのマキャベリの所論だ。史上有名なこの政治思想家は、信長の生れる直前にこの世を去っているし、もちろん信長は海の彼方のそのような人物の存在を知る由もなかったのだが、同じく十六世紀人だった信長はくすしくも、その説をそのまま実行に移していたのだった。

このとき、信長は、井ノ口の城下の地名を岐阜と変えている。中国の理想的王朝とされている周王朝の発祥の地が、岐山《きざん》という名前であることに因《ちな》んでその名をつけたのだ。もちろん彼自身さほどガクがあったわけではなく、「天下布武」の印を選んだ沢彦の入れ知恵によるものだ。いささか大げさな、信長にしてはやや古めかしい命名だが、長年斎藤氏の本拠だったこの町の人心を一新するには、かなりの効果はあった。

その岐阜で——。

信長は新しい町造り、城造りをはじめている。城下にずらりと侍屋敷を置き、一方では商人たちにも、それぞれ町屋を割りあてる。奉行役として走り廻っているのは柴田勝家と林通勝だ。通勝は事務的能力はあるが実行力が足りない。柴田勝家——権六はバリバリ仕事は早いが、統轄の才は不足している。結局信長が、彼らを叱咤し、風の如く走り廻ることになってしまうのだ。

多忙な兄に代って、暮れも押し迫った小牧山城で、お市の嫁入り支度に気を配ってくれるのは、義姉の濃姫である。

「お小袖や裲襠《うちかけ》は、間もなく都から届きます。蒔絵の長櫃《ながびつ》には、織田と浅井の紋を散らせました。それから、これ。これは私の好きな文筥《ふばこ》なのですけれど、持っていってくださいね」

「ありがとうございます」

これでは、義理にでも、うれしそうな顔をしてみせなくてはならない。

が、義姉は女特有の勘で、お市の心の翳《かげ》を読みとったらしい。

「お市どの」

やさしく顔をのぞきこむようにした。

「少しお顔の色が冴えませんね。お体の具合でも悪いのですか」

「いいえ」

「そう……それならよろしいけれど」

それから、しみじみとした口調で言った。

「お市どのとは、ずいぶん長い間いっしょに暮らしましたね。でも、もうすぐお別れ——。近江に行っておしまいになれば、もう二度とお目にかかれないかもしれません」

お市は、はっとした。

——そうだったのだ。

嫁に行く。それは家を離れることだ。二度と織田の家に戻っては来ない、ということだ。頭では知っていても、改めて義姉がそれを口にしたことによって、お市の心はふるえ、うずいた。

「……ほんとうに、そうでした」

小さくお市が答えたとき、義姉は力づけるように言った。

「だから、今のうちに、心に思っておられることは、何でも言っておしまいなさいね」

その一言が、お市に決心をつけさせた。

「お義姉《ねえ》さま」

言ってしまってから、小さな口をきゅっとひきしめて、お市はじっと義姉をみつめた。

「なあに」

「あの……。私、なんだか心がはずまないのです。嫁いでゆくのが、ひとつも嬉しくないんです。お城のみんなが、おめでとうございますと言ってくれますけれど……」

義姉はかすかに微笑したようだった。

「なにしろ、浅井長政というお方が、どんな方なのか……私には、あまりいい方のようにも思えませんの」

お市は長政に対して持っているわだかまりを手短かに話した。

「これでいいのか、こんな気持で嫁いでしまっていいのだろうか、っていう気がします」

と、そのとき——。

「ほ、ほ、ほ……」

義姉は美しく笑った。それからさらりと言ってのけた。

「嫁ぐということは、みなそのようなものですわ」

「まあ……」

「お市どの」

「はい」

「では私のこと申しましょう。お市どのは、私が喜んで織田家に来たとでもお思い？」

「えっ」

はじめて見る、美しい、しかし、しらじらとした微笑を浮かべた義姉の顔がそこにはあった。

望んで来た織田家ではない。

義姉は、その日、枯れ枯れの庭の風物に視線を向けたまま、お市の顔を見ずにそう言った。

「何しろ、殿さまは、うつけ殿という評判でしたし。いえ、そうでなくとも、女にとって、身も心も浮き浮きする嫁入りなどというものは、めったにありませぬ。百姓や小者のように、好いた、惚れたで、すぐ夫婦《めおと》になれるのなら別ですが」

縁談という形で、しかも見ず知らずの男との間に進められる結婚話では、むしろ醒めているのがあたりまえなのだ――と彼女は言ったのである。

「でも――」

お市は、指を突っこんで義姉の心の中まで覗くような聞き方になった。

「それでも、お義姉さまは織田の家に来られたのですね」

「ええ」

「というと、いやいやお出《いで》になったの」

「いいえ、そうではありません」

「なぜ？」

もう一度、義姉はしらじらと笑った。

「それは、私が斎藤道三の娘だからです」

首をかしげるお市に彼女は静かに言った。

「蝮《まむし》――と言われた父ですけれど、私は父が好きでした。美濃の国も好きでした。美濃の斎藤にとって、織田と手を結ぶことはいいことだと思ったのです」

「では――」

お市はきっと義姉をみつめた。

「もし、斎藤のお父さまが織田を攻められたら、お義姉さまは父君の味方をなさるおつもりでしたの」

義姉は沈黙した。睫《まつげ》の長い、細面の横顔が、じっと庭の一角をみつめている。が、その頬は決して引きつってはいない。刈り残された穂薄《ほすすき》が風もないのに、しきりに騒ぐ。

まだ義姉は黙っている。

やがて、一瞬、薄の穂が静止したとき、義姉の唇が動いた。

「はじめはそうだったかもしれません」

さりげない口調であった。

「でも、そのうち、織田と斎藤の両方の家のために役立ちたい、と思うようになりました。そして、たしかに、私が役に立った事もありましたけれど……でも」

ふっと、長い睫の瞳がお市の所へ向いて来た。

「いま、私は、井ノ口のお城――いえ岐阜のお城に戻ろうとしております」

「……………」

「こんな形で戻るようになろうとは、思ってもみないことでしたが――」

自分の生れた城に、彼女は、いま占領軍として戻ってゆくのだ。形の上では信長が道三の仇を討ったことになるが、しかし、結果的に見れば、斎藤が織田を呑みこんだのではなくその逆になったわけである。新しい城造り町造り――つまり破壊と建設の行われている誕生の地に行こうとしている義姉の複雑な思いに、お市ははじめて行き当ったのであった。

「お義姉さま——」

言いかけるのを、義姉は軽く抑えた。

「生きてみなければわからないことです。そうではありませぬか、お市どの」

「…………」

お市は黙したまま、義姉の白い、美しい顔をじっと見守っていた。与えられた人生を柔軟にうけとめ、その中でなお、生きてみなければわからない、という義姉——。美しく、もろい陶器細工に似た義姉の中に息づいている生命のしたたかさを、はじめて知らされたという気がした。

——相手の男が十二分に自分を満足させる条件をそなえていないにしても、それがどうしたというのだ。

義姉ははっきり言わなかったけれども、言葉の中には、そんな腰の据え方があった。そして、父や故国を失ったもののみの持つ、虚無的な響きも、こめられていたようにも思われた。

——私がもし、この方の立場だったら、こんなふうにしていられるだろうか？

ふと、そう思った。

義姉には、何もかもあきらめて投げだしてしまったようなところがある。そのあきらめが、かえって勁《つよ》さとなって、こうして落着き払って、ゆったり微笑していられるのであろう。

——けれども、私は……

こうはゆくまい、と思った。

では、どうなのか、と尋ねられても、いまのお市には答えられない。

が、織田の家の性格はそうではない。とりわけ兄と私は——

何事についても、闘志をむきだしにしてぶつかってゆく勝気さ。桶狭間での今川との決戦に見るような、瞬間に全力を投入しなければやまない賭けの精神——

——私たちには、あきらめがないのだ、燃えつくしてしまうまで。

が、ともあれ、いま、義姉の口から出た、

「生きてみなければ、わからない」

という言葉を、おそらく一生忘れないだろう、とお市は思った。

翌年早々お市の輿は小牧を発って岐阜へ着いた。町造り、城造りはこのときまでにかなり進んでいた。が、まだ完成には程遠い。このとき信長は、従来の城の常識を打破ったものを考えていたのである。

第一層　約二十室、望楼つき、金箔押しの襖《ふすま》障子。

第二層　同じく金ずくめの数室。

第三層　茶室。

後年この地を訪れた宣教師、ルイス・フロイスを驚嘆させた岐阜城が完璧な威容を現わすのは少し後のことだ。

それより清洲、小牧山を見馴れたお市が眼を見張ったのは、城下の町造りの規模の大きさであった。そのころ、戦国大名は今までの戦闘本位の城造りをやめて、居城の周辺に武家屋敷を作って家臣団を住まわせ、さらに町屋をその外辺において、商業活動を盛んにする方向に向っていた。つまり、政治、経済本位の城造り、国造りに変っていたのである。例えば六角氏の本拠の観音寺城下、浅井氏の小谷城下などがそうだが、岐阜は信長にとって、この意味でも大いに意欲をかきたてる新天地であった。

輿が岐阜の町に入ったとき、お市は溢れるような槌《つち》の音、のみの音を聞いた。

「まだ普請が続いているのですね」

輿をとめさせて、外へ降り立った。新しい木の香が肌に迫って来る。材木をかついだ人夫が忙しそうに行きかうのを見ていると、

「これはこれは、姫さま、この度はお目出度う存じまする」

遠くから大声をかけて近づいて来る武士があった。いかつい肩をふりふり歩いて来る髭面は、まぎれもない柴田勝家――。

「只今、この御城下の奉行を命じられておりますのでな。いや忙しいの、なんの」

しきりに顔をこすっているのは、この寒さに汗でもかいているのだろうか。

「ま、ついでのことに、ごらん下さいまし」

勝家は誇らしげに町割りを説明する。

「こなたが前田利家——。もと犬千代と申しました若者、ご存じでござりますか。一度殿の御機嫌を損じましたが、桶狭間合戦、美濃攻めに大功を樹《た》て母衣《ほろ》武者にとりたてられました。その隣りが木下藤吉郎——。猿めにござります」

家と家との間の垣根にはうこぎが植えられている。摘んで茶の代りに飲めるという実用性を考えてのことだ。前田利家の妻、おまあと、秀吉の妻、おねねが、このうこぎの垣根ごしに世間話をしたのはこのころからである。

その晩は、新築途上の岐阜城に一泊した。そのころ、信長は伊勢に出陣しており、最後に挨拶ができないのが、何となくお市には心残りであったが……

「いや、なに、またすぐ会える」

出陣前に疾風のように小牧山に戻って来た信長は、気軽にそう言った。

「でも、一度輿入れしてしまえば、なかなか帰っては来られませんわ」

お市が言うと、

「いや、俺の方が会いにゆく」

「まあ……」

なぜに、と問いかけても笑って答えなかったが、どうやら、信長は何か期するところがあるようだった。

「そなたの輿入れには、藤掛三河がついてゆく。輿脇は不破と内藤だ」

いずれも信長の年来の腹心だ。お市はこの岐阜城で正式に彼らと対面した。

「不束《ふつつか》ながら、御供《おんとも》させて頂きまする」

ずらりと並んで堅苦しく平伏されたとき、お市は、ふと、義姉の、

「生きてみなければわかりませぬ」

と言った言葉を思いだした。

――私の「生きる日」が今日から始まるのだ。

背筋を伸ばして家臣たちの挨拶をうけながら、お市はそう思った。

翌日は関ケ原の手前の垂井《たるい》までゆく。ここに浅井側からの迎えの家臣たち、安養寺三郎左衛門、川毛三河守、中島宗左衛門尉が来ることになっている。

輿は朝早く岐阜城を出た。信長の長女、お徳が九歳で徳川家康の息子の信康の所へ輿入れしたときより、さらに道具、衣裳の行列は長くなっている。

「まあ、お見事な……」

「あのお長櫃をごらんよ。金蒔絵だわ」

義姉の心づくしの道具類に感嘆する声が、道筋にひしめく町人たちの中からしきりと飛ぶ。

「ちょっと、どいてよ、私にも見せてえ」

「押すな。押すなと言うに……」

輿に揺られるお市の耳許にも、その声は聞えて来る。観衆に遮られるのに加えて荷駄

が多いために、行列は屢々《しばしば》足踏みした。

そして、何度目かに輿の歩みがとまったとき、お市は、ふと、奇妙な忍び笑いを聞いたのである。

「ふ、ふ、ふ……大変なお支度で。ま、平井加賀守の娘御のように、生娘《きむすめ》のまま帰らなきゃいいけどね」

――ひらい、かがのかみ？

とっさには何のことだかわからなかった。もちろん声に覚えはなかったが、古巫女《みこ》とか、口よせの老婆のような、低い、禍々《まがまが》しい声であった。お市は思わず外へ出ようとして危うく踏みとどまった。

――いったい、どんな女なのか。

まるで呪いをかけるようなその呟きの意味は、何なのか……

岐阜の町を出はずれて一休みしたとき、お市は、輿脇について来た内藤庄助をさしまねいた。

「ちょっとたずねたい事があります」

「はっ」

膝をついてにじり寄って来た庄助に、お市は、そっと尋ねた。

「平井加賀守というのは誰のことですか」

相手の顔に、明らかに狼狽の色が走ったのをお市は見逃さなかった。

「その娘御のことも、そなた、存じていますね？」

「は、はっ……」

庄助は平伏したまま動かない。お市に顔を見せないためであるらしい。

「いったいどういう方なの」

「そ、それは……」

かすかな吐息のように答えた。

「さ、全部話しなさい」

思わずきつい口調になったとき、庄助は恐る恐る顔をあげた。

「今は、お許し下さい」

「言えない、というのですね」

「は……」

「なぜに」

庄助は眼をつぶった。瞬間、苦い薬でも飲みこむように顔を歪ませると、

「いま、ここでは人目がございます。いずれ垂井の宿につきましてから……」

やっと、それだけ言った。

「そう……」

それ以上はお市も追及できなかった。なぜ人目を憚《はばか》るのか？　それはよほどお市の今度の婚礼にかかわりのあることにちがいない。今は一刻も早く垂井に着かねばならぬ。

「起ちましょう」

言うなり、お市は自分から先に、すっくり起ち上っていた。

やがて行列がととのえられ、お市を乗せた輿がゆるやかに動きはじめた。町を出はずれると、道は急に静かになった。そのせいか、たどたどしい稚鶯《わかうぐいす》の声がしきりに聞える。が、お市の耳に響いて来るのは、鶯の声ではなく、先刻の、妙に禍々《まがまが》しい老女の忍び笑いであった。

近江路

垂井の宿は梅が盛りだった。小牧山や岐阜では、すでに盛りをすぎていたのに、雨や雪の多い関ケ原あたりの春はおそいのである。薄墨色に夕暮れた中で、花の白さはひときわあざやかだ。お市を乗せた輿《こし》は、その香りに包まれて、宿舎と定められた邸の式台に横づけにされた。

「御覧下さりませ。梅がみごとでございます」

降りたったお市の脇にひざまずいて、宰領役の藤掛三河守永勝がそう言ったが、

「まことに」

素気ない言い方をして、お市は家の中に入った。それよりも、内藤庄助にたずねなければならぬことがある。岐阜を発つとき、禍々しい声が囁いた「平井加賀の娘」というのは何者なのか、浅井に嫁いでゆく自分に尋常ならざるかかわりのありそうなその女のことを、聞かねばならぬ。

が、輿につき添って来た男たち、藤掛永勝、不破《ふわ》光治、内藤庄助らは、別の宿にすでに到着しているという浅井側の使者との打ち合せやら何やらに忙しく、なかなかお市のところへやって来ない。少し苛立って来たお市は、

「庄助はどうしました」

道中まとって来た小袖を畳んでいるかのにたずねた。数年前お市づきになった彼女は、今度の輿入れに従って浅井の城についてゆくことになっている。声をかけられたかのは、ふと小袖を畳む手を休めた。

「庄助でございますか。まだ、戻って来ないようでございますが……」

かすかな微笑がその頬にあった。なにか意味ありげなその微笑の意味を問おうとしたとき、かのは言った。

「もし、帰ってまいりましても、なかなかお側には参らぬかもしれませぬ」

「まあ、どうして」

「恐れておりますのですよ、庄助は」

「何を」

「平井加賀の娘の一件を申し上げるのを……」

「まあ、そなた、知っているの？」

そのことをお市は、そっと内藤庄助にだけたずねたつもりだったのに……。それには答えず、小さな声でかのは言った。

「姫さま、これからはお気をつけ遊ばしませ。どこで誰が耳をすませているやも知れませぬ」

お市はぐっとつまった。

そうだ、たしかに軽率だったかもしれない。今日からはいよいよ新しい人生が始まるのだと覚悟したその日、お市は早くも失敗してしまったらしい。思わず頰を赤らめたお市を、しかし、かいのはそれ以上たしなめようとはしなかった。むしろ慰めるように、

「ここは、まだ垂井でございますしね。それに、それほどの大事でもございませんから、お気にかけられなくてもよろしいのですけれど……。いえ、こういう御経験をなさるうちに、だんだんと世の中のことがおわかりになります」

「これからは気をつけます」

あっさり兜《かぶと》をぬぐと、かいのはふっとやさしい顔になった。

「平井加賀のこと、庄助に代って私がお話し申し上げましょう」

「おや、そなた知っていたの」

「はい、折を見て話しておくように、と殿さまからのお申し付けがございまして……」

お市の知らない間に、信長は、彼女の身辺を気づかって、いろいろ手を打っていたものらしい。

「殿さまの仰せをまずお伝え申し上げます。かいのからそれを聞くもよし、聞かぬもよし。聞いたら、小谷につくまでに忘れてしまえ、ということでございます」

「むずかしいのね」

「いえ、何でもございません。平井加賀の娘というのは、本来なら姫さまに代って、小谷のお館さまの御内室になられるはずの方でした」

「何ですって」

「はっきり申しますと、いったんは御内室になられたも同然でございますが……」

奇妙な言い方を、かのはした。それだけ前置きして語ったのは次のようなことであった。

浅井長政は、数年前、平井加賀守の娘と結婚することになった。が、それはみずからの望んだ縁組であるよりも、むしろ屈辱的な形で強制されたものだった。

もともと浅井という家は、近江の琵琶湖の東側の浅井郡を基盤にする在地勢力である。近江は昔から佐々木氏の領国だったが、中世にこの佐々木家が京極《きょうごく》と六角に分れ、互いに争った。浅井は京極側の被官だったが、応仁の乱後、主家の威勢の低下に乗じて力をのばし、他の被官たちを押えて、江北随一の実力者にのしあがった。

浅井のやり方はなかなか巧妙である。そのころ京極家に内紛がおきて分裂すると、浅井はその一方をかついで、自分の本拠小谷城に招じいれた。が、これは大義名分のためのロボットであり、実質はていのいい軟禁状態だった。

ここまで実力をつけて来ると、当然一方の佐々木流六角家との対立があらわになる。当時は、京極に比べて六角家の方がずっと強大で、江南一帯を制し、その本拠である観音寺城は、規模も防備施設もまず天下屈指の堅城といってよかった。浅井家は、長政の祖父亮政《すけまさ》時代から、この六角家を相手に死闘を繰り返す。一度は六角軍が小谷城を包囲したこともある。が、亮政は辛うじて立ち直ると執拗な抵抗を続け、佐和山、米原山のラインに六角勢を押し戻す。以来このあたりの攻防をかけて、血みどろの戦いが続くが、実力からすればやはり浅井は押され気味だった。

特に、豪勇をもって聞えた亮政が死んだあとがいけなかった。息子の久政は弱気で、六角と事を構えるのを好まず、自ら下手に出た。わが息子の長政（このころは賢政と言った）に、六角の家臣、平井加賀守定武の娘を迎えたのも、この一つである。

そこまで、かいのが語ったとき、じっと聞いていたお市が、きっと首をあげた。

「かいの」

「はい」

「とすると、長政どのには、内室がおありだったのですね」

「形の上では――」

かいのは即座に答えた。

「形の上？」

「そうです。長政さまは、いったんお迎えになったその娘御を、お返しになられました。

それも、じつは……」

声が低くなった。

「平井の娘御は、生娘のままであられたそうです」

「…………」

翌日は雪もよいの天気となった。

「このへんはいつもそうでございます」

慰め顔に藤掛永勝が言った。浅井側から迎えに来ていた安養寺、川毛、中島といった家臣たちと正式に挨拶をかわしたときも、

「伊吹山の麓《ふもと》はとりわけ寒うございます。が、近江までおいでになりますと、もう春はたけなわでございますから」

彼らは口々にそう言った。

が、そんな言葉は、いま輿の中にいるお市の耳には、ひとかけらも残ってはいない。昨夜、夜のふけるまで、かいのと語りあったことが、まだ整理しきれずに、胸の中で渦巻いていたからだ。

長政が平井加賀の娘を突き返したことは、大変な冒険だった、とかいのは言った。

「平井の娘ずれを貰う俺ではない――ということは、六角家の家臣扱いをしてくれるな、とおっしゃったことでございますからね」

当然、六角家は激怒し、近江の里は、また血なまぐさい合戦にあけくれることになった。が、結果的にみるならば、六角は遂に浅井を併呑することはできなかった。何回か

の勝敗はあったにせよ、依然、浅井側は佐和山の線を守りぬいている。若い長政は、屈辱の平和を棄てて、傷だらけの独立の道を選びとったのだ。

——そうだったの……

足利義昭がわざわざ鷹を贈ったというのも、その勇猛さがすでに近江一帯で高く評価されていたからなのだ、とお市は、兄からそのことを告げられた日のことを思いだしていた。

自分との縁談をめぐる駆引を見せつけられて、時世に敏感すぎる小型才子を連想していたお市の中で、「若鷹」としての長政のイメージが徐々によみがえって来た。

——いさぎよい方なのだ。

その辿って来た道が、何と兄に似ていることか……とお市は思った。孤立無援で、四方に敵を抱えながら、領国を支えてゆくことがどんなに苦しいことか、この十数年、お市は兄の側にあって、痛いほど思い知らされている。信長は織田一族との戦いに数年、そして美濃制圧には十年の惨澹たる歳月を送っている。合戦上手といわれた兄が、その実、いかに血のにじむような苦労をしつづけて来たことか！　長政の辿った道も、まさにそれと同じことだったのだ。

が、どちらかといえば、長政は信長よりもさらに一本気で鼻っ柱の強い男であるらしい。信長は、斎藤道三の娘である妻の力を巧みに利用している。柔軟な姿勢でその援助を受け入れ、それを背景に尾張を制圧した。長政は、これに比べると、より潔癖だともいえるし、負けん気が強いともいえる。

お市は、まだ見ぬ長政という人物の見当が、ほぼついたような気がする。

――きっと兄さまのような方なのだ。

もう古い時代は過ぎつつある。門閥がそのまま通用する時代は終ったのだ。父祖伝来の地にぬくぬくとして来た人間が、そのまま居坐っていることは許されない。それにとって代るのは、青年時代以来、食うか食われるかの修羅を経験して来た信長や長政などの、年若い実力派ではないか。お互いどこか似かよい魅きあっている二人を結ぶ架け橋としての道を、自分は歩んでいるのかもしれない。

お市がどうやら納得しかけたと見てとると、かいのは立って酒肴をととのえて来た。

「さ、今宵はお過しなされませ」

盃をお市に持たせるとそう言った。

「美濃の夜は今宵かぎりでございますよ」

「そうでしたね」

お市は酒が飲めないたちではない。

「さあ、ゆるりと……。もう平井加賀の娘のことなどお忘れなさいませ。聞くもよし、聞かぬもよし。小谷につくまでに忘れてしまえという殿さまのお言葉の意味も、もうおわかりでございましょう」

「どうやらね」

お市は微笑し、ゆっくり盃を乾した。

「さ、もうおひとつ」

注ごうとするかのの手を軽くとどめて、

「でもね、かの」

ぱっと眼を見開くと、お市は言った。

「もう一度、そなたに聞きたいことがある」

「は？」

「平井の娘御のことです」

「…………」

「いえ、今どうしているか、などと尋ねることはやめましょう。ただ、そういう仕打ちをうけたとき、その方はどんな気持でおられたでしょうね」

かのは虚をつかれたようだった。

「嫁いだ先と実家が不和になって戻って来る——ということはよくありがちのことです。でも、全く手ひとつ触れられず、放っておかれたとしたら」

「…………」

「ただ不仲で戻って来るより、女にとっては、悲しく、辛いということではなかったでしょうか」

はっとしたようにかのは顔をあげたが、すぐうつむいた。

長政は純粋すぎる。一本気すぎる。そのことが周囲にどんな影響を与えるかは考えてもみない。こういう性格の男たちにありがちのわがままが、むきだしになっている。戦乱の蔭に消えていったその娘が、そのときどのような心で毎日を送っていたか、かえりみもしなかった……。純粋だということは、ときにはひどく残酷なことでもあるのだ。

その事を言おうとして、しかし、ふっとお市は気が変った。

「かの」

「はい」

「そなたも今の私の言葉を、聞くもよし、聞かぬもよし。小谷につくまでに忘れてしまったほうがよいかもしれませぬ」

かの、はっとしたようだった。

「は、はい……」

深々と頭をさげたまま、しばらく身じろぎもしなかった。

いま、かのはお市に続く輿の中にいる。

――私と同じように、昨夜の事を思いだしているのだろうか。

ふとお市がそう思ったとき、輿に近づく人の気配がした。

「姫さま」

内藤庄助の声であった。

「雪でございます」

そういえば、かすかに輿にふれるものの気配がした。

「輿をとめて下さい」

降りたったお市の眼の前に、のしかかるようにそびえる伊吹山があった。雪に霞んだ頂上はさだかではない。この無愛想な巨人は、花嫁の一行を無視し、むっつり腕組みし、わざと祝福を与えまいとしているかのようだった。

「お寒くはございませぬか」

行列の止まったのを知って、先に立って歩いていた浅井側の川毛三河守が後戻りして来た。

「このあたりは山蔭でございまして、一番寒うございます。麓を廻りますと、ちょうど近江の真只中に出られますので……。小谷はそれからすぐでございます」

お市の疲れを気づかっている様子である。

「お体が温まりますように、お白湯《さゆ》でも運んでまいりましょうか」

「それには及びませぬ。いえ、私は、雪の伊吹山を見ておきたかっただけですから……」

なぜかわからない。が、婚礼の旅にはおよそふさわしくない無愛想なこの風景を、いま、お市は、しっかり胸の中に叩きこんでおきたかったのだ。雪はその間も霏々《ひひ》として降り、佇《たたず》むお市の肩を見る見る白くしていった。しばらくして、

「姫さま」

かのの囁《ささや》きに、お市は我にかえった。

「お風邪を召しませぬよう」

「そうでしたね」

素直に輿に戻ったのは、かのの眼に湛《たた》えられた、ある複雑な光に気づいたからだ。いたわり、共感、はげまし——それらのまじりあった眼差だった。

　輿はゆるやかに動きだした。

——かのは昨夜のことを忘れてはいない。

自分の中にせめぎあっている長政への共感や、反撥の渦を忘れてしまえと言っても、それは無理だ。そう思ったとき、突然、頭にひらめくものがあった。

——聞くもよし、聞かぬもよし。小谷につくまでに忘れてしまえ。

突き放したような兄の言い方の意味が昨日よりさらにはっきりわかった、と思った。嫁ぐ日を控えたお市とわざとのように顔をあわせず、平井加賀の娘についても一言も言わなかった兄は、こういう形で、かのに餞《はなむけ》の言葉を托したのだ。

　それは単純に忘れろ、というのでもない。忘れてはならないというのでもない。いわば戦国を生きる呼吸のようなものであろう。それを理屈ぬきで、どさりと兄はお市の前に投げ出してみせたのである。そこにお市は、

——生きてみなければわかりませぬ。

と言った義姉の言葉を重ねあわせている。輿に続くおびただしい嫁入り支度の何にもかえがたい餞を、二人が贈ってくれたことを、いま、お市はひしひしと感じている。

「姫さま」

暫くすると、輿の脇で声がした。

「ちょっとお休み遊ばしませぬか」

浅井側の安養寺三郎左衛門であった。輿を出て驚いたのは、雪はすっかりやみ、青空に光があふれていたことだった。

「近江はもう春でございます」

三郎左衛門はおだやかに言った。気がつくと伊吹山はすでに斜め後に後退している。これに代って、道をふさぐように小さい山が左手から突き出していた。

「あの山は?」

「臥竜山《がりゅう》と申します。頂にございますのが、我らが六角より奪いました横山城でございます」

城からは大野木・三田村といった部将が出て来て挨拶をした。以下、姉川を渡って小谷の本城に到着するまで、お市の一行は道のあちこちで部将たちの出迎えをうけた。近江の野を一つの屋敷と見立てるならば、その大廊下の左右に居並ぶ武将が次々平伏する中を花嫁のお市が進んでゆく、という感じである。まさに浅井の領国をあげての歓迎と見ることもできるが、見方を変えれば、それは網の目のように張りめぐらされた布陣の深さを、輿について来た織田方の武士たちに見せつける示威の儀式でもあった。

　じじつ、この時点では、浅井の領国経営は織田より一歩先行していた。江北にひときわ高くそびえる小谷城の堅固な守りもさることながら、城下には商人、職人の住む町人町をしたがえて、城主浅井氏はじめ、諸将の館が並んでいる。清水谷《じょうずだに》とよばれるそのあたりには、堂々たる構えの蔵屋敷もあり、整然たる町割りには、すでに近世城下町のおもかげが宿りはじめていた。

　当時の近江は都に近い先進地帯だ。ライバル六角氏の観音寺城の城下には、さらに進んだ形の町造りが行われており、浅井氏の小谷の城下町もそれに刺戟されてのものだったが、お市はここで、信長が岐阜で大きな構想を拡げつつある城下町の見本を眼にしたわけであった。

　祝言はその夜、清水谷の館で行われた。白い幸菱《さいわいびし》の裲襠を着せ終ったかのが、思わず、

「まあ、なんてお美しい……」

　歓声をあげたほど、その夜のお市は輝きにみちていた。白一色に包まれながら、どの色で装うよりもあでやかであり、おかしがたい気品にあふれていて、しかもやさしく可憐だった。お市が花嫁の座についたとき、浅井一族は、思わずその美しさに息を呑んだようだった。花婿の長政も、もちろんその例外ではなかったのであるが……

　が、お市の眼に映じた長政も、思いがけないほど貴公子だった。彼は軽薄才子ぶって

もいなければ、まして、強敵六角を向うに廻して一歩も譲らない戦いぶりを見せた野戦型の猛将でもなかった。背は余り高くなかったが、ゆったりとした風格を持ちながらも、眼光の鋭さを中に秘めている。

——若い鷹。やっぱりそうだった、この方は……

ふとそんな気がした。

夜の床に二人きりになったとき、若い鷹はひどく率直に言った。

「美しかったな、今宵のそなたは。白い衣裳がこのように似合う女を俺は初めて見た」

やさしくお市の手を包みこむようにした掌が温かかった。その掌がお市の緊張をときほぐした。硬直が、恥らいが、少しずつその温かさの中に融けていった。やがて衣裳がすべてその肌から離れていったとき、長政はもう一度率直に言った。

「眼をあけてくれ。いまのそなたがいちばん美しい……」

この美しさをひとりじめできるのは俺だけだ、と彼は言いたかったのかもしれない。が、すでにこのとき、言葉は二人の間には不要であった。

それから数ヵ月は、お市はその言葉にならない言葉の甘さの中にひたって過した。その間にも、戦国の歴史は、厳たる歩みを止めなかったのであるが……

光る湖

琵琶湖の広い水面の照りかえしのせいか、小谷の館から見る空は、いつもさわやかに澄んで明るい。那古野、清洲と、城砦的な城に住み続けていたお市にとって、小谷の館の生活は、想像していたより遥かに解放的でなごやかだった。

第一ここは山城《やまじろ》ではない。城を背にした平地の館である。館のまわりには部下の館やら町屋が並んでいる。北陸筋から都へ往来する商人たちもひっきりなしに通る。館じたいは塀をめぐらし、丈高い木立に包まれているのだが、それでも、人々の息吹きが肌にふれて来る。行きかう彼らの活気が、館の中にまで伝わって来る感じなのだ。

いや、それだけではない。夫・長政との間に始まった新婚生活の甘さが、お市の心を浮き立たせ、その照返しが周囲をより明るく感じさせたのかもしれない。長政は凜々《りり》しくやさしかった。お市は可憐で聡明だった。新婚の夫婦というものは、いつも自分たちがとりわけ幸福な組合せなのだと思うものだし、二人もその例外ではないのだが、外から見ても、たしかにこの二人は若く美しく、かつ清新な魂を持つ似合いの夫婦だった。お市が、しいて物足りなさをさがすとすれば、かつて長政に重ねあわせて思い描いていた若鷹にめぐりあわなかったことだろう。

「足利義昭さまから拝領したお鷹はどこにいますの？」

と、長政は、

「ああ、あれか、逃げおったよ」

さばさばとした口調で言ってから、

「何でその鷹のことを知っている？」

ふしぎそうな顔をした。

「殿のことなら何でも知っています」

「ふうん、これはおそろしい」

「あら……」

「おそろしくて、いとしい。わけてもその唇《くち》が……」

他愛のないやりとりが若い二人には、すぐ愛撫のきっかけになる。肩を胸をやさしく撫でながら長政は言った。

「小谷の山へ上ってな、つい湖に見とれるうちに、阿呆鷹め、都の方へ飛んで行きおったのよ」

「まあ、小谷のお山からは琵琶湖が見えますの？」

「おお見えるとも。一度連れていってやろう」

が、その約束はなかなか実現しなかった。お市がまもなく身ごもったのと六角勢との小ぜりあいが起きて、急を告げられた長政が、にわかに出陣しなければならなかったからだ。

「なにすぐ帰って来るさ」

気軽にそういうと、まるで鷹狩りにでもゆくように、供の揃うのも待たず、馬に鞭《むち》を入れて飛び出して行った。

——お兄さまそっくり。

お市は思わず肩をすくめた。長政の言うとおり戦さというところまで行かずに小ぜりあいはおさまったらしく、数日後には、

「帰る」

という知らせがあった。その知らせを聞いたとき、お市は、ぱっと立上っていた。兄の城にいたころ、いつも彼女は兄嫁と連れだって物見に上り、出陣、凱旋の軍列を眺めたものである。

——はじめての御凱旋だもの……

夫の姿をどうしても見たかった。こっそり眺めておいて、あとで驚かしてみたい、というひたずら気もあった。それには、ともかく背後の小谷の山へ少し登ってみよう。お市の足はしぜん館の庭続きの道を辿って山路へ向っていた。

一歩、あと一歩――。

初夏の空がぬけるように蒼い。登るに従って視界は開けてくる。琵琶湖はまだ見えなかったが、南にのびる道が白く光っている。それはお市の嫁いで来た道であり、今日夫が帰って来る道でもあった。

まだ行列は見えなかった。凱旋の姿を見ておいて、

「殿さまのことなら何でも知っています」

と言ったら、どんな顔をするだろう。と、思ったとき、ふと背後で人の気配がした。ふりかえったとき、木がくれにすばやく逃げてゆく男の姿が眼に入った。

――何者か……

薄気味悪くなった。小谷の城をさぐりに来た忍びの者ではあるまいか。が、知らせようにも、他に人影はない。躊《ため》らっているところへ、上から数人の武士が降りて来た。見ると、婚礼の行列を迎えに来た川毛三河守であった。

「おお、これはこれは、御内室さま」

鄭重に一礼してからおだやかに言った。

「お一人でお出ましでございますか」

お市はちょっとばつの悪い思いをした。この温厚な彼の前で、夫を驚かそうと思って帰陣の行列を見に来た、とはいえない。

「あの、天気がよいものですから、つい……」

それより、今しがた見た男の事を告げねばならない。急いで事を手短かにつげると、

「左様で」

川毛三河はうなずき、

「途中お障りがあるといけませぬな。この者たちにお供させましょう」

と、左右の武士をふりかえった。

「それより、男の行方を探しては？」

「それは別の者に申しつけます。お足許にお気をつけて……」

本当は夫の行列が見えるまで待ちたかったのだが、そうは言えない。屈強な武士に前後を護られてお市は館に引返さざるを得なかった。

その日、夫が少し陽焼けした顔を見せたときも、お市はなぜか今日の小冒険も、不審な男のことも、打明ける機を失っていた。


お市の所には月に一度くらいの割合で、信長の所から使が来る。長良川の鮎、樽酒、あるいは季節の帯、小袖……。そのつど届けられるものは違っていたが、もちろん信長はお市の身辺を楽しませるためにそれらを送って来るのではない。手紙あるいはそれを届ける使の口上といった形で、美濃の情勢、あるいは六角、朝倉といった浅井の周辺の諸豪族の動静が、簡潔に語られる。浅井方の女中がちょっと席をはずした間に、眼くばせに近い形で囁かれるとか、あるいは届けられた小袖の衿《えり》の中から小さな紙きれが出て

来るとか。おかげでお市は、兄の所にいるときよりも、はるかに自国の情報に通じ、天下の動きを知るようになっていた。信長がお市にそれらを知らせるのは、その状況の中で浅井家がどんな反応をしめしているかを摑むためである。と言って、嫁いで来たばかりのお市に、浅井家の内情のすべてを嗅ぎとる事はできなかったが、信長としても、それを早急にお市に望んでいるわけではないようだった。

が、七月はじめに来た信長の使者はそれまでと少し様子が違っていた。顔を見せたのは、不破光治――お市の嫁入りのとき、藤掛永勝らとともに輿脇について来た信長の腹心の一人である。

「御内室さまには、いつもお変りなく……」

手土産の瓜を差出しての挨拶は変らなかったが、侍女たちが酒肴の用意に席を立つと、

「姫さま……」

昔の呼び方に変って、声を落した。

「私はこれより、越前にまいります」

「まあ、なぜに」

「足利義昭さまをお迎えに」

「え……」

「美濃に御動座いただくようとの上様のお墨付《すみつき》を、いまここに持っております」

将軍義輝が都で殺されて以来、その弟の義昭（義秋）は後継者の有力候補である。幕

臣細川藤孝らの奔走によって、それまで入寺していた奈良一乗院をぬけだし、都入りを狙ったが、思うにまかせず、今、越前の朝倉氏に身をよせている。が、朝倉は彼を奉じて都入りするだけの気力がない。一方、同じ将軍の血統をひく四国の足利義栄《よしひで》は、彼より一歩先に将軍の称号をとりつけ、摂津《せっつ》まで進んで同じく都入りを狙っている。義昭は焦りはじめた。そして、美濃を平定した織田信長に助力を乞うて来た。

「いま殿さまはすでに美濃を平らげ、北伊勢も手のうちにおさめられました」

不破光治は言った。信長にとっても、さらに一段の飛躍の時は来ているのである。

「つきましては」

光治はさらに声を落した。

「義昭さま御動座の道筋にあたる御当家にお宿を願うべく、只今、こちらの殿さまにもお願い申し上げました。姫さまよりも、よろしくおとりなしを」

やはり不破光治は、ただの御機嫌伺いの使ではなかったのである。

「わかりました。殿さまによく申し上げてみましょう」

お市にとって、織田家と浅井家をつなぐ初めての大役が廻って来たわけだった。しかしこれは案ずるよりも簡単だった。長政じたいが、むしろ義昭を迎えることに大変乗り気だったからである。

「そりゃあ、あのお方は美濃へお移りになるべきだ。その方が御運も開ける」

美濃から上洛するのに障害となるのは、南近江に蟠踞《ばんきょ》する六角氏だ。浅井家にとっても南進を阻んでいる彼らを、事と場合によっては協力して討とうではないか、という信長からの申入れに、長政も心を動かしたらしい。

いったん小谷の館を辞した不破光治が、足利義昭に従って再び姿を現わしたのは、七月の十六日である。それが兄信長の生涯にかかわりの深いこの人物を、お市が眼にした最初で最後の機会だった。兄よりいくつか年下のはずのこの男は、顔色が悪く、むしろひどく老《ふ》けた表情をしていた。館の上段の間に迎えいれられた彼は、動作も落ちつかず、

「信長の妹にござります」

目見得に出たお市をそう言って長政が引きあわせたときも、

「は、はあ、はあ……」

あとは、わけのわからないことをもぐもぐ言い、忙しくうなずいた。

——これが将軍家ゆかりのお方か。

お市は多少失望もした。席上かつて夫に与えた若鷹のことをたずねられでもしたらどうしよう、とひそかに心配していたのだか、義昭はそんなことはすっかり忘れているようだった。それより頭の中は眼の前に開けようとしている彼自身の運命のことでいっぱいになっているらしい。

「上杉にも文をやった。武田にも……本願寺にも……」

とやたらに手紙の話をする。手紙を出し返事が来ることで、彼は身辺が賑やかになったように感じているらしい。もっとも手勢もなく地位も確定していない彼にとっては、

言葉の上の支持だけが唯一の頼りなのだろうが……

数日滞在した彼は、長政の手勢に前後を護られて出発した。来るときは数えるほどの側近にかこまれていた彼だったが、浅井兵団の助力によって、ともかくも恰好がついた。義昭が美濃の立正寺に入ったのは七月二十五日、その地で兄と対面したという知らせは、数日後にはお市のもとに届いていた。


夫長政が、小谷の館から突然姿を消したのは、八月の始めである。

「馬をせめて来る」

ふだんの服装《なり》のまま、ぶらりと出た彼は、そのまま、夕方になっても帰らなかった。

「御帰館は二、三日後だという仰せです」

ひどく素っ気ない知らせが、侍女のかいかの許にもたらされたのは、夜になってからである。

「どこへおいでになったのでしょう」

聞いても、長政の側近からは、はっきりした返事がない。

「何かお気づきのことはございませんでしたか」

かいかのに聞かれても、お市は、

「さあ……」

と返事をするよりほかはない。何一つ思いあたることはないのだ。

「今日はいい天気だな、と仰せられただけでした」

かいかのは、声をひそめた。

「どうも表の方では何事かを知っているようでございますよ。知っていて、私たちにだけ黙っているような気がしてなりませぬ」

言われるまでもなく、お市もそんな気がしてならない。なぜ、表の連中は自分たちに長政の行く先を秘しているのか。

——しょせん、自分たちは浅井家にとっては他人なのだ。

しばらく忘れていた壁が、再びにょきにょきと立ちあらわれて彼らとの間を塞いだような思いを味わわされた。が、長政も長政である。日頃はひどく率直で、すべてをさらけ出してくれているのに、今日に限って、何で黙って出かけてしまったのか。それとも、子供のように無邪気にじゃれあっていたのは、自分に気を許させるための手管《てくだ》であったのか。

が、こんなとき、騒ぎたてたり、慌てて周囲を嗅ぎ廻したりしては、他家から嫁いで来た大名の妻としては失格である。お市はふと義姉のことを思い出した。

——そうだ、何事が起っても、お義姉さまのように、ゆったりしていなければ……

長政が飄然《ひょうぜん》と戻って来たのは、数日後の夜である。馬を館の中まで乗りつけるなり、手綱を投げ出すようにして、奥の部屋に入りざま、

「腹が減った」

ぶるんと顔をこすった。

「湯漬けをくれ」

急いで支度をさせ、お市がみずから膳をすえた。

「どこへお出《いで》になられましたの」

お市の言葉も耳に入らないようにがつがつとかきこみ、空になった飯椀をぬっと差し出しながら彼は言った。

「佐和山に行って来た」

「佐和山に？　まあ……」

飯椀を引ったくるようにして返事もせずに彼は湯漬けをむさぼり、終りかけたところで、

「会ったぞ」

ぽつりと言った。

「え？」

「そなたの兄に」

「ま……」

お市は言葉を解しかねた。

「兄が？　佐和山に来たのですか？」

それには答えず長政はごろりと横になった。佐和山城は六角氏と境を接する浅井方の

最前線の基地である。そこへなぜ兄が来たのか。聞くのをためらっていると、ふいに長政は半身を起した。

「明日、山の上に連れていってやる。湖も見せてやるぞ」

唐突にそれだけ言って、あとは高鼾《たかいびき》であった。

翌日はすばらしい秋晴れだった。身ごもっているお市のためには輿が用意され、長政はその輿脇について背後の小谷城へ上った。深い緑に包まれて下からは容易に全容が窺えなかったその城は、いざ分け入って見るとかなり広大な構えであった。部厚い板扉のついた総門の脇には数人の番卒が警固に当っていて長政の顔を見るなり、ばらばらっと駆けよって平伏した。門を入れば馬揃《うまぞろえ》のできそうな広場もある。それを上ると、物見を構えた館がある。城というより邸宅に近いその建物の一角には瀟洒《しようしや》な庭もしつらえてあって、長政はここを、

「父君の作られた館だ」

と説明した。

「祖父君のころは、戦さにあけくれておられたから、もっと上が本拠だった」

館の裏側は自然の地形を利用した深い堀切りがあり、その後に折りかさなるようにしてやや厳しい表情の城砦が見える。

「あれが中丸、あれが小丸、その奥に京極丸がある。以前、京極殿が住まわれた所だ」

「まあ、そんな奥まで続いていますの」

「いや、もっと奥にもある。山王丸といってな。さらに後峯には詰の城がもう一つある」

つまり小谷城は土地の高低を利用して、何段もの館を構えているのだ。さらに本丸をかこむようにして、その周囲には、家臣たちの館もある。祖父亮政の時代にはここに立籠って食うか食われるかの戦いを繰返したこともあったが、戦国大名として、戦闘よりも領国経営に力を注ぐべき段階に入った今は、ここはいざというときの防禦設備となり、日頃の生活の中心は、城の下の館に移ったのだ。

「疲れぬか」

長政はお市をいたわりながら見晴しのきく物見へ連れていった。

「あれがそなたの見たがっていた湖だ」

「まあ……」

お市は息を呑んだ。それは光の海であった。二つ三つ、舟影を黒く浮出させて、静かにきめらく大いなる異境！　その光にお市は酔った。

——こんな美しい世界があるのか……

と、その耳許で、長政が囁いた。

「佐和山にそなたの兄がわざわざ来たのは、先日立寄られた足利義昭どのの事についてだ」

義昭をどうやって都へ送りこむか。行手を阻む六角氏政略の作戦計画を信長みずから打合せに来たのである。

「佐和山の者たちは、好機だ、と言った」

長政はお市の顔を見ずに言う。

「好機？」

「そうだ、織田信長を殺す折は今を措《お》いてあるまい、とな」

「えっ！」

思わず叫びそうになるのを長政は制した。

「が、俺はそうしなかった。そういう卑怯な騙《だま》し討ちはいやなんだ。というより、会ってみて、俺はそなたの兄とともに開くこれからの世の中に賭けたいと思った」

とひとりごとのように呟いた。

「義昭どのを奉じて都入りする——大変な賭けだな。もしそれがうまくいってもその先はむずかしいぞ。しかし、そなたの兄は、本気でそれをやろうとしている」

その意気に、長政は感じたのであろう。が、信長との道を選びとるのは、彼にとっても一代の決意を要することであった。どんな形で家臣たちを説得したのか——お市は、このときはじめて昨夜の彼を理解し得たと思った。かすかに白い頰がうなずいたのを見て、長政は言った。

「だから、今日そなたを城につれて来たのだ」

お市の肩がぴくりと動いたのはこのときだ。

——そうだったのか……

嫁いで以来、浅井家の中でどんな地位におかれて来たか、そのすべてをお市は理解した。いってみれば城はお市にとって、禁制の地なのであった。山の上から湖を見せてやろうといった長政の言葉がなかなか実現しなかったことも、ひそかに山に登って来た彼女を川毛三河がやんわりと押しかえしたことの意味もすべてが解けた。

——もしかすると、あの日見た人影は他所《よそ》からの忍びの者ではなくて、私をつけていたのかもしれない。

そのあとすぐに川毛三河が姿を現わしたことも、そう考えれば納得がゆく。が、お市は黙っている。

「湖をよく見るがいい」

長政は言った。が、彼は見ることを許しているのはおそらく湖ではないであろう。本丸、中丸、小丸、山王丸——。すべてを見ることを彼は許しているのだ。そして彼はすでにお市が一度見ればすべての地形を頭に叩きこむ聡明さを持つことを知っている。

否応なしに刻まれたその記憶を、いや昨日からのすべての記憶を消せるものならば……とふとお市は思った。

——その話聞くもよし聞かぬもよし、聞いたら忘れてしまえ。

と言った信長の言葉を、いま彼女は複雑な思いで思いかえしている。

見えざる箴《はり》

永禄十一（一五六八）年というその年の秋、お市のからだは不調つづきだった。見知らぬ近江の国に来て、はじめて身ごもったせいかもしれない。

「からだだけはいたわれよ」

ときどき、長政が不安げに言うのは、はた目にもやつれが目立ったからであろう。

「いい跡継ぎを早く産んでくれ」

力づけるようにそう言うときもある。お市はそんなとき、つとめて明るく、

「大丈夫ですわ」

自分に言いきかせるように言う。たしかにからだが不調だといって寝こんでいるわけにはいかなかった。夫の長政が佐和山城で兄の信長と会って以来、時代は大きく変ろうとしていた。信長は、自分の懐ろにころがりこんで来た足利義昭を擁して、いよいよ上洛の決意を固めたのだ。それには、長政の協力が大きくものをいっていることはいうま

でもない。長政は後で、

「六角は義兄者の誘いを蹴った」

と言った。何ぞの時には力になろう、と義昭に約していた朝倉義景も結局動かないということをお市が知ったのは間もなくである。

とすれば——。

兄はほとんど孤立無援、ただ長政の協力をあてにして、強引に中央突破を試みるよりほかはないのである。長政が信長に賭けたように、信長もまた長政に賭けている。そしてその両者の接点にいるのが自分なのだ、と思うと、からだの具合が悪いといって、引籠っているわけにはいかないのだ。

「御心配には及びませぬ」

無理にも晴れやかな笑顔を見せようとするお市であった。

——そのためにはよい子を……よい男の子を産まねばならない。

両家をつなぐ運命の紐帯《ちゅうたい》を胎内で紡ぐことの重さを、しみじみと感じざるを得ない。

お市の身を気づかってか、義父の久政からも、

「変りはないか」

しきりに見舞の使が来る。若い長政に一切を任せ、隠居した形の久政は、別の曲輪《くるわ》に住んでいて、あまり顔をあわせることもないのだが、このごろになって、度々琵琶湖でとれた魚や季節の果実などを届けてよこす。初孫の誕生を待ちかねている祖父のほほえ

ましい心づかいともとれたが、

「おそれいります」

答えるたびに、お市の心をよぎる翳《かげ》がある。夫が「よい子を産め」と言ってくれるものとは何か違ったものを感じるのは、身ごもることによって、神経が過敏になっているためであろうか。届け物を捧げて来る久政づきの近習や侍女の口上は、いつもそつなく恭《うやうや》しい。が、それとなくあたりを見廻すものやわらかな視線には、見えざる箴《はり》がふくまれているように思われる。

——なぜか？

思案するまでもなく、お市の頭はすばやく回転し、箴はたちまち越前朝倉氏の動向に結びつけられる。

これまで朝倉と浅井は同盟者というより、浅井が朝倉の保護をうける立場にあった。いわば成上りの土着の小土豪にすぎない浅井氏が江南の強者、六角氏と互角に渡りあえたのも、この関係に支えられていたからだといってもよい。ともかく、これまで浅井が全力をあげて六角に対抗できたのは、北の越前からの脅威を考えなくてもよい立場にあったからだ。

——その朝倉が、お兄さまの上洛に同調しないとなれば……

長政と久政の間には、微妙な状況判断のくいちがいが生じているのではないか。そう知りつつ、お市はにこやかに久政の侍女や近習たちに言伝てを頼む。

「お義父《とう》さまの御心づくしに喜んでおりましたと申し上げて下さい。ところで、おからだの具合はいかがですか。時折りはお出かけのこともあると伺っていますが」

笑みの中にお市も銀の箴をちらつかせる。久政の動向を知らないわけではないのだ、と感づかせる必要があるからだ。嫁いで一年と経たないうち、お市はいつのまにか、こうした駆引を身につけてしまっていた。が、使が帰ってしまうと、お市はものも言えないほど疲れている自分に気づく。そんなとき、

「どうした、元気がないな」

長政がお市の顔をのぞきこむことがある。

「いえ、そんなことございません」

いくら疲れようと、これは夫に言えることではないのである。いかにお市を愛し、信長に賭けている夫であろうとも、その面前で久政と朝倉との微妙な問題を口にすることはできない。それが戦国の作法であり、大名家に嫁いで来た女に課せられた至上命令なのだ。もし、うっかりそのことを口に出して夫を問いつめたら、夫は何というか。

――俺の義兄者への信頼を踏みにじるのか。

――浅井家内の統一もできない俺だと思っているのか。

もしそういう言葉が出たら、二人の仲も織田と浅井の間もおしまいだ。また、もし、お市の言葉に同調して、長政が久政に文句をつけでもしたら、不愉快な内紛が起りかねない。

だから、お市にとって、言葉というものほどおそろしいものはない。いまはただ黙っているよりほかはないのだが、半面、言葉によってたしかめられない空間が依然として残ることは事実なのである。

が、お市はそれに耐えねばならない。言葉というものの甘い誘惑をみずからに禁じて、じっと耐えることだ。では、この不安な空間を埋めるものは何か？　女のからだだろうか。い、いや、それはかりそめの麻痺剤にすぎない。

とすれば、残るものは？

「信」と名づけるにはあまりにも不安定だが、いま、沈黙の上に重ねられるものはそれしかないように思われる。これは長政にとっても同じことだ。久政の意向に気づいてない彼ではないが、しかし彼は決してお市にそれを言わないだろう。それは裏切りではなく、この危うげな信頼を、より脆《もろ》いものにしたくないための心づかいなのだ。

気がついてみると、二人の会話は結婚したときよりずっと少なくなっている。しかし、それは、よそよそしくなったことではない。信と不信とのあわいに生きる戦国武将とその妻にとっては、一つの愛のありかたであったともいえるだろう。

ときおり、お市は農民や町衆の女房のように、思いきり愛憎をぶつけあったら、どんなにせいせいとするだろう、と思うこともある。が、自分も天下の流れとともに生きているという自覚が、たちまちそれを打消す。自分に課せられた運命を投げだし、恣意《しい》に溺れることは卑怯でさえある——勝気なお市の誇りがそれを許さなかったのだ。

自分の位置がはっきりして来るに従って、お市には、あたりのものがよりよく見えて来た。情報の持つ意味や世の中の動きがわかって来たのだ。それまでは兄から知らされる方が多かったのだが、自分の方から巧みに情報を知らせる術《すべ》も身につけた。公私の使者や物売り、僧、連歌師などによって、久政と朝倉の間にうごめく何かも、もちろん信長に伝えられた。秘密を洩らすというよりも、そうした状況を背負った夫の立場を理解してもらうためでもある。

いま、お市の眼には、信長を中心にさまざまの情報が行きかう有様が見えかけている。信長は近江の各豪族に出陣を呼びかけている。甲賀郡の諸侍には義昭の腹心和田惟政を通じて勧誘が行われている。また越後の上杉、甲斐の武田には、わざと実力を誇示するような情報を流している。一方、六角承禎は、都の三好一党との情報の交換に余念がない。いってみれば、密書という名の白い紙片は、いま、蝶のようにひらひらと全国に飛び散っているのだ。お市には日本を蔽《おお》いつくすようなその白い紙片が見え始めている。そしてその無気味な白い蝶の集合離散が頂点に達したとき、ほんものの戦いの幕が切って落されるのだ。信長が尾張美濃の兵を率いて上洛の途についたのは、永禄十一（一五六八）年九月七日のことであった。

信長の六角攻め——。

彼の前途を占うこの戦いで、信長は、あざやかな勝利をおさめた。

出陣が七日、八日には近江に入り、十二日には、すでに六角の本拠、観音寺城を手中に入れていたのである。

このとき、六角方には誤算もあった。承禎は信長方がまず途中の和田山城を攻め、続いて箕作《みつくり》城にかかって来ると予想を立てていた。そして観音寺城攻めはその後に違いない――と。が、戦いの常識を信長は簡単に打破った。いきなり箕作城と観音寺城の間に突込んで分断作戦に出て、虚をつかれた箕作城の六角勢をわけもなく攻め落してしまったのだ。

これを見た六角方の逃げ足も速かった。さっさと観音寺城を放棄して、逸早く、甲賀方面へ行方をくらませてしまったのだ。もっとも、城を棄てて行方をくらますのは、中世以来の六角の戦法である。応仁の乱の後、六角高頼が足利将軍義尚《よしひさ》の攻撃をうけたときも、逸早く甲賀へ脱出して難をまぬがれている。義尚側が焦って行方を探したが、たずねあてることもできず、かといって退くにひけずにいるうち、義尚自身が病にかかって陣没してしまった。つまり、「逃げ」は六角のお家芸なのだ。将軍にさえも空振りで終らせたその戦法を今度も六角勢は使った。観音寺城は、全山石に蔽われた天下の堅城であるが、彼らは決してそれを死守しようとはしない。その意味では、彼らは日本には珍しい柔軟な頭の持主なのだが、今度ばかりはその戦法が裏目に出た。城を棄てて再起を狙ううち、時代の波は彼等の頭上を通りすぎ、さしもの名家も、逆に天下争いから脱落を余儀なくされるのである。

お市の所へも、兄の捷報《しょうほう》は、逸早《いちはや》く届いていた。それを複雑な面持で伝えたのは、夫の長政だった。

じつは、六角攻めに当って、長政は小谷城から動かなかった。

あれほどの約束をしながら？

そうなのだ。彼と信長の約束は遂に実現されなかったのだ。

「こうまで早いとは思わなかったな」

言い訳めいて呟く夫の言葉が、半ば本音であり、半ば偽りを含んでいることをお市は知っている。

九月七日の信長の出陣は、小谷城の長政の許へ、早くから通告されていた。が、浅井軍の出陣の準備はなぜか遅々としていた。八日に近江に進攻して来た信長は、浅井勢の緩慢さを責めるように、

「早々出陣あるべし。案内知ったる御当家なれば、まず、観音寺、箕作両城の中へ割って入られんことを」

と言って来た。使に立ったのは佐々《さっさ》成政《なりまさ》と、福島定次である。長政は直ちに軍議を開く旨を伝えたが、成政らは、お市に対面も申し出ずにそのまま帰陣した。

「御内室さまにくれぐれもよろしく、とのことでございました」

ひそかに成政らに会ったらしい侍女のかいのは声をひそめた。

「何でも、御返事が芳しくないとの事でございます。それで、かえって御目にかからな

い方がよろしいと申しまして、罷《まか》り帰りました」

「そうなの……」

城内の動きは薄々感づいている。信長の進発が近くなってから、朝倉と気脈を通じている久政一派の発言が俄かに強くなって来て、長政の行動には歯止めがかけられて来たらしいのだ。そして、いよいよというときになって、遂に長政は彼らの反対に押し切られたのである。

――よもや六角が敗れることはあるまい。

長年その手ごわさに悩まされて来た浅井一家はそう判断したのだ。ところがどうだろう。信長は彼らが数十年かかってできなかったことを、五日足らずのうちにやってしまったではないか。その衝撃の大きさ、進撃しなかったことへの悔い――。あきらかに長政の心の半ばをしめるのはそうした思いである。が、城主である彼が、信長の妹であるお市にどうしてそれをあからさまに告げられよう。そして、お市も、どうして言葉に出してそれを言えるだろう……。またしても彼らにとって「言葉」は禁じられた世界となっていた。暗黙の了解と、背中あわせにある不信とは、二人の間に多分微妙な影響を及ぼさないではおかないだろう。信長の勝利は、みごもったお市の神経をさらに疲れさせた。

近江が静謐《せいひつ》に帰すると、信長は義昭を観音寺城から程近い桑実寺《くわのみでら》に招き、ついで諸軍勢を率いて琵琶湖を渡って入京した。そうした消息は一々伝えられるが、長政の違約を責める気配はどこにもなかった。

——でも、心の中でお兄さまは怒っておいでではないだろうか。

不安をぬぐいきれないでいるお市に、かのが、どこからか聞きつけて来て、そっと囁いた。

「あの六角攻めの折、御当家の返事が煮えきらないので、佐々成政らは、織田の殿さまがどんなにお怒りになるかと、びくびくして戻ったそうでございます。でも、成政の話をお聞きになって、殿さまは、からりとお笑いになって」

「え？　お笑いになったの？」

「はい。そうか、それでは、我らが手勢で攻めるまでよ、と仰せられたそうでございます」

「まあ……」

それと前後して、六角攻めの折のさまざまの噂がお市の耳に入って来た。このとき三河の徳川家康は援軍として松平信一に二千の手勢をつけて出兵させたが、信長は信一に花を持たせ箕作城攻撃の際の活躍をとりわけ称揚したとか、斎藤竜興の旧臣たちが、出血の多い不利な攻め口を受持たされると覚悟していたところ、案に相違して、信長の手勢に当らせたとか……。信長はこの合戦にあたって、じつに細かい気の配り方をみせたという。

浅井の違約をしいて咎めないのも、そのせいなのだ、とお市はひそかにうなずいた。

他の人はあまり気づいていないが信長にはそうした我慢強さがある。行動がすばやいので短気に見られがちだが、決してそうでないことをお市は知っている。

——お兄さまは許しておられるのだ。

許しがたいことをすべて許すのは、それだけ人間が大きくなっているのだ。六角を速攻によって降したことより、この戦いの意義はむしろそこにある。兄はいま、義昭を奉じて都入りするにふさわしい大きさを持つ人間になったといえるだろう。

——そして私も……

許さねばならぬ、耐えねばならぬ、とお市は思った。

都に入った信長は息もつかせず、三好一党の蟠踞《ばんきょ》する山城、摂津《せっつ》方面に進撃しこれを降した。義昭もこれに従って摂津芥川《あくたがわ》城に移ったが、その折も折、おあつらえむきに将軍の肩書を貰っていた足利義栄が病死した。義昭が将軍になるための最後の障害は自然と取り除かれた形になった。やがて都に戻った義昭は、征夷《せいい》大将軍、参議、左中将に任ぜられ、従四位下に叙せられる。二月前には予想もしなかった栄光の座を彼はほとんど労せずして手に入れたのである。

さすがに嬉しかったのだろう。義昭は織田信長を三管領の一つである斯波家の家督とし、足利氏の紋所である桐と二つ引両《ふたびきりょう》の紋所を与えた。織田家はもともと斯波家の被官だから昇格させて管領にしようとしたのだがこれは信長が断った。紋所を与える手紙には義昭みずから「御父《おんちち》織田弾正忠殿」と書いている。たった三つしか違わない信長に「御父」も妙なものだが、このころの習慣で「御父」「御母」とは実父母ではなく、乳母及びその夫のことを呼ぶ言い方である。当時、乳母とその夫は実父母以上に親しい命《いのち》の親、最大の庇護者だったから、義昭が使ったのも、そういう意味だったのだろう。

　その年の十一月、信長はいったん岐阜に帰るが、隙を狙って三好勢はまた勢いを盛りかえして、翌年の正月早々、義昭の宿所である本圀寺《ほんこくじ》を急襲した。さきに信長に降伏した山城、摂津の大名たちが駆けつけて、やっと撃退して事なきを得たものの、信長という庇護者がいなければ、たちまち義昭の基盤の脆《もろ》さは暴露されてしまうのだった。急を聞いて信長が岐阜から大雪を衝《つ》いて上洛して来たのが正月十日、信長の顔を見るなり、義昭はその袖に抱きつかんばかりに喜んだという。

　ついで信長は義昭のための御所造りに着手した。場所は二条勘解由小路《かげゆのこうじ》室町――いわゆる二条御所である。近国十余ヵ国から工事費を徴収した大がかりなもので、その庭にもと細川家にあった藤戸石を綾錦《あやにしき》で包んで信長自身の采配で笛や太鼓ではやしたてながら曳かせたことは有名な話である。

「四、五年かかると思われる工事をノブナンガドノは七十日でやってのけた」

　と、日本に来ていたイエズス会の宣教師ルイス・フロイスの記録にはある。彼らは日本語の発音に馴れず、信長はノブナンガドノ、和田惟政はワタンドノ、松永弾正久秀のことはダジョンドノなどと書いているのもおもしろい。

これらの噂が小谷の館に届いたころ、お市は一女の母になっていた。茶々と名づけられたその子が生れたのは前の年の暮、偶然であろうか、尾張大野の佐治家に嫁いだ姉のお犬も、同じころ男の子を産んでいる。

与九郎と名づけられたその子の誕生を祝って、お市は刀を贈った。折返しお犬からはお茶々にと産着《うぶぎ》が届けられた。お茶々がむずかって声をあげて泣いたりするとき、お市はふと、まだ見ぬその甥のことを思いうかべた。

「与九郎もこんなふうに泣いて姉さまを困らせているのだろうか」

その子が長じてお市の娘たちとどんなかかわりを持つか、そのときの彼女は予想もしなかったのであるが……

嬰児の誕生で賑やかさが増したとはいえ、小谷の館では、ふしぎと静かな日々が過ぎている。六角の没落以来、浅井の家は、表面、信長につかず離れずの形で天下の情勢を静観しているのだ。長政はお市に対して前よりやさしくなった。まもなく二度めに身ごもったときも、

「疲れないか」

最初にみごもったときと同じように、いやそれ以上にやさしいいたわりをみせた。そしてお市がこの年男の子を産むと、長政は、

「御苦労だった。よかったなあ」

手放しの喜びようで、生れたばかりの嬰児を抱きあげた。嬰児は万福丸と名づけられ

た。男子を得たことで、二人の間には六角攻め以前ののどかな愛情がよみがえったように思われた。

舅久政さえも、万福丸の顔を見れば相好《そうごう》を崩す。かつて篋のごとき言葉を刺しあったことは夢のようだ。お市をよすがにして、浅井家は、織田信長とのよりを戻そうとしているかに見えた。また信長の方も、依然として、六角攻めの折の不参など忘れたような顔をしている。

お市が三度めにみごもったのはそれからまもなくだが、そのとき、ふしぎなことに、彼女のからだに、あの不愉快な不調が起りはじめた。

——万福丸のときは、何でもなかったのに、またどうして……

ふと不安になった。禍々《まがまが》しい予感に捉われまい、と思いながら、また、見えざる篋が近づいて来るような予感がしきりにした。

雪の日の使者

今にして思えば、それは黄金《きん》の時代だった。

永禄十二（一五六九）年、信長が上洛に成功し、お市が万福丸を産んだころ、浅井の家は、ひどく活気にみちていた。なかでも上機嫌なのは舅の久政だった。

「今度は男の孫か。いやめでたい、めでたい。赤児《やや》の眼は、ほれ、俺に似ておろうが。したが、顎のあたりは、岐阜の伯父御に生きうつしだ」

信長に対する賛辞も手放しだ。

「間もなく天下の副将軍になられるそうな。将軍家の御所まで作ってさしあげたというからにはあたりまえだ。信長どのこそ命の恩人だものな」

首を振り振り、口脇に唾をためて騒がしくいう。そのほめ方が少し大げさすぎるとき、後で長政は苦笑しながら、お市の肩を抱く。

「後悔しておられるのよ。六角攻めには、やはり助勢すべきだった、とな。そう思うと、かくせないお人だ。根は悪くはないのでな」

そんな打ち明け話をした後の長政の愛撫はことさら濃密である。そしてそれは、お市をとめどなく酔わせ、大胆にする。

「眼をあくな。いや閉じてもならぬ」

ほのぼのとした瞼《まぶた》の紅らみが俺を酔わせる、と長政はうめいた。自分の中にそんなに男を酔わせる力があろうとは、お市の思いもしないことだったのだ……

その黄金の時代に、かげりがさしたのはいつからか。

――みごもったせいで過敏になったのか。

はじめは強《し》いてそう思おうとした。もっとも、今度彼女を取巻きはじめたのは、この前のような意地悪な箴ではなかった。それと気づかなければ見過してしまうように甘やかでありながら、何か奇妙にお市を落着かなくさせるものがそこにはあった。はっきりとそれを感じるきっかけになったのは、浅井家で噂される都の情報と、信長から直接送られて来る使者の伝えるものの間に、ある割け目を見出したからである。

例えば――

浅井家では、信長が副将軍になるということをそのまま信じ、手放しで喜んでいる。が、信長の使者は、

「いや。そのようなお話はございましたが、結局お受けにはなりませんでした」

と言う。

また、義昭と信長についても、不動のコンビが成立ったかのように、浅井側はうけとっているが、お市の知るかぎりでは、事実はそれほど楽観を許されないらしいのである。

いつのころか、義昭と兄の間は、しっくりゆかなくなっている。

それは、一つには二条の御所を作ってもらった義昭が、信長が岐阜に帰った後で、さらに幕府の殿舎作りを計画し、諸国に合力を命じたことにある。

「二条は俺の私邸だ。将軍として幕政を開くためには、公的な殿舎が要る」

ということらしい。が、信長にしてみれば、せっかく二条の館を造ってやったのに、それだけでは不満だといわぬばかりに、またぞろ義昭が館造りを始めたと聞けば不愉快にもなる。

しかも、事は単に館を作るとか作らないとかいうことではない。義昭が狙っているのは信長の手を離れて、将軍としての権威を確立させることだった。それを証拠だてるように、彼はすでにこのとき、対立する大名たちにやたらに手紙を出し講和をすすめたりしている。前にも義昭の使った手だが、このときも彼は、まるきり武力を持たないくせに、将軍としての権威によって、調停者になろうとしたのである。しかし、これを単に実力なき権威の思いあがりと笑うことはできない。当時の土壌には多少なりともそれを許す要素があったことはたしかなのだから。

全国の諸大名はみな信長の独走が気に入らない。信長よりはるかに名門でもあり、また実力もあると自任している彼ら……上杉、武田、大内、毛利《もうり》、朝倉といった連中は、信長の上洛を若僧のまぐれ勝ちだと見ている。その若僧が義昭をかついで勝手なまねをしないうちに両者を引離す必要がある、と思っているらしい。

――義昭は、信長めの義昭であってはならぬ。

表面恭しく義昭の仲裁を受入れたり、献金を約束したのは、恩を売って、「わが家の義昭」にする魂胆だったのだ。それだけ義昭は利用価値のある男であり、言いかえれば、当時の信長の基盤は、彼らにそんな策謀を許すほど脆いものだったのだ。

お互いが利用されながら、相手を利用している。そうした仕掛けが、離れているお市にはかえってよく見える。それだけ兄の危うさには、はらはらしてしまうのだが、小谷の城の人々は一向にそれに気づかない。口を開けば、

「信長どのは天下の副将軍だから」

いまだにそう言い続けている久政なのだ。

――なぜ、この家はそんなに状況判断が甘いのか？

一度はお市もそのことを長政にそれとなく尋ねたことがある。しかし長政は、

「気にするな。そなたは気を廻しすぎる」

なだめるように言う。

「俺は義兄者《あにじゃ》を信じている。また将軍家のことも信じている。あまり思い煩わずに、いい子を産め。俺が一番願っているのはそのことだ」

その言葉に毛筋ほどの偽りも含まれていないことは、お市にはよくわかる。

長政は自分の言葉にわれとわが身をのめりこませるように、激しい抱擁をくりかえす。

――俺にとっては、そなただけが大事なのだ。

とでもいうように……。そしてその抱擁の激しさが、しばしお市に憂いを忘れさせる。

では箴はとり去られたのだろうか。

いや、陶酔の後には、あきらかに何かが残る。それは何か？　わからないからこそ、身ごもったお市はいよいよ苛立つのである。


永禄十二年八月、信長は伊勢の有力大名、北畠具教《きたばたけとものり》の居城、大河内城を攻めた。北畠は伊勢の主《ぬし》のような存在だ。はたせるかな頑強な抵抗をみせたが、遂にたまらず降伏を申し出た。信長は十月初旬、次男のお茶筅《ちゃせん》を養子にすることを条件に、具教の乞いを容れ、大河内城を開かせた。お茶筅――のちの信雄である。

信長の行動はすばやい。さっと兵をまとめ、城の明渡しがすむと、その月の十一日にはもう都に姿を見せ、義昭に戦勝を報告すると、十三日には内裏《だいり》に参内《さんだい》している。

参内――といっても当時の内裏はひどいものだった。築地《ついじ》が崩れても修復する力もなく、竹の垣に藤を這わせてやっと体裁をつくろっているという有様で、義昭の二条御所の落成後、信長はこの内裏修理にも手をつけている。あまりのみすぼらしさに、見るに見かねて、ということもあったが、ともすれば信長の手を離れそうな気配をしめす義昭への、これは一種の牽制でもあった。いざとなったとき、天皇を動かして、義昭の行動を縛ることを、早くも信長は考えはじめていたらしい。

　このとき、信長は内裏に三千匹を献じている。

　――まあ、よかった。

　と現金に笑み崩れる官女たちのざわめきも消えないうち、十七日にはさっさと岐阜にひきあげた。驚いたのは天皇側である。びっくり仰天、どうしたわけか、と問いあわせている。

　たしかにこのときの信長の行動は奇怪であった。疾風のごとく近江路をかすめて岐阜へ戻った、という噂が小谷城にも伝わって来たとき、お市は首をかしげた。

「で、小谷へは何の御挨拶もなかったのですか」

　問いかけても、夫はあまり関心をしめさなかった。

「義兄者はぐずぐずしているのが好きでないからな。用がすめばさっさと帰られるのさ。このところ、まるで、岐阜と都を渡り廊下でも歩くように気軽に往復されるじゃないか」

　それよりも、彼がお市に話したくてたまらないのは、北畠攻めに派遣した浅井の手勢がかなりの働きをしたことである。

「佐和山の磯野《いその》員昌《かずまさ》に手勢をつけてやったが、織田の家中に混って、見劣りはしなかったらしいぞ」

　これで六角攻めに加わらなかったことへの埋めあわせもつく、と言いたげであった。

当の磯野員昌も、やがて小谷へ報告にやって来た。

「この度は御苦労でした」

お市もねぎらいの言葉をかけると、

「いや、私などはほんの手伝いでございまして」

員昌は控えめに微笑し、

「それにしても、織田勢の息もつかせぬ城攻め、員昌には眼の法楽でございました。とりわけ丹羽五郎左どのの、鉄砲先《つつさき》を揃えての西搦手《にしからめて》よりの夜攻めなんどは……」

新しく入って来た鉄砲の威力を見せつけられたことは、衝撃でもあったらしい。が、上洛後の信長の動静については、

「さあて、国許でこの度の合戦の褒賞の御沙汰もございましょうからな」

興奮がさめやらぬだけに、そのことにしか頭が行かないらしい口ぶりである。

岐阜に帰った信長からは、簡単な年末の使者が来ただけでその年は暮れた。翌年、正月早々、小谷の館には、数人の来客があった。雪深い道を長い間辿って来たらしい彼らは一泊しただけで早発ちしてしまったので、お市がそのことを知ったのは、客が去ってからであった。

「何やら、朝倉のお使者とか申しておりましたが……」

と告げたのは、侍女のかのである。信長の上洛を静観していた朝倉義景は、新しい年を迎えて、蠢動《しゅんどう》をはじめたらしい。浅井の家は朝倉とは深い縁がある。領内を使者が通

過するにあたっては、前以て知らせがあったに違いない。そうなれば、浅井の方ではそれなりのもてなしの用意があるはずだし、お市の耳にも当然入って来るはずである。

——なのに、今日の使者に限って、なぜ、こっそり泊って行ってしまったのか？

お市の顔色を窺っていたかのが、そっと言った。

「岐阜にお使をお出しになりますか」

ややあって、お市は答えた。

「ちょっと待ってみましょう。私の考えもあります」
一、二日お市はそのことをまるで知らぬふりで過した。長政の方も、そんな客が泊ったことなどには全く触れない。
二日めの夜は雪になった。

「茶でもお点《た》てしましょうか」

長政と二人きりになったとき、お市は言った。

「雪見の茶か、悪くはないな」

まだこのころの茶は、やかましい行儀作法はきまっていない。点てた茶を無造作に長政がとりあげたとき、お市は、

「明日までには、かなりつもりましょう」

さりげなく言った。

「ふむ」

「朝倉のお使はいいときお発ちになりました」

答えはなかった。たじろぎもせず、長政はゆっくりと茶を飲みほした。

「うまかった。もう一杯もらおうか」

ふたたび出された茶碗を手にしてから、

「年賀の使でな」

やや唐突に彼は言った。

「禁中に千匹献上するのだそうだ」

「今までのおしきたりですか」

「いや……しかし世の中も落着いたことだし」

さりげない口調であった。自分の方からとりわけ知らせることでもないが、たずねられれば語りもするという口調を、お市はそのまま兄に知らせねばならないだろう、と思った。長政自身も積極的にそれを止める意向もないようだったが、そのやりとりの中でお市は体内の違和感がいよいよまぎれもないものになりつつあるのを感ぜずにはいられなかった。

朝倉の使者が小谷の館で何を語っていったか、そこまでは探り得なかったにしても、お市のひそかな報告は、信長にとって、決して価値のないものではなかったようである。

一昨年の義昭の上洛の折、遂に同行を肯《がえ》んじなかった朝倉が、静観を破って動きだしたことは注目してもいいことだ。

——その裏には、義昭の働きかけがある。

と信長は見た。地方大名の朝倉が、突然思いついて朝廷に千匹を献じるのは、義昭の仲介があってのことにきまっている。もちろん上洛した使者は、義昭にも挨拶して帰るに違いない。彼らはよりを戻したのだ。いやそれ以上に、信長をぬきに直《じか》取引をしはじめたのである。

一方甲斐の武田信玄も、この所微妙な動きをみせている。正月早々駿河の今川氏真《うじざね》の花沢城を陥れた信玄が、義昭に大げさな申入れをするらしい事を信長は嗅ぎつけている。

「来年から駿河の地で一万匹をさしあげよう。ついては子息勝頼に将軍家のお名を一字と、朝廷よりしかるべき官職を賜わるよう御斡旋願いたい」

——一万匹とは、信玄、大法螺な……

信長は笑いとばす。

——吹きも吹いたりよ。

が、御名前を頂きたいの、朝廷の官職の、と義昭の自尊心をくすぐりながら信玄が申入れをしていることは、ただごとではない。駿河の一万匹をやろうというのは、今川を押しのけてこの地を領有することを認めろということだ。いいかえれば、今川が泣きを入れても口を出すな、という意味である。そして一万匹を餌に、

——俺のことを忘れるなよ。

と主張しているのだ。それが義昭にとってどんな甘い囁きであるかは直ちに察しがつく。

――将軍。あなたの味方は信長だけではないぞ。いや岐阜の若僧より、ずっと頼り甲斐のあるこの俺の方に顔をむけたらどうだ。

信長の庇護を離れて、「天下の義昭」になりたくて、うずうずしている男はたちまちこの餌にとびつくであろう。

もう猶予は許されない、信長の基盤は、日一日と崩されてゆく。

朝倉の使者を追うようにして、信長が義昭に厳重な抗議をぶっつけたのは、一月二十三日のことだ。

一、諸国へ御内書を出されるときは、信長の添状《そえじょう》を必ずつけること。

一、今まで単独で出された下知はすべて破棄、あらためてよく考えてきめること。

一、将軍に忠義を尽した連中に恩賞をやりたいとき、適当な土地がなければ、信長の領地から与えるようにする。

一、天下のことはすでに信長にまかされたのだから、口をさしはさむ事は無用である。

一、天下が治まった以上、禁中への忠節を怠りなく。

つまり、義昭が勝手に諸大名に何かを命じたり要求したりすることは一切まかりならぬ、これまで出した手紙は全部無効、というわけだ。第三条は大変気前がよさそうに見えるが、内実は恩賞権を信長がチェックする、というのにほかならない。第四条は現状確認であり、第五条は、「お前よりも権威のある朝廷のあることを忘れるな」ということだ。

その朝廷のためには信長は建物を造営してやったり、さんざん鼻薬をかがせてあるから、自分に不利なことには同意するはずがない、という計算がある。義昭は手枷《てかせ》、足枷の上に猿ぐつわまでかまされた形である。朝倉や武田との直取引は一切まかりならぬ、と脅され、やむなく彼はこの申入れに承認の判を押した。

とはいうものの、表面上の了承がいかにあてにならないかは信長自身がよく見ぬいている。義昭自身は「お手紙将軍」である。手紙を書いて諸大名にコネをつけるほかに手がない。そのくせ、自分の方からの口約束など、てんで守る気のない男なのだ。彼の生きて来た世界は、そうした無責任社会であり、すぐ破るつもりだからこそ、屈辱的な文書にも簡単に判を押してしまうのである。

――こういう手合をとことん屈服させるには。

あとは実力行使しかない。その後の一月を信長は着々と軍備の充実につとめた。鉄砲も多量に買いこんだし、兵糧もかきあつめた。やがて、内裏への年賀の挨拶を名目に岐阜を発したのが二月二十五日。

信長上洛の報を聞くと、公家も武将も、町人も転がるようにして近江や堅田、坂本に出迎えにいった。山科言継という公家の日記には、二月三十日（陰暦だと二月にも三十日がある年がある）の条に、上下京《かみしも》の町人が、一町内で五人ずつ選んで吉田口まで迎えに行った、と書いてある。そういう言継も一条京極まで出かけて信長が明智光秀の宿所に入るのを見届けて帰って来た。言継は一行の行粧《こうしょう》が出陣さながらであるのに仰天した。が、信長がいとものどかに言う。

「近江の常楽寺では近国の相撲を呼び集めて取組を見物いたした」

「左様で」

「鴨の入頸、水車、ひねり、投げ、などという技を其許《そこもと》はご存じか」

「いや、一向に」

「今度は都でも相撲興行をいたそう。なかなか面白いものでござる」

信長は内裏へ馬、太刀を献上して挨拶をし修復工事を見廻った。そのうち徳川家康が五千の軍勢を率いてやって来た。京中にはいまや信長と家康の兵が群れているといってもよかった。それでいて、信長は家康ともども、天下の名物といわれる茶器や書画を召しよせてのんびり鑑賞したりしている。中でも堺商人天王寺屋宗及《そうきゅう》のもっていた菓子の絵、松永久秀所持の鐘の画などはよほど気に入ったらしく、

「言い値で買おう」

と所望した。町人たちは、何の、喜んで進上いたしましょうといったが、信長は引換えに過分の金を与えた。もっとも松永久秀の鐘の絵だけはそのまま受取っている。これは大和の梟雄の服属のあかしととったのであろう。

信長は義昭の前でも例の強硬な申入れに触れようともしない。そんないざこざは忘れ

て、しんそこ都の春を楽しんでいるかのようにみえた。が、そうかと思うと、突然思い立って義昭を鷹狩に誘ったりする。

三月十七日は義昭の御所の馬場で家康が麾下《きか》のえりすぐった五十騎に調馬を行わせた。

「三河武士の馬の乗りざまを御覧あれ」

出場する武士は鎧、兜を身につけた完全武装である。もともと三河武士は武骨、朴訥《ぼくとつ》でいわゆるショウマン・シップがない。調馬、合戦の区別がないくらい、大汗をかいて、むきになってやる。四月に入ってからは信長の旗本の調馬も行われた。

鷹狩、そして調馬――。

つまり信長は義昭に軍事教練を見せつけたのだ。

――いいか、こいつらが本気を出したらお前の命なんかいっぺんに吹飛んでしまうぞ。

という示威運動でもある。また、来るべき風雲をのぞんで、無気味な手ならしをしているともとれる。が、義昭はじめ誰も信長の目指しているものの見当がつかない。

――いったい何を狙っているのか。

はらはらしていると、突然信長は鎌首をもたげた。もたげたと思うと、一気に近江路をかすめて越前をめざした。

狙いは朝倉義景だったのだ。

義景が信長の招きを無視しておきながら、勝手に義昭によしみを通じたことが直接の口実になった。

信長の進攻は逸早く小谷の館に報じられた。

「義兄者は朝倉を攻めるそうな。明日にも近江に来るという」

「まあ、明日にも？」

「そうだ」

ほとんど感情をこめずに長政はお市に言った。この正月、朝倉の使者について語ったのと同じ口調であることをお市は直感した。

「兄はこの館に立寄りますでしょうか」

「いや、ここは通らぬ。都からの出陣だから、琵琶湖の西側をぬけるはずだ」

では、殿の御出陣は？　と言いかけて声を呑んだ。浅井と朝倉の古くからのよしみを思えば、うかつな事は聞けない。

——浅井はいま、むずかしいところに来ている。

お市は夫の口許を見守った。

小豆《あずき》の袋

永禄十三（一五七〇）年というその年が、元亀《げんき》と改元されたのは四月二十三日のことである。信長が朝倉攻めのために都を発ったのは三日前――二十日の早朝だった。その日のうちに近江の和邇《わに》まで進み、いわゆる九里半街道を快速で飛ばして、二十二日には、早くも若狭へ出た。二十三日には佐柿で一泊し、そのまま、敦賀《つるが》の天筒《てづつ》、金《かね》ケ崎《さき》城へと迫っていった。

信じられない程の速さで進撃できたのは、じつはそれまでに、進路にあたる各地の小豪族たちを手廻しよく抱きこんでいたからである。二十二日には若狭熊川の松宮玄蕃《げんば》允《じょう》、二十三日には佐柿の粟屋勝久といった土豪が、待ちかまえていたように居城を開いて信長を招じ入れた、と聞いて、小谷城の浅井長政は、すべてを察したようだ。

「さすが義兄者《あにじゃ》よ、この春も、無駄に相撲見物はしなかったというわけだな」

お市へうなずいてみせた。たしかに、信長は、二月の上洛の途次、近江あたりで、わざと速度をゆるめ、相撲見物に日を過している。多分、その賑わいにまぎれて、工作の手は若狭の豪族にまでのびていたのだろう。

「あのとき、出陣の手筈をきめてしまったものとみえる」

使者をよこして挨拶しただけで、近江を風のようにかすめていった信長に対して、讃歎とも羨望ともつかぬ言い方を長政はした。

——で、殿の御出陣は、いつでございます？

口に出かけた言葉を、お市はふたたび呑みこんだ。信長自身は立寄らなかったとはいえ、使者の口上は鄭重をきわめ、辞を低うして出陣を要請したこと、これに対して長政が快く応じたことは正式に知らされている。出陣はすでにきまっているのだ。信長のすばやさに感歎するいまの長政の言葉は、その決定を裏づけるものでなくて何であろう。が、それでいて、すがすがしく夫に出陣のことを尋ねられないのはなぜなのか。

——私はひどく臆病になってしまっている。

正月以来の数ヵ月をふとかえりみる思いがあった。朝倉の使者がひそかに訪れ、ひそかに発って以来、小谷の館にゆれ動く微妙な空気が、お市の口と心を重くしているのだ。舅の久政は、生涯朝倉を後楯《うしろだて》として生きて来た人間だ。その舅と夫の間で、以来意見の対立があらわになり、時には激論もくりかえされたことを、お市は知っている。もちろん長政は一度もその事を口にしないが、このところ、床をともにしない夜も重なっていたし、

「昨夜は、夜のしらじら明けまで、お話しあいをなされたそうでございます」

侍女のかのを通じて、そんな話も聞かされている。それだけに、お市はうかつに口がきけないのだ。

朝倉につくか、織田を助けるか。

その選択は、浅井家にとって単に好悪の問題ではないことは、お市にもよくわかる。それはただの助太刀ではなく、自らの未来を賭ける行為なのだ。

格式、名声といった序列を考える立場に立てば、文句なしに未来は朝倉のものだ。数量的な比較からすれば、富も兵力も、織田を上廻っているからだ。これに反し、織田を有利と見るのは、すでに京洛に勢力を扶植している現実を認めようという立場である。それは、現在を、ひとつの変革が起りつつある時代だと捉える見方だといってもいい。序列か、変革か？　いつの時代にもなされる問いかけに、いま、浅井家は答えなければならないところに来ているのだ。

お市も、めったな事は聞けない。聞いたところで、言葉に出して夫は答えはしないだろう。いざとなったとき、人間にとって、言葉がいかに頼りないものであることか、しみじみお市は思い知らされている。

しかし、言葉を封じられたら、後に何が残るのか。いったい何が信じられるのか……いや、いまのお市は、そういうことを考えていることすら、周囲に気どられてはならないのだ。顔の皮膚の上に、もう一枚仮面をつけたような思いで一日一日を過しながら、お市は、若狭路を疾風のように駆けぬけてゆく兄の姿を想像した。

「織田の殿さまの御出陣の御装束は、紺地金襴《きんらん》のお小袖に、御具足を召されましたそうな。御兜の御前立は黄金《こがね》造りの竜とか……」

侍女のかのは、信長の使者から得たらしい情報を、事細かに報告してくれた。お市の眼には、四月下旬の陽光の下を、黄金の竜が金の矢のように走るのが見える。いよいよ決戦の時機は近づいたのだ。そして、ついに、お市の許に姿を現わした長政は言ったのである。

「明日、出陣する」

「まあ……」

夫の眼には、凜《りん》たる決意が溢れていた。

「御武運を」

「うむ」

切れ長の夫の眼が、一瞬、じっとお市をみつめ、すばやく離れた。その後の長政は、今までになく寡黙だった。

小袖、具足、兜、脛当《すねあて》、太刀、弓矢――。

出陣の装束は、たちまちととのえられた。そして、その夜、長政は、みごもったお市のからだを、責めさいなむような激しさで抱いた。猛々しい息づかいの下で、何度かお市は気を失いかけた。陶酔と呼ぶには、あまりにもすさまじい、全身に稲妻を浴びたような瞬間が、しばしばお市を襲った。長政は無言だった。この記憶を、鮮烈にお市のからだに刻みつけておかねばならぬとでもいうように、そして、言葉では伝えられぬ何かを伝えるには、これ以外のやり方はないのだ、というように、執拗にお市を抱きしめた。

翌朝、浅井軍は粛として陣立ちした。表面、「信長の後詰《ごづめ》」という形で、北をめざして小谷の館を出た軍列は、櫓から眺めるお市の前を次々と通りすぎていった。お市のからだには、まだ昨夜の記憶があざやかに残っている。鮮烈すぎたそれは、今になって、はじめて陶酔に変って来たようである。

それでいながら、陣列を眼で追いつつ、いつか陶酔の向うにあるものを探りはじめている自分に、お市は気がついている。

——なぜなのか？

ふと、嫁いで来たてのころを思いだした。佐和山で信長と会った後で、長政は家来たちに信長暗殺をすすめられた。長政は、小谷に帰ってから、率直にこれを打明け、そんな卑怯な騙し討ちはいやなのだと、言い切った。

——あのとき、私は、すぐ夫の言葉を信じた。

いまは、そのときに比べれば、二人の間の愛はさらに深まっている。

——それでいながら、なぜ、昨夜の夫の激しい抱擁の後にあるものが気になるのか。

人の気配に気づいてふりかえると、舅の久政が後に立っていた。お市は腰をかがめた。

「御出陣にふさわしい日和《ひより》になりました」

満面に笑みをたたえて久政が応えたとき、お市はそっと櫓の勾欄《こうらん》を離れた。

「いかにも」

お市に決心をつけさせたのは、その久政の笑顔だったといっていい。部屋に戻るなり、かいのを呼びつけて、小声で命じた。

「御出陣の後を、すぐつけさせなさい」

お市の周辺には、輿入れのとき、織田からつけられた侍も何人かいる。が、いま、彼らが動いてはかえってまずい。そんなときの情報収集役——細作《さいさく》と呼ばれる連中が、小谷の城下には町人に姿をかえて、何人か住みついている。女たちの身の廻りの品を買入れるふりをして、彼らに秘密の命令を伝えるのは、かいのの役なのである。

半刻も経たぬうちに、彼らは行動を開始した。見えがくれに浅井軍を追尾しはじめた彼らから、まもなく情報がもたらされた。

「全軍海津到着、それより前進の気配はありませぬ」

「織田勢と連絡をとるどころか、むしろ自軍の動きを知らせまいとしております」

「不審な者がしきりに出入りいたします。あるいは朝倉方の者かと思われます」

お市の予感は、どうやら的中したらしい。が、そうなっても、ふしぎと、

——夫に裏切られた。

という思いが湧かなかった。まず頭に浮かんだのは、

——ああ、浅井の家は、やはり朝倉に賭けたのか。

ということだった。信長との未来に賭けようとしていた長政は、ついに久政に押しきられたのだ。それは父子の力関係というより、結局、浅井家の信長に対する評価がそこへ落着いた、ということであろう。

——やはりそうなのか。いざとなれば、人間は安全な道を選んでしまうのだ。

むしろ、今度の決定を、当然のなりゆきとして認めかけている自分に気がついて、お市ははっとした。長政の子を産み、小谷で数年を過したいま、いつのまにか、お市の中には、浅井の人間になりかけている部分があったのだ。そしてその立場に立ってみるならば、兄、信長の立っている基盤は危うすぎるくらい危ない。

——兄さま……

いま兄は限りなく遠い。そして小さく、脆《もろ》くさえある。そのことをひしひしと感じたとき、突然名状しがたい兄への思いが、胸にあふれて来た。

お市は眼を閉じた。

兄は織田と浅井のかけ橋になるようにと自分をこの家に嫁がせた。なのに自分は結局何の役にも立たず、遥かに遠ざかってゆく兄を救うことさえできないのだ。

自分の無力さがみじめだった。朝倉に賭けた夫や舅の意向を半ばうけいれながらも、みすみす、兄を見殺しにして平気でいられるほど、お市は浅井の人間になりきってはいなかったのである。

「何とか敦賀の御陣にお知らせすることはできませんでしょうか」

そういうかのの唇も震えている。が、知らせようにも、兄の陣営との間に、浅井勢がでんと坐りこんでいるではないか。朝倉としめしあわせて、兄を挟み打ちにするつもりとすれば、その布陣を突破して急を知らせることは不可能に近い。

「もう一度、あの者たちに、間道を走らせてはいかがでございましょう」

声を低めてかのが言ったとき、部屋の外に足音がした。舅の久政だった。

「変りはないかな」

ひどくやさしい笑顔をお市に見せた。

「身重のときは、とかく心が昂ぶりがちだ。しかし案じることはない。わしがついている」

「有難うございます」

お市は鄭重に手をつかえた。

「父上の方へは、長政どのよりのお知らせなど参っておりましょうか」

「ふむ。なかなか元気であるそうな」

「それは何よりでございます。もう織田の兄との連絡はつきましたでしょうか」

「ふむ、それもおっつけであろう」

顔色ひとつ変えずに久政は言った。それから、

「今度の合戦、われらの勝利は疑いなしよ」

わっはっは、と笑いとばした。

「ともかく案じるな。何ぞ用があったら遠慮なく申せ。何か足りないものはないか」

言いかけて、ふと思いついたように、かのの方をふりむいた。

「昨日あたり、町人どもが出入りしていたな。買いたいものがあったら、わしの方へ申し出よ。出陣中は、町人を館に寄せつけぬのが浅井の家のしきたりでな」

かのは慌てて平伏した。

「そうとは存じませず……」

「いやいい、知らぬゆえなら咎めはせぬ、これから気をつければいい」

久政はまた高笑いした。

――めったな真似はするな。俺は何でも知っているぞ。

というのであろう。

――もう、あの細作たちは使えない。

かのは目を伏せた。万事休すである。信長への連絡の手段は、すべて失われてしまったのだ。

と、そのときである。

お市の肩が、かすかに動いた。

「義父《ちち》上さま」

「何か」

「長政どのの陣所へ御文を遣わされるおついでなどございましょうか」

「ないわけでもない」

「まあ、うれしゅうございますこと」

ぱっと眼を輝かせた。

「では、私よりの文、おことづけ申しあげてもよろしゅうございますか」

「よいとも、長政も喜ぶだろう」

「では、早速……。かの、筆と硯《すずり》を……」

舅の眼の前で、お市は筆をとった。こちらの子供たちも元気でいること、武運を祈る、といった、ごくあたりまえの手紙を、さらさらと走り書きして、

「よろしくお願いいたします」

久政に差出しながら、さりげなく尋ねた。

「あの、織田の兄の方へお使を出されるおついではおありでございましょうか」

「うむ？」

虚をつかれて、ふとたじろぎを見せかけたが、さすがに久政は老獪《ろうかい》である。ただちに、

「ふむ、ついでがないこともないが」

さらりとうけながす。お市はものやわからに、しかし間髪をいれずに言った。

「では、私からもついでにことづてをお願いしてもよろしゅうございましょうか」

「ま、それはかまわぬが。文でもやろうというのかな……」

久政はとぼけたような笑顔を見せて、お市をのぞきこむようにした。

「え？　いいえ。文にも及びませぬが、そうでございますね。はるばる北陸路へ出陣するのは初めてでございますので、せめて心祝いのしるしでも……」

言いかけて、やや、首をかしげてから、さらりと言った。

「小豆《あずき》にいたしましょう」

「小豆？」

「はい、手許に少しございますので。戦勝を祈って小豆粥《がゆ》でも炊くように、と言ってやりたいと存じます」

「ふむ、それはいい思案だ」

「ありがとうございます。かの、では」

急いで小豆を持って来させると、これも久政の眼の前でありあわせの袋に入れて、両端をくるくると細い縄でしばった。

その手許を見つめる久政の眼の光が変って来た。最初は不機嫌を無理に押しかくしているふうであったが、途中で何を思いついたか、はたと手を打ちそうな表情になった。

「では、恐れ入りますが」

「心得た」

待ちかねたように袋を受取った。

「して、ことづては？」

お市の眼がきらりと光った。

「別にございません。御出陣のお疲れ直しに、小豆粥でもお作り下さい、とだけお伝え下さいませ」

久政が立去ったとき、お市の眼の輝きがふいに失せた。そのまま、精も根もつきはてたように脇息にもたれかかるのを、かのが走り寄って支えた。

「姫さま……」

おもわず、昔の呼び名を口走ったとき、お市の頰に、かすかな笑いがよみがえった。

「うまく……ゆきました」

それからさらに声を落した。

「お義父《とう》さまは、うまく私を利用したおつもりでしょうけれど……」

久政は信長を欺くためにお市を使うことを思いついたのだ。今、浅井の意図を信長に覚《さと》られることはまずい。ここで小豆の袋をかかえた、お市からののどかな使を送りこめば、信長は安堵し、浅井の協力を疑わぬであろう……

「お義父さまのお眼の色で、それがわかりました。……でも、この勝負、どうやら私が勝ちました」

お市は義父の言葉を信じて疑わぬふりをしてみせた。そして無邪気さを装いながら、お市は久政の胸許深く斬りこんでいったのだ。

「でも……」

かのはまだ納得のゆかない面持ちである。

「あの小豆だけでは……」

お市は、ゆっくりかぶりを振った。

「いいのです」

「………」

「使が、あの袋を持っていってくれさえすればいいのです」

つと身を起した。つり気味の、すずやかな眼をぱっと見開き、唇許《くちもと》をひきしめて、

「あとは兄上が、私の心を読みとって下さることを祈るばかりです」

静かにそれだけ言って眼を閉じた。


お市の使が敦賀の信長の陣営に着いたのは、四月三十日だった。そして、その使が、いや、使のもたらした袋の小豆が、危うく奈落の底に突落されかけていた彼の運命を瞬時に変えた。

このときまで、信長は、勝ちに驕《おご》っていた。敦賀に入って天筒山の敵陣へ攻撃をかけたのが二十五日、息もつかせぬ猛攻に、その日のうちに、これを陥落させた。もっとも、朝倉勢の防戦もかなり手強《てごわ》く、合戦は辰《たつ》の刻（午前八時）から未《ひつじ》の刻（午後二時）まで続けられた。この時の合戦については、朝倉、織田側それぞれの記録で死傷者の数に少なからぬ開きがあるが、ともかく、かなりの激戦だったことはたしかである。

ともあれ、緒戦の勝利を得た信長側の意気は天を衝き、その勢いに恐れて、天筒山の続きの金ケ崎城を守っていた朝倉景恆は、さっさと降伏した。

——残るはいよいよ本拠越前だ。

はやりにはやって信長が馬を進めようとしたとき、

「背後の浅井の動静がおかしい」

と言い出したのは、信長に属して出陣していた松永久秀である。しかし信長は、久秀の言葉をとりあげなかった。

——お市の夫が俺を裏切るはずはない。

彼はそう信じていたのである。が、そのお市から届けられた袋の小豆を見るに及んで、彼は事態を察した。何の伝言も添えられてはいなかったが、袋の両端をぎりぎりと縄でしばってあるその贈物には、

——兄さま、いまのあなたは、朝倉と浅井にはさまれ、この袋の中の小豆同様です。

というお市の必死の知らせがこめられていたのである。お市は夫を正面切って裏切ることはできなかった。が、さりとて兄を見捨てることもできなかった。このときお市の頭にひらめいた咄嗟《とっさ》の機転は、神の啓示に近いものだった。が、何よりも、どん底まで追いつめられたときにも絶望せず、最悪の事態に立ちむかっていこうとしたお市の意欲が、信長の命を救った、といえるだろう。

急を知った信長の逃げ足は早かった。単騎琵琶湖西岸の朽木《くちき》越えで、京都に引返し、

続くものは、わずかに十騎ばかりだったという。このとき、殿軍《しんがり》を引受けた木下藤吉郎が、徳川家康の援けをうけて必死でその責を果し、出世の糸口を開いた事は、あまりにも有名である。

浅井長政が小谷の館に帰って来たのは、それから間もなくのことだった。

館には、また平和な日々がよみがえったようにみえた。久政も長政も、お市の前では、今度の合戦の折の浅井軍の動きについて、全く語ろうとはしない。お市もまた、小豆の袋のことは忘れたような顔をしている。

夜の床を共にするとき、お市のほうから夫に求めるようになったのはこの後だ。それは自らの肉体によって、夫をあざむき、その心をとろかしてしまおうという娼婦めいた気持からでは決してなかった。ひそかな裏切りにうずく心を抱えながら、そのことによってかえって、いまお市は夫への愛を確かなものにし得たような気がしている。愛がなかったら、あんなに苦しんだり冒険をしたりはしなかったはずだ。が、その事を伝えるには、言葉はあまりにも無力だった。信と不信によって削りとられ、ますます暗く深みを増した愛の淵に、二人のからだを沈めるよりほか何が残されているだろう。そのときになって、お市は、出陣前夜の夫の激しい抱擁の意味にはじめて気づいたようである。

城下の炎

金ケ崎城攻略に失敗して都に戻った信長は、その翌日、早速造営中の皇居の工事を見に出かけた。戦塵《せんじん》をさっぱり洗い落し、北陸路の敗け戦さなどすっかり忘れたような顔をしているが、これはもちろん虚勢である。こんな場合絶対浮足立ったりしてはならないのだ。都の公家たちは、表面信長に対し必要以上に恭《うやうや》しい態度をとってはいるが、腹の中では、何の田舎猿めが、と思っている。そうではないまでも自分たちにとって利用価値のある番犬としか思っていない。その番犬が耳を嚙まれて逃げ帰ったとあっては、利用価値は激減する。そうなれば、冷酷無残に相手を切りすててしまうのが公家のやり方なのだ。

だから信長は無理にも平静さを装い、朝廷に瓜を献じたり、公家の誰彼を引見して、のんきに日を過してみせなければならなかった。そのうち、追々味方も集まって来た。最後はほとんど潰走《かいそう》に近い退却だったが、やっと軍隊としての隊伍も整った。もちろん、このまま都にぐずぐずしているわけにはゆかない。とにかく岐阜へ戻って態勢を建直すことだ。が、その岐阜へ帰る道も、今は決して安全ではない。浅井が寝返ってしまった上に、観音寺城を手放して行方をくらませた六角承禎が、信長の敗戦をかぎつけて早速甲賀の石部城へ戻って来たからである。

信長は、森可成、佐久間信盛《のぶもり》、柴田勝家らを先発させ、路次の拠点を守らせた。これまでとは違ってかなり行動も慎重になっている。そうしておいて都を発ったのが五月九日、森の守る志賀城、佐久間の守る永原城などに泊った後、一気に美濃へ駆けぬけようというのである。

ところが、六角承禎は、この信長の行動をすっかり読んでいた。といっても、彼が千里眼だったわけではない。甲賀には彼の両眼、手足となる武士があふれていたのだ。彼らは風のように信長勢の身辺にまつわりつき、周囲を飛び交って、軍隊の動静から、三度の食事の中身まで探り出していた。

彼らは承禎にその逐一を報告する。そしてそれは、承禎の手許から、たちまちのうちにお市のいる小谷城へももたらされていた。

「明日、信長は都を発つぞ」

夫の長政が、都にいる信長の行動を、まるで既定の事実のように語ったのは、八日の夜のことである。いつか彼は信長のことを義兄《あに》とは呼ばなくなっている。それでいて、わざとお市の前でその消息をしきりに口にするのである。

――そなたの兄の事は見通しだ。

長政の眼はあきらかにそう言っている。そのくせ、彼は、朝倉に呼応して、信長を討つために出陣したことについては一言もふれようとはしないのだ。

あまりにも重大なことは口に出しては言えないのかもしれない。お市も袋入りの小豆を信長に贈ったことについては夫に何も言っていない。

――あのことをこの方は知っているのだろうか。

ふと、そう思うことはあるが、しかし絶対に口に出して尋ねられることではなかった。そしていまや浅井と織田とが昔日の同盟関係にはない、という事実だけが、既定のこととして、二人の間に、どさりと投げ出されている。

が、夫婦というものは何と奇妙なものか。口に出さないで既定の事実を認めてしまった後に、共感と呼ぶには皮肉すぎる何かが残った。そうなってから後に、むしろお市はよりよく長政の心情がわかるようになったのである。だから、彼が、

「信長が都を発つ」

と言ったとき、ぞくりと背筋を走るものがあった。ただ彼は兄についての情報を口にしたのではなさそうだ。

――もう一度、兄を攻めるおつもりか。

しぜんにからだじゅうが触覚になってしまう感じであった。が、館の動静を探ってみても、今度は出陣の気配は全く感じられない。長政は、お市の内心の動揺を見透すよう

に、つとめて無表情に信長の動きを語る。

「今日は志賀泊りなそうな」

「今日は瀬田へ泊って、明日は永原城へ泊る」

まるで信長の部下から報告でもうけているかのように、確信をもって彼は言いきるのであった。

それから数日後、陰鬱な五月雨《さみだれ》が音もなく降りそそぐ昼下り、長政は前触れなしにお市の部屋にやって来た。すすめられた褥《しとね》にどっかり坐ると、そのままお市の顔は見ず、庭先の楓《かえで》の葉先からしたたり落ちる雨の雫《しずく》をしばらく眺めていたが、

「近江から美濃へぬける道がいくつあるか知っているか」

お市は振りむきもせずに言った。

「さあ……」

とっさに返事はできなかった。

「二つ、三つ。いや四つはある」

信長の帰路について言っていることはすぐさま読みとれた。

「それをわが家と六角で押えてしまっている、とすれば、どうするか」

「………」

はじめて長政はお市の方へ顔をふりむけた。

「これはたしかに思案のしどころだ」

「…………」

「信長はしばらく永原城で様子を見ていた。六角と和議を結ぼうとしたようだが、これは無理な話でな」

頬に笑いに似たようなものが浮かんだ。

「それが駄目となると、残るのは伊勢へ抜ける木樵道《きこりみち》しかない。千種越《ちぐさご》えという道でな」

木樵道というより、けものみちと言ったほうが近い。笹と灌木のしげみを分けるようにして山肌をすがってゆくのである。

「信長はそれを選んだ。ところが」

長政は視線をひたとお市にあてた。

「六角もさるものよ。信長が通るのはこの道しかあるまいと、ちゃんと見当をつけていたわけよ」

お市は息を呑んだ。

「人に気づかれない山路というのは、つまり人がかくれてもわからない所だということでもある」

「…………」

「細い道だから通る方は一列になるよりほかはない、とすれば狙いもつけやすい――」

頭の血がすうっとひいてゆくのをお市は感じた。長政はそれを無視するかのように淡々と言う。

「承禎が中途の大木の上にひそませたのは、杉谷善住房という男でな。鉄砲の名人よ」

「あっ……」

思わず、お市は小さな叫びを洩らしてしまった。

「そ、それで……」

長政はつと視線を逸らせた。外の雨の粒はやや大きくなって、楓の葉がしきりに揺れた。しばらくして、やっと長政は口を開いた。

「善住房の放った弾丸は二発——」

くるりとお市をふりかえり、

「運のいい男だな、そなたの兄は」

「……では」

「あたらなかったのだ。距離は十間そこそこだったというから、善住房の弾丸がはずれるはずはないのに、かぶっていた笠の端をかすっただけだったそうな」

——ああ……

ふらふらとしてそのまま倒れこんでしまいそうになったとき、長政は重ねて言った。

「運のいい男よ、信長は」

夫の言葉に、お市はすべてを理解した。彼は信長の北陸の陣営に贈った小豆の袋の謎を、やっぱり見ぬいていたのである。

――そうだったのか……

このとき、兄の無事を喜ぶ思いとは別の、奇妙な安堵感がお市を浸しはじめた。なまじそのことを避け、偽りつづけているよりは、そのほうがずっと息がつける、ということを、お市ははじめて知った。

「六角のやりそうなことよ」

お市の心の中を知ってか知らずにか、長政は呟く。

「俺ならそんなまねはしない。こうなったら正々堂々と戦う」

――そうでしょうとも……

むしろお市は、いま、はっきりうなずく立場にある。もしそういう事態が起れば、一番苦しい立場に立たされるのは自分であることは目に見えている。が、誰よりも長政を理解しているのが自分だということも、またお市にとってはまぎれもない真実だった。

岐阜に帰りつくやいなや、信長はただちに浅井・朝倉に対する戦闘準備に入った。いまここで事態を放置しておくならば、せっかく都に築きかけた地盤さえも失いかねない。じじつ公家連中の間で、とみに信長の評価は下落しているし、それどころか、彼のお蔭で将軍の座についたはずの義昭さえ、朝倉と手を握る気配を見せはじめている。義昭は流浪時代、朝倉の世話にもなっている。朝倉は室町時代以来の名家だし、義昭のような保守的な人間には、むしろ信長より頼もしげにさえ見えるのだ。

――それを防ぐには出撃あるのみ。

たしかに、この時期、信長にとって攻撃は最大の防禦《ぼうぎょ》だったのである。が、それだけに彼はやや事を急ぎすぎた。義昭をせっついて、

「将軍北陸路へ御出陣」

と、まず公表させた。浅井・朝倉にくっついてしまわないための牽制球といったところである。義昭はしぶしぶこれに同意したが、いざとなると、

「その日は日が悪い」

「摂津の三好勢が動きはじめた。いま都をあけるとどういうことになるかわからぬ」

あれこれ理由をつけてなかなか動かない。早々と「将軍御動座」ののろしをあげてしまっただけに、信長としては引込みのつかない形になった。

その上、六角の反撃はいよいよ激しくなって来た。六月に入ると彼らは遂に野洲《やす》河原まで進出し、柴田勝家、佐久間信盛といった近江に残されている信長の部下に決戦を挑んだ。勝家と信盛は全力をふりしぼってこれを押返したが、もう猶予は許されなかった。

六月十九日信長は遂に岐阜を発った。が、義昭は出発のゼスチュアをしてみせただけで、とうとう都を動かなかった。結局信長に応じて律儀に出兵して来たのは徳川家康だけである。さきの北陸攻めのとき、信長は、一方の先手となって進んでいた家康に何の断りもなしに退却した。おかげで家康は危うく敵陣におきざりにされるところだったのだが、そのときも格別憤慨する様子もなく、殿軍《しんがり》をつとめた木下藤吉郎を助けて隊伍整

然として陣を退いた。信長傘下の諸部隊が算を乱して逃げ帰った中で、軍隊としての結束と規律を最後まで維持し続けたのは徳川勢だけであろう。その家康は、今度も二つ返事で出陣を応諾した。後年の彼に見る狡猾さ、計算高さはまだほとんど顔をのぞかせていない。

もちろん、浅井側も、信長の動きは百も承知である。相手は関ケ原から伊吹山の裾を廻って進んで来ると見て、領国の境にあたる長競《たけくらべ》、刈安《かりやす》には、急遽城砦を築き、監視と防衛にあたらせた。が、これで織田軍が防げるとは思ってもいない。伊吹の山裾を離れて近江路に出たところで道を防ぐように突出している丘陵部の城砦を補強し、ここを守る大野木土佐守、三田村左衛門尉、野村肥後守といった有力武将の手勢もさらに増強させた。これが横山城である。

十九日、信長が岐阜を発ったという知らせは、その日のうちに小谷の館にもたらされた。

「来るぞ」

そのことを、長政は、お市に言葉短く、それだけ告げた。誰が、何のために、などという説明は今更必要はなかった。そういえば長政が信長という名前さえ口にしなくなっていることをお市は気づいている。

「かなり焦っている。これを見ろ」

どこからか手に入れたらしい信長直筆の手紙を、長政はお市に見せた。

「今度のことは大事の戦さである。人数は老若を選ばず出陣するよう」とあり、最後に重ねて、「人数の事は分際よりも奔走肝要」と念を押している。身分に応じて出兵させる人数はきまっているが、それよりも多数の出陣を、というのである。見なれた兄の文字ではあるが、日頃に似あわず文章がくどい。さきごろ北陸路でうけた傷が癒えてない焦りが、お市にもはっきり読みとれた。

「関ケ原から伊吹の裾を——というと、ちょうど、そなたの通って来た道を来るわけだが」

長政はほとんど無表情に言う。

——それを支えるのは横山城、ということになる。

女のお市も、ほぼ見当がつく。嫁いで来た日、山間《やまあい》を離れて近江路が開けたとき、その前に立塞がるようにせり出して来ていた横山城をお市は思い出した。その山をいま、お市は浅井の側から見ている。山路から繰出して来た軍勢は、ほとんど何の遮蔽物もなしにその姿を横山城の守備兵の前にさらすであろう。

——そこから、岐阜勢は果して進めるか。

他人事《ひとごと》のように、ひどく客観的に実家の軍隊を眺めている自分にお市は気づいた。四月の朝倉攻めのときとはあきらかに違う心の動きがそこにあった。長政が袋の小豆のことを感づいていると知ったとき以来、お市の心境にはかすかな変化が起っている。むしろ織田の身内の一人であることをはっきりさせ、人質になったつもりになってしまえばいいようなものだが、かえってそこまで一途《いちず》になれない浅井家への愛着が、お市の胸にふくらみはじめているのだ。

――なぜなのか……

ふと自分自身の胸の中をのぞきこもうとしたとき、胎内にうごめくものがあった。身ごもって以来七ヵ月、すでに産み月が近づいて来て、胎児が動きはじめたのだ。

――この子を身ごもって以来、私の心の安まる日がなかった。

が、お市の心労をよそに、胎内の生命は確実に成長を続けている。

――浅井の血を享《う》けたこの子が育つにつれて、私自身も変ってゆくのだろうか……

それとて、浅井の一家族になりきるというのでは決してないのである。ひどく冷静に、そしてひどく孤独に、いま自分は新しい生命を紡いでいるのだと思った。

鋭い叫び声にお市が眠りをさまされたのは二十日の夜であった。

「お眼覚め下さいませっ。お早く御召替えを」

転がるように飛びこんで来たのは、侍女のかかのであった。

「どうしたの」

「ただちに、お山のお城にお移り遊ばしますようにとの御下知でございます」

切迫した声にすべてをお市は了解した。敵が――いや、敵ではない。兄の軍隊が小谷の館に迫っているのだ。

――ま、どうしてこのように早く。

この日彼は近江領に足をかけたばかりのはずであった。長競、刈安の即席の砦が保《も》たないことはわかりきっていたが、では堅牢を誇る横山城も陥ちてしまったというのか。

館の中は異様な慌しさに包まれている。正確な情報を訊ねる相手を摑まえることはむずかしい。

「茶々、万福丸」

お市は幼い姉弟を呼んだ。まだ万福丸は乳母に抱かれている嬰児《えいじ》だ。

「茶々の手は私がひきます」

かのが気づかわしげな顔をした。

「でも、そのおからだでは」

「大丈夫です」

凛としてお市は言いきった。滑るものか、と思った。那古野の小さな城にいたころ、敵襲に備えた経験は何度かしている。戦国の女にとって籠城は決して珍しい経験ではないのだ。いざとなれば、自分でもふしぎなくらい度胸がすわる。ふと、お市は、そのころの信長の妻、濃姫を思いだした。

――お義姉さまは、あんなとき、いつもゆったりとしておいでだった。

あんなおおらかさは真似ができないにしろ、私には私のやり方がある、と思った。

山路を上ってゆくと、すでに大木戸、中木戸のあたりには大篝《おおかがり》が焚かれ、侍たちが群れていた。いや、そうした侍の詰所だけでなく、小暗い木立のあちこちに、かなりの人数がひそんでいるらしく、暗がりから、しばしば、

「何者！」

鋭い声が飛んだ。その度、かのは声を張って口上を唱えた。

「御内室さまのお渡りでありまする」

瞬間、ひそとした冷たい沈黙が流れ、

「御足許、お気をつけられますよう」

恭しげな言葉が返って来る。中には、静かに灯《ひ》をさしだす者もいる。

「御供申し上げましょうか」

扱いは鄭重をきわめたといってもいい。が、彼らが答えるまでの間――それはほんの短い間ではあったが、ふっと気構えるような沈黙が流れるのを、お市は感じていた。そしていよいよ本丸に辿りついたとき、その沈黙の意味をはっきり彼女はさとらされたのである。

「いざ、お渡り遊ばしますよう」

鄭重に案内されたのは、北向きの寒々とした狭い曲輪《くるわ》だった。お市は城主夫人としてではなく、半ば敵の人質として城の中に閉じこめられたのである。

そうかもしれない。これが当然の待遇かもしれない。敵の家から嫁いで来た身であってみれば……。もし、これが二ヵ月前の北陸攻めのときであったなら、お市はむしろ昂

然とその待遇をうけたろう。が、いま、兄信長の存在が、ある距離をもってしか感じられなくなったいま、こうして牢獄に閉じこめられるような扱いをうけることは皮肉だった。

夜が明け放たれぬ前に、早くも織田の尖兵は城下に姿を見せた。かのを介してお市が知り得たのは、織田勢は横山城には目もくれず、ぐんぐん、小谷城下に突進んで来たということであった。

「勝負！」

信長は大音声に叫んでいるようだった。しきりに矢弾丸《やだま》を仕掛けて来るが、浅井側はなぜかしんと一日中静まりかえっている。音無しの構えに業を煮やしたのか、夕方になると、織田勢は城下の所々に放火した。

そのころになって長政がぬっと姿を現わした。

「お市、来て見ぬか」

短くそれだけ言って先に立って歩き出した。表曲輪の一廓に櫓がある。その勾欄にからだをあずけるようにして長政は腕を組んだ。

麓のあちこちから火の手があがっていた。近づけば狂乱の劫火《ごうか》であるはずなのに、夕闇に沈んでちろちろ燃える火が、ひどく幻想めいて見える。

長政は無言である。具足をつけた後姿は平生よりも大きく見える。その背中が、静かにお市に向って言った。

——お市、これがそなたが助けてやった兄の返礼だぞ。

言われるまでもなく、お市はそれを感じている。敵と味方に別れてしまった兄妹の、戦国ふうの挨拶のかわし方としてはそれよりほかはなかったとしても、もう兄の心のどこにも自分の姿はないようにお市には思われた。

——兄を救うとはこういうことだったのか。

ふとかすめた想念を振りきろうとして髪をゆすったそのとき、長政がつと指をあげた。

「信長はあそこにいる」

指さしたのは城の向いにある虎御前《とらごぜ》山だった。小谷の山よりはかなり小さいその山に、時々灯が見えかくれするのはそのせいであろう。

長政はゆっくりとお市をふりかえった。

「さて、いつまでいられるかな」

頬に漂う微笑の意味を、とっさには捉えかねた。

今夜にも反撃に出るというのか、それとも、「今度はさすがにそなたも何も伝えられまい」と言うつもりか。いや、それだけではあるまい。

——夫は何かを待っている。

お市はじっと長政をみつめた。麓を焼かれながら、小谷の陣営はまだ静まりかえっている。

烈日の白刃

元亀元（一五七〇）年六月二十一日——。

ついにその夜、小谷に相対した虎御前山の信長の陣の灯は消えなかった。その灯のまたたきを、わざと無視するように、小谷城は黙りこくっている。おそらく、長政から命じられたのであろう、城内に焚《た》きあげられた大篝火も、夜半すぎには、ほとんど消された。

夏の夜の闇の中に、いま小谷城は、巨大な黒い怪物のように身を沈めている。本丸の大広間に腕を組む長政も無言である。いや、籠城している将兵にも城砦の石垣や瓦一つにも長政の意志が行渡り、その意のままに押し黙って、暗闇の中で待機の姿勢をとり続けている。といった方がいいかもしれない。もののみごとに統制のとれた浅井軍の素顔を、はじめてお市は見せつけられたように思った。

長政は、その夜とうとうお市に退れとは言わなかった。

——さあ、よく見ておけ。虎御前山にいるそなたの兄と、俺とが、どういう戦いをするか、顔をそむけずに見ておくのだな。

口には出さないが、彼の横顔は明らかにそう言っている。息づまるような緊迫感の中でお市はからだを固くする。まぎれもなく戦機は熟しつつあるのだ。

と、かすかに、庭前に人のざわめきが起った。やがてそれが、小波のように、お市たちのいる大広間に伝わって来た、と思ったとき、近習の一人が姿を現わした。彼は長政の傍までにじり寄ると、きっとその眼を見上げて、言葉短く言った。

「虎御前山より使者がまいっております」

いかが取計らいましょうか、と言わないうちに長政は言下に凛《りん》として首を振った。

「会う必要はない」

「はっ」

小走りに近習が去ったとき、一座にはふたたび静寂が戻った。信長のもたらした使者は、池に小石を投じたほどの動揺も長政には与えなかったようだ。

——いったい兄は何を申し入れて来たのか。

さだかには探りあてられないにしても、お市には、それがほぼ見当がつく。一気に城下までなだれこんで鋭い切れ味を見せつけたところで、彼は、まだ和解の余地のあることをしめしたかったのではないか。

——この戦いは愚にもつかぬ。

多分、兄は、もう一つ大きな見地からそう思っているに違いない。お互いに夥《おびただ》しい出血を強いられる戦いはやめて、天下の基礎を固めようではないか。今はその時期だと思う——京都の空気を見知っている兄はこう言いたかったのではないか……。そして、その説得の可能性を、彼はお市の存在に賭けていたのではないだろうか……

が、それは全く不可能だ。長政は、何者をも寄せつけない鉄壁の沈黙を守りつづけている。まして、この大広間で、近習や主だった部将に周囲をとりかこまれている彼に、お市が何を言うことができるだろう。

——すでに、この方の決意は固いのだ。

と、思ったそのとき、

ああっ！

思わずお市は声をあげそうになった。そこまで考えた瞬間、彼女は、夫が自分を傍にひきつけておいた意味を、はっきり了解したのである。

——こういうときに備えて、手も足も出ないように、わざとこの方は私を傍においておくのではないか。

万が一、兄から秘密の連絡が来るのを断つために、同時にお市からの工作を防ぐためには、これより上策はないのである。彼は手のうちを全部彼女の前にさらけ出したかに見えて、完璧に彼女の動きを封じてしまっている……

そう思ったとき、

——あっ、そうだ……

お市には、はっきりと長政の無気味な沈黙の謎が解けた。

——この方は、待っているのだ。

何を？

朝倉の援軍を……

ちょうどこの春の敦賀攻めと全く同じ状態が起ろうとしているのだ。ただ違うのは、今度直接矢面に立ったのが浅井で、朝倉が援軍に廻ったことであろう。

いま、朝倉勢はどのへんまで出て来たか？　小谷城の背後には、それよりひときわ高い大嶽《おおづく》山がある。そこも小谷の詰《つめ》の城として、堅固な城砦がかまえられているのだが、じつはこの大嶽の裏側から越前へ通じる間道のあることをお市は知っている。信長来襲の直前に馬を飛ばせて越前への使者がこの道を走ったとするならば……

お市は、ひそかに胸の中で指を繰った。使者到着から隊伍編制、そして出発——。大嶽山の背後から朝倉勢が姿を現わすまで、五、六日とはかからないだろう。

——とすれば朝倉勢の到着は、明日か、明後日か。もし彼らが迂回して背後に廻れば、兄さまは袋の鼠。

長政は満を持してそれを待っているのだ。

そしてお市を片時も傍から離さないのは、まさしく情報洩れを防ぐためにほかならない。

——この前のような真似はさせぬ。

長政はそう言っている。そう思ったとたん、

——ほ、ほ、ほ。

お市は声をあげて笑い出したくなった。

——ご用心のよろしいこと。

が、いま、お市はあのときの彼女ではない。続いて長政の子を身ごもり、それだけ信長との間の距離を感じている自分に夫は気づかないのか。いまの自分が、彼の心情の最もよき理解者であることを夫は気がついていないのだろうか……

兄にもつけない、また夫からも間隔をおかれている。息づまるような緊迫した沈黙のさなかにあって、お市は自分一人だけが、しらじらとした別世界におかれていることを感じていた。

あくる二十二日。

この分では暑い日になるであろう。空には一片の雲もない。朝まだき、長政の許に、露を踏んで物見が姿を現わした。

「敵は山を降りはじめました。兵をまとめて退く気配でございます」

「ふむ、退くか」

長政がちらと虎御前山の方へ眼をやって、

――なるほど、気づいたか。

とでもいうふうにうなずいた。信長とても愚かではない。春の敦賀攻めでは懲りているし、小谷山のただならぬ沈黙に、

――さては……

朝倉の援軍の動きを嗅ぎとったのであろう。退くとなると、その動きはかなり早かった。

「なお、よく監視を続けよ」

と言う長政に、部将の一人が尋ねた。

「追わせまするか」

「いや、少し待て」

物見からは次々報告が届いた。

「信長本陣は、山を降りました」

「柴田修理《しゅり》も退いております」

「木下藤吉郎、丹羽五郎左軍も続いております」

お市の眼には、それら織田の部将たちの顔が次々と浮かぶ。

――柴田修理？　ああ、権六が来ていたのか……

髭面、いかついものの言い方をするこの男の顔を岐阜の城下で見たのは、輿入れのときであった。木下藤吉郎は小者だったからあまり印象がない。兄に「猿、猿」と呼ばれ

ていたこの男が、敦賀からの退陣の折に殿軍《しんがり》をつとめたと聞いている。信長に従って動きはじめたところを見ると、今度の殿軍は彼ではないらしい。どうやら、信長は主力を温存させたまま後方に移動し、次の作戦計画を樹てるつもりと見える。

「残りましたのは、佐々内蔵助《くらのすけ》（成政）、梁田《やなた》左衛門太郎（広正）など、小勢にござります」

という報告が来たときである。

ふっ、と広間の空気が揺れた。

――よしっ、やるか。

期せずして部将たちは立上っていた。その中で長政はお市をふりむいた。

「行って寝《やす》むがいい」

「はい、でも……」

一夜まんじりともせずに長政の傍に坐っていたにもかかわらず、お市は全く眠くなかった。

――このまま、お傍においで下さいませ。

そう言おうとしたとき、長政は押返すようにふたたび言った。

「行って寝め」

この本丸の庭先からも退いてゆく信長軍の動きは手にとるようにわかるはずである。

やがて殿軍を追尾して攻撃をかけるであろう味方との合戦を、長政はやはりお市に見せたくなかったのかもしれない。

この退却作戦にあたって、織田側では、誰を殿軍にするかについて、かなりの曲折があった。

我も我もと殿軍を申し出たが、なかでも熱心だったのは、佐久間信盛であった。

「まだ浅井は無疵《むきず》でございます。わが軍退却と知れば、いっせいに襲いかかってまいりましょう。ここは何卒《なにとぞ》某《それがし》におまかせありたい」

彼は、数千の手勢を持っている。これで全力を挙げて浅井勢を食い止めよう、と言ったのだが、これにも信長が首を縦にふらなかった。

「いや、今度の殿軍は、小勢がいい」

「なぜに」

「何となれば」

信長は直截に言った。

「勝ったところで退き戦さだからだ」

無用の出血を多くするよりも、要は朝倉が到着する前に、よい陣地を確保することである。また浅井にしても、朝倉の援軍を待っている以上、ここで大軍を繰出して来ることはないであろう。

「おまけに、そなたが下手に戦ってみろ、総崩れになって士気にかかわる」

実をいうと、信長は佐久間信盛の実力をそう高くは買っていなかったのである。

こうして選ばれたのが梁田広正、佐々成政、中条将監《しょうげん》の三人だった。彼らは小勢だが、そのかわり小廻りのきく戦さ上手である。これに援護射撃用に信長の手勢の中から弓衆五十騎と鉄砲隊五百が割《さ》かれた。

金ケ崎の時とは違って、計画的後退であるが、これを見定めた浅井勢はやにわに彼ら殿軍に襲いかかった。長政の命令で足止めされ、織田勢のなすがままに城下を焼かれたのが無念でならなかっただけに、

「行けっ」

命令一下、彼らは土煙をあげて炎天下に進撃を始めたのだ。何しろ、それまでの浅井軍は、近江では最強を誇っている。名族六角氏の所領を切取って独立して以来、ここまで実力で地位を築いて来た、という自負がある。

——それをなあに、尾張、美濃づれの侍に……

檻を飛び出した野獣のように、彼らは織田の殿軍に喰らいつく。

「行けっ、かかれっ」

小谷を出ると南には近江の平野が拡がっている。中を姉川と草野川の二つの川が流れるこの平地の、ちょっとした廻り道でも小藪蔭《やぶかげ》でも、彼らは知りぬいている。右に左に旗指物《はたさしもの》をなびかせて、梁田隊に斬込み、適当にあしらっては別の方角へ誘いこむ。うかうかそれにつられて深追いして来ると、左右の田畑から伏勢が立上ってさんざんに射す

くめる。

かと思うと、とんでもない廻り道をして、梁田軍の脇腹に襲いかかって来るめまぐるしさ。

「急げっ、小者にかまうな」

梁田広正は、声をからしながら槍を突出した。気づいてみると、いつのまにか自分も腕に疵《きず》を負っていた。その間にもあちこちで土煙、血煙が上っている。かなり疲れたところで、

「退けっ、退けっ」

広正は兵をまとめた。代りに浅井軍の前面に現われたのは新手の佐々成政である。敦賀で苦杯を喫しているだけに、連携作戦はなかなかみごとだった。

佐々成政は向っ気の強い猛将型だ。殿軍にはうってつけの人間だが、この平地のひろがりにはてこずった。何しろ小人数をひきいての戦いなのに、相手は平原いっぱいにひろがっている。地理を知っているから、田でも畑でも横切って、どんどん自分たちを追いぬいてゆく。こう広くては、せっかく信長がつけてくれた鉄砲隊も集中砲火をあびせることができない。

押しつ押されつ、死闘を繰返した。佐々成政自身も力戦して、一人を槍で突刺した。

「お見事でございます。殿、首を」

と傍の小者が言うのを、

「馬鹿ものっ。ほっておくんだ」

成政は一言の下にどなりつけた。

「それより、あの山蔭へ退けっ」

平野部に突出した小高い丘陵地帯へ軍勢をまとめた。そうしておいて平野を見廻し、見極めをつけておいた敵に攻撃をかけたので、かなり効果的に戦えるようになった。成政は首一つあげて自分の功名にするよりも、いかに効果的に殿軍の役目を果すかを考えたのである。

佐々軍が疲れて来たとき、今度は中条将監がこれに替った。小廻りのきくみごとな用兵で追いすがる敵に立向ったが、しまいには乱戦模様になって彼自身、草野川にかけられた橋の上で敵と組打ちになり、からみあったまま、もんどり打って流れに転落するという場面もあった。

「逃がすなっ」

「皆殺しだぞっ」

浅井勢もこの時は互角に戦ったといってもいい。なおも追いすがろうとして、平地をひた走ったが、気がついてみると、行手には、すでに柴田勝家の千騎が、迎撃の態勢をととのえて待ちかまえていた。殿軍はみごとに時をかせいだのだ。信長軍は、後退作戦を終り、早くも次の戦いに備えて、野戦の陣を敷いてしまっていたのである。

これを見た浅井側も、ぴたりと足をとめた。

「退けっ、深追いはするなっ」

互いに小手調べをした程度で、その日の戦いは終った。

信長は姉川を渡りきった所に軍を集結させた。性急な攻城戦が結局徒労に終ったとすれば、やがて姿を現わすであろう朝倉の援軍をも相手に、かなり大がかりな野戦を覚悟せねばなるまい。

――それにはちと兵力が足りぬな。

これは信長ならずとも、陣中の誰もが考えるところである。このとき彼の動かした兵員はどのくらいだったかは、じつははっきりした事はわからない。が、『三河物語』には、信長一万、朝倉三万と書いている。数にも誇張があるし、両者の開きも大きすぎるようだが、織田が劣勢であったことは間違いない。

ただ、この時点での一つの希望は、三河の徳川家康が、信長の誘いに応じて本国を発ち、出陣の途上にあることだった。彼の動かせる兵力はせいぜい三千だが、三河兵はくそまじめでしぶとい。頼りになる援軍なのである。まず、ここでその到着を待って浅井・朝倉の連合軍にあたるのが最上の策であろう。

ところが、そうなったとき、織田軍にとっては一つの障害があった。姉川よりさらに南方に突き出た山塊にある城砦、横山城に籠る浅井勢に背後を衝かれる恐れがある。美濃から伊吹山の山麓を廻って近江野に押し出して来たとき、行く手の左側に、まるで道を塞ぐように突出している横山城を、信長は進撃にあたって、わざと無視した。城中には大野木土佐守、三田村左衛門尉、野村肥後守といった地元の有力部将が籠っていたのだが、信長はこの麓に監視の一陣を置いて、大野木らを城に釘づけにしたまま、一挙に長政の本拠を襲ったのである。

——が、今度は放っておくわけにはゆかぬな。

信長は城砦を眺めて顎を撫でた。横山城のあるその丘陵は、一名臥竜山の名で呼ばれている。ちょうど竜がかがまったような形で平野部に押し出しているからで、特に尖端の部分は竜《たつ》ケ鼻《はな》と呼ばれるのにふさわしい形をしている。その姿を眼にとめたとき、信長の決心は固まっていた。

——あの小高い部分に本陣を置く。さすれば前面に開ける平野は見通しだ。

そのためには、竜の背中の一番高い部分にある横山城を落さねば、背後が危い。

——あれを取れ。それも今すぐ！

即座に城攻めの態勢をととのえた。このあたり信長の作戦はかなり行きあたりばったりなところがある。ともかく朝倉勢がやって来ないうちに始末をつけなければならないから、柴田、木下といった実力部隊が投入された。現在、この横山城の大手の跡には伝教大師の木像で知られる古刹《こさつ》、観音寺がある。門の左右には掘割らしい面影をのこし、上れば急な階段に、峻嶮《しゅんけん》な山城時代の風貌を窺うことができる。

この大手を中心に、信長勢は攻めに攻めた。

が、守備勢の抵抗も執拗だった。弾丸を撃ちかければ、負けずに撃ち返す。

——何の、山城一つ、ひと揉みだ。

と思ったのが、いっこうに陥ちない。二十三、四、五……と頑強な応戦が続いた。

——早く落せ、まだか。

信長は少し苛々している。もともとこんな城砦の攻略は作戦的には脇道なのだ。本命は浅井・朝倉との野戦なのに、その前に兵員を疲れさせるのは不本意であった。

そのうち、さすがに、守備軍からの砲火が間遠になった。次第に弾薬が尽きて来た証拠である。

——押せ、押せっ！

木下、柴田勢は、ここぞとおめき叫んで、頂上の城砦に肉迫した。

——休むな。それゆけっ、それっ、次っ。

人海戦術で敵を休ませずに一挙に落城に持ってゆこうというごり押しの作戦である。本来ならば、このくらい攻めれば、もう降伏の意思表示があるところなのに、籠城軍はなおも抵抗をやめない。

——しぶとい奴らだな。

——いや、阿呆というんだ。こうびっしり周りをとりかこまれながら、まだ負けたのがわからないなんて。もう蟻一匹出られまいぞ。

攻撃軍は誰しもそう思った。

が、蟻の這い出る隙もない、というのは誤算だった。大野木、三田村、野村といった守将たちの使者は間道をつたい、信長勢の間をすりぬけて、小谷城に刻々戦況を伝えていたのである。

――戦況は非であります。弾薬も底をつきました。至急援軍をお待ちいたします。

そして、二十六日の夜半、横山城を包囲した織田勢は、背後の闇の中に、まるで宙に浮いたような、夥《おびただ》しい灯の点滅を見たのである。

――来たな。とうとう。

覚悟はしていたが、その灯の夥しさに驚かされた。その一つ一つが、まるで魂のあるもののように宙に浮いている、と見えたのは、じつは、織田軍と小谷城の間に横たわる大寄山《おおよりやま》に浅井軍が集結したからなのである。

大寄山は、姉川の北岸に東西に渡って細く長く横たわる山だ。ちょうど川を隔てて横山城に相対する位置にある。その山いっぱいにともされた灯は、横山の籠城軍にこの上ない支えになったに違いない。彼らには、その灯の一つ一つが、明滅しながら、

――来たぞ、もう案じるな。

力強くそう語りかけているように思われたであろう。

そしてその山麓に集結する織田軍にとっては、ちょうど数日前彼らが小谷の城に対してしたと同様の、無言の威圧となって迫って来たのであった。


（下巻につづく）

本書は昭和五十七年に刊行された文庫の新装版です。

文春文庫

流星《りゅうせい》　お市《いち》の方《かた》　上

定価はカバーに表示してあります

2005年3月10日　新装版第1刷
2023年3月1日　第5刷

著　者　永《なが》井《い》路《みち》子《こ》
発行者　大沼貴之
発行所　株式会社　文藝春秋

東京都千代田区紀尾井町 3-23　〒102-8008
TEL 03・3265・1211(代)
文藝春秋ホームページ　http://www.bunshun.co.jp

落丁、乱丁本は、お手数ですが小社製作部宛お送り下さい。送料小社負担でお取替致します。

印刷・凸版印刷　製本・加藤製本　Printed in Japan
ISBN978-4-16-720043-5

（　）内は解説者。品切の節はご容赦下さい。

恒川光太郎
金色機械
時は江戸。謎の存在「金色様」をめぐって禍事が連鎖する——。人間の善悪を問うた前代未聞のネオ江戸ファンタジー。第67回日本推理作家協会賞受賞作。（東　えりか）
つ-23-1

鳥羽　亮
八丁堀「鬼彦組」激闘篇
奇怪な賊
大店に賊が押し入り番頭が殺され、大金が盗まれた。中からは厳重に戸締りされていて、完全密室状態だった。そしてまた別の店が——一体どうやって忍び込んだのか！　奴らは何者か？

と-26-15

鳥羽　亮
八丁堀「鬼彦組」激闘篇
福を呼ぶ賊
福猫小僧なる独り働きの盗人が、大店に忍び込み、挨拶代わりに招き猫の絵を置いていくという事件が立て続けに起きた。被害にあった店は以前より商売繁盛となるというのだが……。

と-26-16

土橋章宏
チャップリン暗殺指令
昭和七年（一九三二年）、青年将校たちが中心となり首相暗殺などクーデターを画策。陸軍士官候補生の新吉は、来日中の喜劇王・チャップリンの殺害を命じられた——。傑作歴史長編。

と-33-1

永井路子
炎環
辺境であった東国にひとつの灯がともった。源頼朝の挙兵、それはまたたくまに関東の野をおおい、鎌倉幕府が成立した。武士たちの情熱と野望を描く、直木賞受賞の名作。（進藤純孝）
な-2-50

永井路子
北条政子
伊豆の豪族北条時政の娘・政子は流人源頼朝に恋をする。源平の合戦、鎌倉幕府成立。御台所となり実子・頼家や実朝、北条一族、有力御家人の間で乱世を生きた女を描く歴史長編。（大矢博子）
な-2-55

中村彰彦
二つの山河
大正初め、徳島のドイツ人俘虜収容所で例のない寛容な処遇がなされ、日本人市民と俘虜との交歓が実現した。所長こそサムライと称えられた会津人の生涯を描く直木賞受賞作。（山内昌之）
な-29-3

（　）内は解説者。品切の節はご容赦下さい。

中村彰彦
名君の碑
保科正之の生涯
二代将軍秀忠の庶子として非運の生を受けながら、足るを知り、傲ることなく、兄である三代将軍家光を陰に陽に支え続け、清らかにこの世に身を処した会津藩主の生涯を描く。（山内昌之）
な-29-5

新田次郎
武田信玄
（全四冊）
父・信虎を追放し、甲斐の国主となった信玄は天下統一を夢みる（風の巻）。信州に出た信玄は上杉謙信と川中島で戦う（林の巻）。長男・義信の離反（火の巻）。上洛の途上に死す（山の巻）。
に-1-30

葉室　麟
銀漢の賦
江戸中期、西国の小藩で同じ道場に通った少年二人。不名誉な死を遂げた父を持つ藩士・源五の友は、名家老に出世していた。彼の窮地を救うために源五は……。松本清張賞受賞作。（島内景二）
は-36-1

葉室　麟
山桜記
命の危険を顧みず、男は妻のため出兵先の朝鮮半島から日本へ還る（「汐の恋文」）。大名の座を捨て、男は妻と添い遂げた（「花の陰」）。戦国時代の秘められた情愛を描く珠玉の短編集。（澤田瞳子）
は-36-7

畠中《はたけなか》　恵
まんまこと
江戸は神田、玄関で揉め事の裁定をする町名主の跡取・麻之助。このお気楽ものが、支配町から上がってくる難問奇問に幼馴染の色男・清十郎、堅物・吉五郎と取り組むのだが……。（吉田伸子）
は-37-1

畠中　恵
こいしり
町名主名代ぶりは板についてきたものの、淡い想いの行方は皆目見当がつかない麻之助。両国の危ないお二イさんたちも活躍する、大好評「まんまこと」シリーズ第二弾。（細谷正充）
は-37-2

畠中　恵
こいわすれ
麻之助もついに人の親に?!　江戸町名主の跡取り息子高橋麻之助が、幼なじみの色男・清十郎、堅物・吉五郎とともに様々な謎と揉め事に立ち向かう好評シリーズ第三弾。（小谷真理）
は-37-3

（　）内は解説者。品切の節はご容赦下さい。

花房観音
色仏
十一面観音像に魅せられた青年・烏。僧になるため京の町にやって来たが、ある女と出会い、仏の道を諦め……。幕末を舞台に男女の情欲と人間の業を色濃く描いた野心作。（雨宮由希夫）
は-55-2

平岩弓枝
御宿かわせみ
「初春の客」「花冷え」「卯の花匂う」「秋の蛍」「倉の中」「師走の客」「江戸は雪」「玉屋の紅」の全八篇を収録。江戸大川端の小さな旅籠「かわせみ」を舞台とした人情捕物帳シリーズ第一弾。
ひ-1-201

平岩弓枝
新・御宿かわせみ
時は移り明治の初年。幕末の混乱は「かわせみ」にも降り懸かる。次代を背負う若者たちは悲しみを胸に抱えながらも、激動の時代を確かに歩み出す。大河小説第二部、堂々のスタート。
ひ-1-235

火坂雅志
天地人（上下）
主君・上杉景勝とともに、信長、秀吉、家康の世を泳ぎ抜いた名宰相直江兼続。〝義〟を貫いた清々しく鮮烈なる生涯を活写する長篇歴史小説。NHK大河ドラマの原作。（縄田一男）
ひ-15-6

火坂雅志
真田三代（上下）
山間部の小土豪であった真田氏は幸村の代に及び「日本《ひのもと》一の兵《つわもの》」と称されるに至る。知恵と情報戦で大勢力に伍した、地方の、小さきものの誇りをかけた闘いの物語。（末國善己）
ひ-15-11

百田尚樹
幻庵《げんなん》（全三冊）
「史上最強の名人になる」囲碁に大望を抱いた服部立徹、幼名・吉之助は、後に「幻庵」と呼ばれ、囲碁史にその名を刻む風雲児だった。天才たちの熱き激闘の幕が上がる！（趙　治勲）
ひ-30-1

藤沢周平
隠し剣孤影抄
剣客小説に新境地を開いた名品集〝隠し剣〟シリーズ。剣鬼と化し破牢した夫のため捨て身の行動に出る人妻、これに翻弄される男を描く「隠し剣鬼ノ爪」など八篇を収める。（阿部達二）
ふ-1-38

（　）内は解説者。品切の節はご容赦下さい。

藤沢周平
海鳴り（上下）
心が通わない妻と放蕩息子の間で人生の空しさと焦りを感じる紙屋新兵衛は、薄幸の人妻おこうに想いを寄せ、闇に落ちていく。人生の陰影を描いた世話物の名品。（後藤正治）
ふ-1-57

藤井邦夫
恋女房　新・秋山久蔵御用控（一）
〝剃刀〟の異名を持つ南町奉行所吟味方与力・秋山久蔵が帰ってきた！　嫡男・大助が成長し、新たな手下も加わってスケールアップした、人気シリーズの第二幕が堂々スタート！
ふ-30-36

藤井邦夫
騙り屋《かたりや》　新・秋山久蔵御用控（二）
可愛がっている孫に泣きつかれた呉服屋の隠居が金を用立ててやると、実はそれは騙りだった。どうやら年寄り相手に騙りを働く一味がいるらしい。久蔵たちは悪党どもを追い詰める！
ふ-30-37

藤原緋沙子
ふたり静　切り絵図屋清七
絵双紙本屋の「紀の字屋」を主人から譲られた浪人・清七郎は、人助けのために江戸の絵地図を刊行しようと思い立つ。人情味あふれる時代小説書下ろし新シリーズ誕生！（縄田一男）
ふ-31-1

藤原緋沙子
岡っ引黒駒吉蔵《くろこまのきちぞう》
甲州出身、馬を自在に操る吉蔵が、江戸で岡っ引になり大活躍。ある日町を暴走する馬に飛び乗り、惨事を防ぐ。怪我人がいないか調べるうち、板前の仙太郎と出会うが……。新シリーズ！
ふ-31-7

藤原緋沙子
花鳥
生類憐れみの令により、傷ついた小鳥を助けられず途方に暮れていた少女を救ったのは後の六代将軍家宣だった。七代将軍家継の生母となる月光院の人生を清冽に描く長篇。（菊池　仁）
ふ-31-30

万城目　学
とっぴんぱらりの風太郎（上下）
関ヶ原から十二年。伊賀を追われ京で自堕落な日々を送る〝ニート忍者〟風太郎。行く末は、なぜか育てる羽目になった「ひょうたん」のみぞ知る。初の時代小説、万城目ワールド全開！
ま-24-5